Gelobtes Land

Jürgen Reitemeier
Wolfram Tewes

Verlag topp+möller
Detmold 2012

Danksagung

Es ist geschafft!

Ille Rinke, Christiane Fischer, Andreas Kuhlmann und Andreas Naumann haben uns wieder einmal bei allen kniffligen Fragen mit gutem Rat zur Seite gestanden und den Fehlerteufel zur Strecke gebracht.

Das Titelbild wurde auch diesmal von Alfons Holtgreve geschnitzt.

Unsere Ehefrauen Marianne und Tine werden uns nun wieder öfter zu sehen bekommen. Danke für euren Langmut!

Wenn jemand glaubt, sich in der Handlung wiederzufinden, dann können wir nur sagen: Selbst schuld! Wir haben ihn jedenfalls nicht gemeint. Alle Namen und Personen in diesem Roman sind frei erfunden, jede Ähnlichkeit ist rein zufällig und nicht beabsichtigt.

Bibliografische Information Der Deutschen Bibliothek
Die Deutsche Bibliothek verzeichnet diese Publikation in der Deutschen Nationalbibliografie; detaillierte bibliografische Daten sind im Internet über http://dnb.ddb.de abrufbar.

ISBN: 978-3-936867-42-8

Erste Auflage 2012
© Verlag topp+möller /
Jürgen Reitemeier, Wolfram Tewes 2012

Verlag und Gesamtherstellung: topp+möller, Detmold
Lektorat: Annika Krummacher

Dieses ist das Bild der Welt,
Die man für die beste hält:
Fast wie eine Mördergrube,
Fast wie eines Burschen Stube,
Fast so wie ein Opernhaus,
Fast wie ein Magisterschmaus,
Fast wie Köpfe von Poeten,
Fast wie schöne Raritäten,
Fast wie abgesetztes Geld
Sieht sie aus, die beste Welt.

Johann Wolfgang von Goethe

1

Hastig stopfte die junge Frau ihre Kamera in die Reisetasche, ehe sie das Hotelzimmer verließ. Im schattigen Erdgeschoss hielt der weißhaarige Portier seinen Mittagsschlaf und ließ sich dabei auch nicht stören, während Noura Aziz vorsichtig hinter seinen Tresen schlich. Der alte Mann schnarchte nur etwas lauter, als sie die quietschende Tür eines Schrankes öffnete, in dem in Ermangelung eines Tresors ihr Ausweis deponiert worden war. Dann trat sie aus der kühlen Dunkelheit der Eingangshalle in das grelle Licht und die alles lähmende Mittagshitze.

Vier Nächte hatte sie in dem kleinen, wenig komfortablen Hotel im Nordwesten Libyens verbracht. Kühle Nächte, die heißen arbeitsreichen Tagen gefolgt waren. Ihre Anwesenheit hatte bei den Einheimischen nur wenig Aufsehen erregt. Vor einigen Jahren wäre das noch ganz anders gewesen. Eine junge Frau, die zwar landesüblich gekleidet, aber offensichtlich allein unterwegs war – das hätte für Gesprächsstoff unter den knapp zweitausend Einwohnern der verschlafenen Kleinstadt gesorgt. In letzter Zeit hatten sich die Leute an den Anblick von Fremden gewöhnt. Seitdem ganz in der Nähe der Flugplatz gebaut worden war, tauchten immer wieder unbekannte Gesichter in den staubigen Straßen auf.

Zu dieser Uhrzeit jedoch hätte sie auch ein prähistorisches Monster sein können – es wäre niemandem aufgefallen, da sich kein Mensch draußen in der Gluthölle aufhielt. Sie warf sich ein großes weißes Dreieckstuch über die schwarzen Locken, knotete es unter dem Kinn zusammen und ging los. Sie hatte es eilig, wollte so schnell wie möglich die Stadt hinter sich lassen. Ihr blieb nur die Flucht mit einem Auto. Über die einzige Straße, die es in jenem Bereich der Wüste gab. Sicher war auch dieser Weg gefährlich, aber ihr blieb keine Wahl. Denn der Flugplatz war für sie tabu. Dort würde man schon auf sie warten.

Hundert Meter weiter stand im schmalen Schatten eines Hauses ein uralter Renault, über den jemand eine große Decke gelegt hatte, um ihn so gut wie möglich zu verdecken. Ein junger Mann winkte, als sie in Sichtweite kam, und zog die Abdeckung vom Auto. Sie hatte den arbeitslosen Kerl, der etwa in ihrem Alter war, bereits am ersten Tag ihres Aufenthaltes für ein Taschengeld als Fahrer engagiert. Er hatte sich als zuverlässig und zurückhaltend erwiesen, weshalb sie auch weiter auf seine Dienste vertraute.

Der Mann, dessen dunklerer Teint ihn als Bewohner der südlichen Sahararegion auswies, öffnete die Heckklappe, nahm ihr die Reisetasche aus der Hand und warf diese in den Kofferraum. Alles geschah wortlos. Die Hitze hätte jedes Wort zur Kraftanstrengung werden lassen. Außerdem gab es nichts zu reden, denn alles war bereits am Vorabend besprochen worden.

Noura schrak zusammen, als die Heckklappe geräuschvoll zufiel und die Stille zerriss. Schnell kletterte sie auf den Beifahrersitz, während der Mann sich hinter das Steuer zwängte und den Motor anließ.

Keine drei Stunden war es her, dass die Journalistin Noura Aziz hinter einem Bretterverschlag gehockt und ihre Kamera durch einen Spalt auf den palmenbestandenen Hof einer ausgedienten Karawanserei gerichtet hatte. Tagelang hatte sie Spuren verfolgt. Sie hatte Gespräche belauscht, Menschen beschattet, Schmiergeld verteilt, um Informationen zu bekommen. Und nun hatte sie den Beweis für ihre Vermutungen direkt vor der Linse gehabt, fast zum Greifen nah. Sie hatte die Videofunktion ihrer Kamera aktiviert und alles an Bild und Ton mitgenommen, was mitzunehmen gewesen war.

Die Kamera hatte emotionslos aufgezeichnet, was sich in ihren Albträumen noch häufig wiederholen würde. Nie würde sie diese Bilder aus dem Kopf bekommen. Da waren die drei Europäer, die in ihrer westlichen Kleidung schwitzend im Schatten einer Palme standen. Einer von ihnen trug einen kleinen schwarzen Koffer. Die anderen Männer, in der traditionellen Kleidung der Berber, standen ihnen erwartungsvoll gegenüber. Als einer von ihnen sich umgedreht und ein Handzeichen gegeben hatte, traten drei weitere Einheimische in den Hof. Jeder von ihnen schob einen an den Händen gefesselten Mann vor sich her. Die Gefangenen wurden nebeneinander an eine Mauer gestellt. Nun öffnete einer der Europäer den Koffer und ließ die anderen den Inhalt begutachten. Geldscheine, bündelweise. Dann wurde der Koffer wortlos an einen der Berber übergeben.

Die drei Männer, die vorher die Gefangenen auf den Hof geführt hatten, zogen nun Maschinenpistolen unter ihren Umhängen hervor. Einer der Berber hob den rechten Arm. Als er ihn wieder sinken ließ, zerfetzten die Feuerstöße aus den Maschinenpistolen nicht nur die vormittägliche Stille. Sie brannten auch unauslöschliche Spuren in Nouras Gedächtnis.

An der Stelle der Mauer, wo noch vor wenigen Sekunden drei gefesselte Männer gestanden hatten, stand nun niemand mehr. Aus der weißgetünchten Mauer war eine blutverschmierte, klebrige Kraterlandschaft geworden.

Noura war geduckt davongelaufen, so rasch sie konnte. Doch schon nach wenigen schnellen Schritten hatte jemand laut hinter ihr hergerufen. Um schneller laufen zu können, hatte sie sich wieder aufgerichtet. Sie war bereits gesehen worden, nun kam es nicht mehr darauf an. Hinter der nächsten Häuserecke stand der Renault. Zum Glück schien ihr junger Chauffeur schnell zu begreifen. Der Motor sprang an, und die Beifahrertür stand bereits offen, als Noura atemlos das Auto erreichte und mit letzter Kraft hineinhuschte. Der Wagen hatte noch keine zehn Meter Fahrt hinter sich, als die erste Maschinenpistolengarbe den Sand hinter ihnen aufspritzen ließ. Dann wirbelte das kleine alte Auto eine mächtige Staubwolke auf, die sich wie ein aufgeblähter Airbag zwischen sie und die Gefahr legte. Fürs Erste jedenfalls.

2

Die Sonnenstrahlen, die durch die Fensterscheiben der Detmolder Kreispolizeibehörde drangen, verbreiteten Wärme und eine angenehme Helligkeit. Endlich, dachte Polizeirat Schulte. Er kniff die Augen zusammen und blinzelte. Das Licht war intensiver, als er gedacht hatte. Aber es war wunderbar.

In den letzten Wochen hatte er sich mehrfach beim Nachdenken über einen Spontanurlaub auf Gran Canaria erwischt. Natürlich war das nur eine theoretische Überlegung. In der Realität wäre eine solche Aktion völlig undenkbar. Schließlich war er stets derjenige, der sich am meisten über die Sonnenanbeter mokierte. Wenn manche Kollegen und Freunde sich spätestens im Februar einem depressiven Schub zu entziehen versuchten, indem sie für mindestens eine Woche auf eine sonnenbeschiene Insel flüchteten, titulierte Schulte sie als Warmduscher und Geldverbrenner.

Inzwischen war leider auch sein Freund und Vermieter Anton Fritzmeier unter die Winterflüchtlinge gegangen. Der alte Bauer hatte gemeinsam mit seiner Freundin Elvira schon vor Monaten eine Reise nach Griechenland gebucht. Schulte hatte es nicht fassen können. Als er vor mehr als zehn Jahren auf den Fritzmeierschen Hof gezogen war, herrschten noch klare Prinzipien. In Urlaub fuhren nur die Reichen und die Städter. In diesem Punkt waren Fritzmeier und Schulte einer Meinung gewesen.

Doch es war immer das Gleiche. Jedes Mal, wenn eine Frau ins Spiel kam, bröselten die Männerfreundschaften. Heute zog der alte Bauer eine Reise mit seiner Freundin Elvira den einst für die beiden Männer so maßgeblichen Ritualen und Werten vor, die lange Zeit ihre Handlungsmaxime gewesen waren. Seit Elvira in Fritzmeiers Leben getreten war, musste Schulte sein Bier oft alleine trinken.

Er konnte sich noch genau daran erinnern, wie der alte Bauer das erste Mal nach Griechenland gereist war. Fritzmeier hatte die Reise in einem Preisausschreiben gewonnen, aber nie die Absicht gehabt, sie wirklich anzutreten. Das alte Schlitzohr wollte sie weiterverscherbeln. Erst als sich niemand bereit erklärte, ihm Geld für den Kreta-Aufenthalt zu zahlen, war er aus purem Geiz selbst gefahren.

Was war das für eine Tortur gewesen! Als Fritzmeier am Flughafen Paderborn in den Urlaubsflieger steigen sollte, hatte er den Eindruck vermittelt, als führte man ihn aufs Schafott. Schulte hatte damals dafür gesorgt, dass der alte Bauer an Bord gegangen war, allen Lamenti zum Trotz. Jetzt musste er sich eingestehen, dass es ein Fehler gewesen war. Seitdem hatte Anton Fritzmeier nämlich das Bedürfnis entwickelt, die Welt zu entdecken. Und zu allem Überfluss hatte er sich auch noch eine Partnerin zugelegt, die in dieser Frage die gleichen Interessen hatte.

Insgeheim fand Schulte es bemerkenswert, wie sich sein alter Freund Fritzmeier im hohen Alter noch auf so viel Neues einließ. Doch gleichzeitig empfand er es als Verrat, dass sein Kumpel Lebensmodelle entwarf, in denen er selbst nur eine untergeordnete Rolle spielte. War er etwa neidisch auf den alten Bauern?

Während der Polizist versonnen seinen Gedanken nachhing und in die Sonne blinzelte, schoss auf einmal ein Adrenalinstoß durch seinen tiefenentspannten Körper. Hastig sah er auf die Uhr. Er hatte sich bereit erklärt, seinen Enkel Linus abzuholen, der jetzt schon fast ein Jahr zur Schule ging. Es war der letzte Schultag vor den Ferien, und da endete der Unterricht schon um elf. Schultes Tochter Ina, die seit ein paar Jahren auch auf dem Fritzmeierschen Hof in Heidental wohnte, übte zu dieser Tageszeit ihren Zweitjob an der Hochschule in Lemgo im Fachbereich Medienwissenschaften aus.

Mist, er war schon eine halbe Stunde zu spät. Eilig griff er nach seiner speckigen Lederjacke und stürzte aus dem Büro. Doch gerade als er die Tür aufriss, baute sich sein Chef, Polizeidirektor Erpentrup, im Türrahmen auf. Schulte schob ihn ungeduldig beiseite.

„Keine Zeit!", gab er ihm zu verstehen. „Ich muss dringend zur Bachschule, da wurde ein einsamer kleiner Junge gesichtet, der nicht weiß, wie er nach Hause kommt!"

„Äh, wieso kleiner Junge?", hörte Schulte seinen völlig verdutzten Chef noch stammeln, während er selbst schon den Flur hinunterlief.

Unten steuerte Schulte geradewegs auf seinen alten Volvo-Leichenwagen zu. Hoffentlich springt die verdammte Karre an, dachte er. Doch schon eine Minute später schoss das ungewöhnliche Auto mit quietschenden Reifen vom Hof.

Natürlich waren die Sorgen, die er sich gemacht hatte, völlig unangemessen gewesen. Sein Enkel spielte auf dem Schulhof Fußball. Mit einer Gleichmütigkeit, die an einen buddhistischen Mönch bei der Meditation erinnerte, schoss der Junge den Ball immer wieder gegen die Hauswand. Er versuchte mit jedem Schuss genau dieselbe Stelle der Mauer zu treffen. Schulte kannte solche Spiele aus seiner eigenen Kindheit. Er konnte sich noch gut an seine Nachbarn erinnern, die damals behaupteten, er würde sie mit dem Gepöle noch in den Wahnsinn treiben. Hier in der Nachbarschaft der Schule schien es solche Menschen nicht zu geben – oder man hatte sie längst in eine Anstalt eingeliefert.

Linus schien fast ein bisschen traurig zu sein, als er seinen Opa kommen sah. Dennoch unterbrach er seine Beschäftigung, klemmte sich den Ball unter den Arm und schlenderte ihm entgegen.

„Na, wie wäre es, wenn wir zur Mensa der Hochschule gehen und was essen?", fragte Schulte.

Der Junge nickte und trottete wortlos neben ihm her. Nach einer Schweigeminute begann Schulte sich zu wundern. Sein Enkel plapperte sonst immer munter drauflos und berichtete von dem, was er erlebt hatte. Doch heute war alles anders. Dann endlich brach Linus die Stille des Moments.

„Opa, ich habe mir was überlegt. Das mit der Schule, das ist nicht so mein Ding. Ich glaube, das, was ich weiß, reicht mir schon, und das, was ich noch lernen muss, kann mir meine Lehrerin eh nicht beibringen. Die Schule ist die reinste Zeitverschwendung. Kannst du das bitte meiner Mama erklären? Bei dir traut sie sich bestimmt nicht zu protestieren. Ich meine, du bist ja schließlich ihr Papa!"

Schulte horchte auf. Das waren ja ganz neue Töne, die sein Enkel da zum Besten gab. Bisher hatte er den Eindruck gehabt, dass Linus gern zur Schule ging. Warum wollte er plötzlich nicht mehr in seine Klasse gehen? Was war da los?

Kürzlich hatte er von einer Hauptschule gehört, in der Schüler von einer Jugendbande drangsaliert und erpresst wurden. Die Kinder mussten regelmäßig Schutzgeld zahlen, um unbehelligt zur Schule gehen zu können. Sollte sich diese Jugendkriminalität jetzt auch schon an den Grundschulen einstellen?

Vorsichtig und mit ermittlerischem Geschick versuchte er den Grund für den plötzlichen Sinneswandel seines Enkels herauszufinden. Doch ohne Erfolg – Linus wurde mit jeder Frage verstockter.

Mehr und mehr wurde dem Polizisten klar, dass er so nicht weiterkam. Daher entschied er, auch wenn es ihm schwerfiel, einen günstigeren Zeitpunkt abzuwarten, um erneut zu versuchen, hinter das Geheimnis zu kommen, das seinen Enkel bewegte.

3

Keinen Kilometer weiter hätte es der Renault geschafft. Nun stand er dampfend und röchelnd am Straßenrand. Die beiden Insassen beobachteten resigniert, wie die von den letzten Metern des Autos aufgewirbelte Staubwolke langsam zu Boden sank. Der junge Fahrer fluchte, trat noch einmal wütend gegen die Tür, dann zog er eine Reisetasche und einen Rucksack aus dem Kofferraum und hängte sich alles über die Schultern. Die junge Frau bot ihm zwar an, ihre Reisetasche selbst zu tragen, aber das lehnte er stolz ab und ging los.

Fast dreihundert Kilometer Strecke durch Wüstenlandschaft hatten Noura und ihr Fahrer zurückgelegt. Ohne Klimaanlage, ohne jeden anderen Komfort. Aber sie waren immerhin vorangekommen. Und kurz vor ihrem Ziel, der kleinen Hafenstadt Zuwara am Mittelmeer, machte das Auto schlapp. Für Noura stellte das ein kleines zusätzliches Problem dar. Für Nadir, den Besitzer des Renaults, war es jedoch eine Katastrophe. Das alte Auto war sein einziger Besitz gewesen. Seine Chance, ein wenig Geld zu verdienen.

Noura hatte ein schlechtes Gewissen, als ihr dies klar wurde. Der junge Mann war ein guter, zuverlässiger und freundlicher Fahrer gewesen, hatte sich, ohne davon zu wissen, durch sie in große Gefahr gebracht und dies klaglos akzeptiert. Nun stand er vor dem finanziellen Ruin und wurde von gewissenlosen Mördern verfolgt, die eigentlich nicht ihn, sondern sie suchten. Keine Sekunde würden sie zögern, ihn als lästigen Mitwisser zu töten. Noura wusste nicht recht, was Nadir in der Karawanserei alles mitbekommen hatte. Dass auf sein Auto geschossen worden war, hatte allerdings wenig Fragen offen gelassen. Dennoch war er weiterhin bereit gewesen, für sie zu arbeiten. Als sie aus dem Augenwinkel einen flüchtigen Blick auf ihren schwer schleppenden Begleiter warf, fühlte sie nicht nur Mitleid mit ihm, sondern auch eine sanfte Welle von Sympathie.

Es war schon Abend, als die beiden in der Hafenstadt Zuwara ankamen. Während Nadir keine Ahnung hatte, was sie hier eigentlich suchten, wusste Noura aus ihrer journalistischen Tätigkeit, dass von hier aus die Flüchtlingsboote nach Europa starteten. Europa, das hieß erst einmal Lampedusa. Diese kleine Insel, zwischen Tunesien und Sizilien gelegen, war zum Dreh- und Angelpunkt der großen Flüchtlingswellen zwischen den beiden Kontinenten geworden. Wer es hierher geschafft hatte, der war fein raus, hieß es in den Häfen Nordafrikas. Der hatte schon mal einen Fuß in Europa. Tausende riskierten dafür ihr Leben in uralten, nahezu seeuntüchtigen und meist völlig überfüllten Booten.

Noura wusste dies alles, aber hatte sie eine Wahl? Die Bilder, die sie auf der Speicherkarte gut versteckt bei sich trug, waren von einer Brisanz, die ihr ein Weiterleben in Libyen unmöglich machte. Sie musste schnell und ganz weit weg. Während ihres kilometerlangen Fußmarsches durch die staubige Hitze hatte sie ihren Begleiter so weit informiert, wie es ihr angemessen erschien. Alles musste er nicht wissen, aber sie fühlte sich für sein Schicksal mitverantwortlich. Dazu musste er eine ungefähre Vorstellung von den Gefahren haben, die auf ihn warteten, wenn er in ihrer Nähe blieb.

In der darauffolgenden Nacht war es so weit. Nadir hatte sich in ihrem Auftrag vorsichtig in der Stadt umgehört. Schließlich war er auf eine dieser Schleusergruppen gestoßen. Der Preis war allerdings so hoch, dass Nadir für sich keine Chance sah, mitzufahren. Noura beruhigte ihn, indem sie vorschlug, ihm das Geld zu leihen. Sie hatte sich vor Beginn ihrer Recherche in der Wüste mit einer größeren Menge Bargeld ausgestattet, weil sie nicht abschätzen konnte, wie lange sie unterwegs sein würde. Nadir kämpfte kurz mit seinem Stolz und nahm ihr Angebot resigniert an.

Um ja nicht aufzufallen, hatte Noura wieder das Kopftuch umgebunden, bevor sie sich zusammen mit ihrem vorgeblichen Ehemann Nadir zum Hafen begab. Nun stand sie in einem Lagerschuppen und wartete darauf, auf das Boot gebracht zu werden. Sie trug ein knielanges, einheimisches Oberteil über einer Jeans. Nadir hatte ihr in der Stadt eine dicke Sportjacke besorgt. Die sah zwar nicht gut aus, hielt aber warm. Mit ihnen warteten noch rund dreißig andere, die ebenfalls alles auf eine Karte gesetzt hatten, in der Hoffnung auf eine bessere Zukunft. Endlich kam ein offenbar schlechtgelaunter älterer Italiener zum Schuppen und winkte sie heraus.

Noura erschrak, als sie das ehemalige Fischerboot sah, mit dem sie sich auf das offene Meer wagen sollte. Es war nahezu komplett offen, nur ein Sonnensegel würde einen fragwürdigen Schutz vor der Witterung bieten. Das Gefährt war etwa zwanzig Meter lang und aus Holz. Noura hoffte, dass der Außenbordmotor am Heck tatsächlich zu gebrauchen war. Unter anderen Umständen wäre sie niemals auf diesen Seelenverkäufer gestiegen. Aber nun kletterte sie als eine der Ersten die beiden Stufen hinauf und setzte ihre Füße auf die schwankenden Planken des Bootes.

An beiden Bordseiten waren lange Sitzbänke angebracht, die sich nun nach und nach mit Passagieren füllten. Der Skipper, es war der Italiener, der sie aus dem Schuppen geholt hatte, war sichtlich nervös. Noura konnte ihm ansehen, dass er so schnell wie möglich aus dem Hafen verschwinden wollte. Jeden Moment könnte die Hafenpolizei auftauchen. Die hatte zwar das übliche Schweigegeld kassiert, aber wer konnte schon wissen, ob nicht von heute auf morgen irgendein Streber meinte, es mit den Vorschriften besonders genau nehmen zu müssen?

Noura hatte sich in der Stadt eine kleine Digitalkamera gekauft, die sie an einer dünnen Kette um ihren Hals gebunden und unter der Bluse gut versteckt hatte. Diese Kamera zog sie nun unauffällig hervor und machte ein Foto von der Szene. Nicht gezielt, mehr aus der Hüfte geschossen. Gerade als sie ablegen wollten, gab es an der Kaimauer Unruhe. Ein europäisch aussehender, kräftig gebauter Mann war aufgetaucht und wollte offenbar mitfahren. Der Skipper versuchte ihm klarzumachen, dass sie bereits jetzt überladen seien und auf gar keinen Fall noch eine weitere Person verkraften könnten. Der Europäer nahm den Skipper beiseite und redete eindringlich auf ihn ein. Noura war sich nicht sicher, aber es sah aus, als würde er dem alten Italiener ein Geldbündel zustecken. Dann kamen die beiden Männer wieder zurück und gingen an Bord. Der Skipper zeigte auf einen der dunkelhäutigen Männer und sagte etwas im Befehlston zu seinen beiden Matrosen. Daraufhin griffen die beiden bulligen Typen einem völlig verdutzten Afrikaner unter die Arme, schleppten ihn zum Bootsrand und stießen ihn auf den Kai hinunter. Der Mann stürzte auf das Pflaster und blieb kurz liegen. Als er sich wieder aufgerappelt hatte, flog ihm sein kleines Bündel Reisegepäck ins Gesicht.

Als wäre nichts weiter geschehen, nahm der Europäer seelenruhig den freien Platz ein. Herausfordernd schaute er einem nach dem anderen ins Gesicht. Noura spürte es fast körperlich, als der Blick des Mannes bei ihr stehen blieb und dort deutlich länger verharrte als bei allen anderen.

4

Feierabend! Es hatte Jahre gegeben, da hatte Schulte den direkten Weg von der Kreispolizeibehörde zur nächsten Kneipe gewählt. Eine schöne Zeit war das gewesen, dachte er. Aber als Opa mit Linus zum Fußball zu gehen, das war auch nicht schlecht. Heute Abend hatten die beiden „Männer" wieder ihren Termin, das Training der F-Jugend Heidental!

Trainer war Lohmann – einst der gefährlichste Torjäger von Lage und über zwanzig Jahre Schultes Kollege. Linus' Opa konnte an solchen Abenden immer zwei Fliegen mit einer Klappe schlagen: ein bisschen mit Lohmann quasseln und nach dem Training, in Fritzmeiers Hofladen, der nach achtzehn Uhr auch als Kneipe herhalten musste, eine Flasche Bier mit seinem alten Kollegen trinken und sich gleichzeitig um seinen Enkel kümmern. So ein Dorf wie Heidental hatte auch seine Vorzüge.

Auf dem Weg zum Sportplatz griff Linus wieder das Gesprächsthema von vorhin auf: „Du musst mit Mama reden.

Du musst dafür sorgen, dass ich nicht mehr zur Schule zu gehen brauche."

Schulte fragte sich, was den Jungen wohl auf diesen Gedanken gebracht hatte. „Hm, ich bin ja auch nicht immer gerne zur Schule gegangen. Aber in den Pausen und auf dem Schulweg war immer was los. Ist das bei euch in der Bachschule anders?"

„Nee, das ist bei uns schon genauso."

Linus begann von den Ereignissen der letzten Tage zu erzählen und lachte sich über die eine oder andere Episode halb schlapp.

„Na, wenn du so viel Spaß in der Schule hast oder zumindest in den Pausen und auf dem Schulweg, dann frage ich mich, warum du das alles aufgeben willst?"

„Ach, weißt du, Opa, ich habe meine Gründe."

Schulte schwieg lange. Er merkte, dass sein Enkel diese Stille auf einmal nur schwer ertragen konnte. Er wurde immer hibbeliger, bis er vor Aufregung auf einem Bein neben Schulte herumhüpfte.

„Was ist nun, Opa, redest du mit Mama oder nicht?"

„Na ja, ich befürchte, wenn ich deiner Mutter sage, dass du nicht mehr zur Schule willst, dann erklärt sie mich erst für total verrückt, und dann schmeißt sie mich raus. Und mit dir zum Fußball gehen, das wäre dann auch vorbei, weil sie glauben würde, ich hätte dir das alles eingeredet. Entweder sagst du mir, warum du nicht mehr zur Schule willst, damit ich gute Argumente nennen kann, wenn ich mit deiner Mutter rede, oder du musst selbst mit ihr sprechen."

„Ich hab doch schon versucht, mit ihr zu reden!", jammerte Linus.

„Und?", fragte Schulte.

„Sie hat mir einen Vogel gezeigt."

Mittlerweile rannen dem Jungen Tränen die Wangen herab.

So verzweifelt hatte Schulte seinen Enkel noch nie erlebt. Er litt mit seinem herzzerreißend schluchzenden Enkel, reichte ihm ein Papiertaschentuch und strich ihm über den Kopf. Hoffnungen machte er dem Jungen dennoch nicht.

„Ich glaube, mir würde sie auch einen Vogel zeigen."

„Na gut, Opa, dann sag ich es dir, aber du darfst nichts weitererzählen." Linus putzte sich umständlich die Nase und wischte sich mit dem Handrücken die Tränen aus den Augen.

Schulte nickte verständnisvoll.

„Also, Julius hat mir erzählt, dass man beim Sportstudio im Fernsehen hunderttausend Euro bekommt, wenn man den Ball sechsmal hintereinander durch so Löcher schießt. Man muss das Loch oben dreimal treffen und das unten auch."

„Die Sendung kenne ich, und ich kann mir zwar gut vorstellen, dass du es unten schaffen könntest, aber oben, dazu hast du, glaube ich, noch nicht genug Kraft."

„Ja, aber Julius hat gesagt, für Kinder machen sie das Tor kleiner, und man muss auch nicht so weit schießen. Also keine elf Meter."

„Okay, aber was willst du mit hunderttausend Euro, und was hat das damit zu tun, dass du nicht mehr zur Schule gehen möchtest?"

„Erstens muss ich trainieren, damit ich es schaffe, die sechs Bälle zu versenken. Zweitens brauche ich das Geld, damit ich demnächst die Miete für die Wohnung bezahlen kann", meinte Linus ernst.

„Wieso musst du die Miete für die Wohnung bezahlen?"

„Na ja, Mama hat doch einen neuen Freund. Das ist ein Kollege, der auch an der Hochschule arbeitet. Und der will nach Hamburg umziehen."

„Ja, und? Was hat das mit dir zu tun?"

Linus überlegte. „Na, ich habe mir gedacht, vielleicht will Mama dann ja mit ihm dahin ziehen. Aber das sage ich dir, Opa, ich komme da nicht mit! Ich zieh nicht um! Meine Mannschaft braucht mich doch! Und du und Anton Fritzmeier auch, oder?"

5

Bei Einbruch der Nacht hatte der Wind endlich etwas nachgelassen. Doch noch immer ließ die heftig bewegte See das Boot wie ein Spielzeug auf den Wellen tanzen. Eigentlich hätten die drei Besatzungsmitglieder schon vor zwei Tagen den uralten wurmstichigen Kahn mit dem schwächelnden Außenbordmotor im Inselhafen von Lampedusa festmachen sollen. Aber der mürrische Skipper hatte fast nichts von dem geliefert, wofür er im Voraus so fürstlich bezahlt worden war.

Weder hatte es das versprochene seetüchtige Schiff gegeben noch ausreichende Verpflegung an Bord. Die hygienischen Verhältnisse waren katastrophal. Lediglich ein großer Eimer im vorderen Bereich des Bootes diente der Notdurft und wurde danach einfach an einer Kette ins Meer versenkt und ein Weile durchgespült, bevor er wieder für den nächsten zur Verfügung stand. Mittlerweile war sogar das Trinkwasser ausgegangen. In den nächsten Stunden mussten sie Lampedusa erreichen, sonst würden die ersten vor Erschöpfung zusammenbrechen. Das war der Stand der Dinge, als der Außenbordmotor plötzlich seinen letzten Kolbenschlag machte und verstummte. Hilflos trieben sie nun auf den Wellen.

Den Skipper schien das alles wenig zu belasten. Vermutlich waren diese widrigen Umstände für ihn keine neue Erfahrung, dachte Noura, während sie versuchte, nicht auf das Knurren ihres Magens zu hören. Dabei hätte der sich noch aushalten lassen. Der Durst hingegen war beinahe unerträglich. Mit Einbruch der Dunkelheit war es recht kühl geworden. So kurz vor Ostern sind auch im südlichen Mittelmeer die Nächte alles andere als mollig warm.

Nadir, der neben ihr saß, hatte schon seit einem Tag kein Wort mehr geredet. Ob er es ihr übelnahm, dass sie ihn in diese Bredouille gebracht hatte? Vermutlich, aber das konnte sie jetzt nicht mehr ändern. Mehr Sorgen machte ihr der Mann, der kurz vor der Abfahrt noch zugestiegen war und ihr schräg gegenüber auf der anderen Bordseite saß. Immer wieder spürte sie, wie sein Blick auf ihr lastete. Was wollte dieser Kerl, der so gar nicht in diese heruntergekommene Bootsgesellschaft passte, von ihr? Noura war eine schöne junge Frau und durchaus gewohnt, dass Männer sie ausgiebig betrachteten. Aber diese Blicke waren anders. Nicht lustvoll, eher kühl forschend. Sie wusste sich nicht anders zu helfen, als immer wieder den Blick abzuwenden.

In den letzten Stunden hatte es einen heftigen Sturm mit Regen gegeben, der das armselige Fischerboot arg durchgeschaukelt hatte. Zu Hunger, Durst und räumlicher Enge waren nun auch noch Übelkeit, Nässe und Kälte gekommen. Die beiden bulligen Matrosen hatten sich offensichtlich betrunken und schliefen, nur der alte, bärbeißige Skipper stand aufrecht am Ruder und blickte suchend in die Finsternis. Es waren keine Sterne zu sehen, da noch immer dichte Wolkenmassen am Himmel hingen, und Noura fragte sich, wonach der alte Mann denn wohl so intensiv Ausschau hielt.

Niemand sprach ein Wort, nur das klatschende Geräusch der Wellen, die an die Bootswand schlugen, war zu hören. Fast hätte die Szene friedlich wirken können, aber Noura wusste, dass diese Ruhe der totalen Erschöpfung aller Anwesenden geschuldet war. Es war eine Art von Ruhe, die immer intensiver werden würde, bis sie zwangsläufig im Tod ihre Erfüllung finden musste.

Plötzlich zuckte am Horizont ein Licht auf, vagabundierte suchend hin und her, kam dabei schnell näher. Es dauerte keine Minute, da war das Flüchtlingsboot in so gleißendes Licht getaucht, dass die Insassen schützend die Hände vor die Augen halten mussten, um nicht geblendet zu werden. Plötzlich waren alle hellwach und starr vor Schreck. Bevor sich die ersten aus ihrer Angststarre hätten lösen können, drang eine Lautsprecherstimme brachial zu ihnen herunter. Dann schälte sich die mächtige Silhouette eines Marinekreuzers aus der

Dunkelheit heraus und legte sich backbord neben das nun lebensbedrohlich schaukelnde Flüchtlingsboot.

Noura schaute genau hin und erkannte zu ihrem Schrecken den Schriftzug FRONTEX. Dies konnte nur das vorzeitige Ende ihrer Flucht bedeuten, denn wenn Frontex, die internationale Agentur zum Schutz der europäischen Außengrenzen, sie aufgebracht hatte, dann nur, um sie wieder zu ihrem Ausgangspunkt und damit in den sicheren Untergang zurückzuschicken.

Die Lautsprecherstimme war zwar laut, aber kaum zu verstehen. Noura beherrschte ein paar Brocken Italienisch, wie viele gebildete Libyer, und langsam wurde ihr klar, dass die Anweisungen für den Skipper und seine Leute gedacht waren. Erstaunlicherweise schienen die drei von der Situation keineswegs überrascht zu sein. Sie wirkten völlig ruhig und versuchten, das Boot möglichst nahe an den Kreuzer zu bugsieren. Plötzlich sah Noura, wie eine Strickleiter an der Bordwand des Marinekreuzers herabgelassen wurde. Dann stiegen zwei Männer in militärischer Uniform herunter und betraten das Boot, das nach wie vor im kaum erträglichen Licht des Suchscheinwerfers lag. Der Skipper und seine Männer zogen sich widerstandslos zurück und überließen den Uniformierten das Wort.

Einer der beiden sprach durch ein Megafon auf Arabisch zu den Flüchtlingen: „Ihr habt keine Chance! Das Auffanglager auf Lampedusa ist vollkommen überfüllt, und sie lassen keinen von euch mehr rein. Macht euch keine falschen Hoffnungen. Ihr müsst zurück, oder …"

Nun brach der erste Protest los. Mehrere Flüchtlinge schrien dem Mann in Uniform zu, dass es ihren Tod bedeute, wenn sie mit diesem Boot wieder zurückmüssten. Dass sie lieber beim Versuch, Lampedusa zu erreichen, sterben würden, als einfach umzukehren. Während der Tumult immer heftiger wurde, gelang es Noura, unbemerkt zwei Fotos zu schießen. Wer konnte schon wissen, wofür diese Fotos einmal gut sein würden?

Der Soldat versuchte, wieder Ruhe zu schaffen. Als die Unruhe abgeebbt war, fuhr er fort: „Wir können euch helfen! Wer will, kann zu uns umsteigen. Wir bringen euch zu einem Frachtschiff, dessen Kapitän ein großes Herz für Flüchtlinge hat. Mit seinem Schiff könnt ihr weiterfahren, bis hoch in den Norden Europas. Dorthin, wo Milch und Honig fließen."

Die Flüchtlinge blickten sich überrascht und verwirrt an. Wie war das zu verstehen? Dann prasselten die Fragen auf den Frontex-Mann ein. Der winkte ab und nahm erneut sein Megafon zur Hand: „Entweder ihr nutzt eure Chance, oder ihr bleibt in diesem jämmerlichen Boot und geht darin zugrunde. Entscheidet euch, aber entscheidet euch schnell! Wer sein Glück machen will, kann gleich bei mir zahlen. Wer nicht will, lässt es bleiben. Klar?"

Es dauerte eine Weile, bis die Ersten verstanden hatten. Noura fasste sich ein Herz und fragte erbost: „Es läuft also auf Erpressung hinaus! Entweder wir zahlen zum zweiten Mal für die Fluchthilfe, oder wir sterben hier auf dem Meer, oder?"

Der Offizier lachte. „Ich hätte es anders ausgedrückt, aber es kommt aufs Gleiche hinaus. Wie gesagt, jeder kann frei entscheiden. Keiner wird zu irgendwas gezwungen."

„Aber Sie sind eine offizielle Organisation der Europäischen Union!", schrie Noura ihn an. „So was können Sie doch nicht machen!"

Der Mann schaute sie verwundert an. Eine Frau, die sich so offen und so kritisch äußerte, hatte er nicht erwartet. Seine gute Laune war wie weggewischt.

„Und ob ich das kann, Mädchen", zischte er. „Du kannst dich ja anschließend bei der Europäischen Union beschweren. Falls du jemanden dort findest, der Zeit für dich hat und dir diese verrückte Geschichte glaubt, was ich allerdings bezweifele. Also, was ist jetzt? Mitkommen oder ertrinken?"

Es dauerte nicht lange, da ging der europäisch wirkende Mitflüchtling zum Offizier und drückte ihm einen großen Geldschein in die Hand. Nun war der Bann gebrochen, und einer nach dem anderen tat es ihm, wenn auch zähneknirschend, nach. Auch Noura sah keine andere Wahl und zahlte für sich und Nadir. Jetzt war auch sie völlig mittellos. Ohnmächtig musste sie mit ansehen, wie acht ihrer Mitpassagiere im Fischerboot bleiben mussten. Sie waren einfach nicht in der Lage gewesen, ein weiteres Mal zu zahlen. Ihre Chancen, mit dem antriebslosen Boot bis zu einem Hafen zu kommen, lag beinahe bei null. Immerhin bekamen sie einige Flaschen Wasser heruntergereicht. Dann drehte der Frontex-Kreuzer den Motor hoch. Innerhalb von Sekunden war das kleine Fischerboot in der Dunkelheit verschwunden.

6

Diese verdammten Biester! Ächzend brachte sich Fritzmeier in eine aufrechte Haltung. Nachdem die Rückenschmerzen etwas nachgelassen hatten, dehnte er sich und hob den alten Eimer hoch, in dem sich an die hundert Nacktschnecken wanden und sich bemühten, das Behältnis möglichst bald wieder zu verlassen. Doch das würde Fritzmeier zu verhindern wissen.

Es war schon nach sechs. Der alte Bauer hatte Ina Schulte, die ihn im Hofladen unterstützte, versprochen, sie um achtzehn Uhr abzulösen, weil sie noch einen Termin hatte. Eilig machte er sich auf den Weg. Doch Ina war schon gegangen. Stattdessen hielten Schulte und sein Enkel die Stellung.

Fritzmeiers Mieter hatte schon die Holzplatte auf die Kühltheke gelegt. Ab jetzt diente die Kühleinrichtung als Tresen, an dem die Heidentaler ihr Bier trinken konnten. Schulte hatte sich schon eine Flasche *Detmolder* aufgemacht, und Linus hielt eine Flasche Bionade in der Hand.

„How do you do?", eröffnete Schulte das Gespräch.

Seitdem er wusste, dass Anton Fritzmeier eifrig Vokabeln lernte, weil er beschlossen hatte, mit seiner Freundin Elvira im Herbst die Vereinigten Staaten zu besuchen, begrüßte Schulte ihn grundsätzlich nur noch in englischer Sprache.

„Wenne stänkern wills, kannse chleich nach Hause chehen. Quertreiber kann ich hier nich chebrauchen. Außerdem solltese ein Vorbild für den Jungen sein! Die Blagen können nich früh chenuch Respekt vor den alten Leuten lernen."

Schulte schob Fritzmeier eine Flasche Bier über den Tisch, grinste, sah sich im Laden um und erwiderte: „Ich sehe hier keine alten Leute."

Wortlos nahm Fritzmeier die Flasche entgegen, prostete dem Polizisten zu und genehmigte sich einen großen Schluck.

„Is denn noch keina von de Heidentaler Strategen da?", fragte der alte Bauer. „Hier kann doch nich jeder kommen und chehen, wann er will. Wenn dat so weitergeht, mit die Unpünktlichkeit, können die Knallköppe ihr Feierabendbier woanders trinken! Dann mache ich den Laden um sechse zu und mache Feierabend. Ich bin doch nich der Hansel von die Säufern außen Dorfe." Fritzmeier hatte Rückenschmerzen und darum schlechte Laune.

Gerade als er zur nächsten Schimpftirade ansetzen wollte, wurde die Eingangstür des Hofladens aufgerissen, und ohne einen Gruß voranzuschicken, rief Max Kaltenbecher: „Ein Bier, Anton! Aber zackig!"

„Ich cheb dir chleich wat mit zackich!", brummte Fritzmeier. „Bei mir heißt dat ers mal chuten Abend, und dann kann man über Bier reden."

„Hier ist aber einem ne Laus über die Leber gelaufen", kommentierte Kaltenbecher die allgemeine Stimmung und steuerte auf die Kühltheke zu, auf die der Alte widerwillig eine Flasche Bier stellte. In nächsten Augenblick sah der Gast den Eimer mit den Nacktschnecken.

„Boa, sind die widerlich! Sag mal, Anton, muss das denn sein, dass du diese Viecher hier direkt auf unserm Tresen stehen hast? Kannst du die nicht draußen lassen?"

„Nee, kann ich nich!", entgegnete Fritzmeier. „In dem Eimer befinden sich Schnecken im Wert von über fünftausend Euro."

„Wem willst du das denn erzählen?", fragte Kaltenbecher misstrauisch.

„Keinem", gab der alte Bauer lakonisch Auskunft, nahm den Eimer von der Theke und stellte ihn in die hinterste Ecke des Raumes.

Als Fritzmeier keine weitere Erklärung nachschob, warum die Schnecken im Eimer einen solch hohen Wert haben sollten, herrschte betretenes Schweigen. Dann bemerkte Schulte, wie Kaltenbecher immer aufgeregter wurde.

„Na, komm, Anton, jetzt sach schon, was ist an den Schnecken dran, dass sie so viel Geld wert sind?"

„Chlaubst du, dat binde ich dir aufe Nase? Nachher wirst du noch mein Konkurrent, und ich kriege nur noch die Hälfte des Cheldes für die Biester. Nee, Max, dat verchess mal, ich sage dir nix."

Kaltenbechers Neugierde begann in Wut umzuschlagen.

„Nun komm schon, Anton", versuchte er den alten Bauern zu überreden. „Wie soll ich denn dein Konkurrent werden? In meiner Mietwohnung gibt es keine Schnecken."

„Hasse auch wieder Recht, Max. Aber dat, wat ich dir jetzt erzähle, dat muss unter uns bleiben, sonst ist mit den Schnecken bald kein chutes Chescheft mehr zu machen. Dat musste mich versprechen, Max!"

Kaltenbecher nahm eine feierliche Haltung an. „Anton, du kennst mich doch! Ich schweige wie ein Grab."

„Na, wenn dat so ist", meinte der alte Bauer schmunzelnd und zwinkerte dabei unauffällig Schulte zu. „Also, du muss wissen, ich verkaufe die Schnecken als Potenzmittel nach China. Ich sage dir, die da unten in Asien, die sind chanz verrückt auf diese Schnecken. Damals in Chriechenland habe ich so einen Chinesen kennenchelernt. Meinen Freund Mao Tse Tung! Der hat mir davon erzählt, dat Nacktschnecken, wenn sie auf eine chanz bestimmte Art und Weise ernährt werden, die besten Potenzmittel der Welt wären. Die Tinktur, die man aus diesen Viechern herstellt, muss tausendmal besser sein wie dat Pulver aus dem großen Horn vom Nashorn. Aber et kommt auf die richtige Ernährung an. Ich hab da in den letzten Jahren bei uns im Charten dat eine oder andere Chewächs anchepflanzt, dat es da früher nich chab, und auch ein paar Blumen und Kräuter rauscheschmissen, die dem Potenzmittel schaden – und jetzt stimmt die Vegetation. Die Nacktschnecken aus diesem Garten sind die besten Potenzschnecken, die et in China je checheben hat. Ich züchte die Tierchen, und mein Freund Mao Tse Tung verkauft se in China. So haben wir beide wat davon."

Als Linus interessiert nachfragte: „Opa, was sind Potenzmittel?", bekam Schulte plötzlich einen hochroten Kopf und rannte aus dem Hofladen. Im nächsten Augenblick betrat Jobst Henkemeier den Laden. Bevor er etwas sagen konnte, legte Fritzmeier den Finger auf die Lippen und bedeutete Max Kaltenbecher zu schweigen. Der zwinkerte dem alten Bauern verschwörerisch zu und nickte wissend.

7

„Ich sage dir, Alu, da stimmt was nicht!" Der junge Mann schüttelte seinen dunklen Lockenkopf und legte die Stirn in Falten.

Sein zwei Jahre älterer Bruder wiegelte ab. „Du machst dich verrückt. Wahrscheinlich taucht er morgen wieder auf, und alles läuft wie immer. Du bist ein Schwarzseher, Dschochar."

Dschochar Bassajew schaute überrascht hoch. „Das musst du gerade sagen. Ich nehme unsere Geschäfte eben ernst und finde, dass es reichlich Gründe gibt, sich Sorgen zu machen. Aber das ist ja auch egal. Klar ist, dass wir ziemlich in der Scheiße stecken, wenn er nicht bald liefert. Die Flüchtlinge kommen spätestens in drei Tagen hier an, und wir haben immer noch keine Papiere für sie. Was willst du mit ihnen machen, falls unser Mann tatsächlich nicht mehr zur Verfügung steht?"

Alu Bassajew schaute seinen Bruder prüfend an. Dann zuckte er ratlos die Achseln. „Keine Ahnung. Erst mal in die Lagerhalle mit ihnen, und dann sehen wir weiter. Du kannst dich ja um den Deutschenmacher kümmern. Ich habe ja so meine Theorie, dass …"

„Ja?" Dschochar war aufgesprungen. Er war sichtlich nervös – ganz im Gegensatz zu seinem bulligen Bruder, der ruhig weitersprach: „Na ja, du weißt doch selbst, dass er mehr Geld gefordert hat. Verdammt viel Geld. Wir haben ihm klargemacht, dass er sich seine Forderung in den Arsch schieben kann. Ich denke, er sucht sich nun einen anderen Blöden, der ihm mehr zahlt."

Dschochar drehte eine Runde um den Küchentisch. „Wie meinst du das? Wer außer uns sollte ihm denn für die Papiere was zahlen?"

Alu lachte. „Hör mal, wir sind doch nicht die einzigen, die Geld damit machen, Flüchtlinge in dieses wunderbare Land zu schleusen. Wer weiß, vielleicht ist irgendeiner Konkurrenzgruppe in Hamburg oder Berlin der Boden unter den Füßen zu heiß geworden, und sie suchen sich neue logistische Wege. Meinst du nicht, dass sich unser Erfolg in der Szene herumgesprochen haben könnte?"

Dschochar nickte langsam. „Du glaubst also, dass Konkurrenten den Deutschenmacher abgeworben haben? Weißt du vielleicht mehr, als du mir sagst?"

Wieder zuckte Alu seine breiten Schultern. „Ich weiß darüber nicht mehr als du. Aber ich kann es mir vorstellen."

Minutenlang hingen die Brüder ihren eigenen Gedanken nach. Während der Ältere ruhig am Tisch saß und immer wieder an seiner Teetasse nippte, lief der Jüngere wie ein Getriebener um den Tisch herum. Irgendwann sagte Alu ärgerlich: „Nun setz dich endlich hin! Du machst mich auch noch verrückt."

„Dann tu endlich was!", schnauzte Dschochar ihn plötzlich an. Er beugte sich mit dem Oberkörper über den Tisch und schaute seinem Bruder in die Augen. „Schön reden kannst du, das weiß ich wohl. Du kannst alles erklären. Aber du solltest auch was tun. Wir dürfen die Sache nicht einfach treiben lassen. Wenn du nichts unternimmst, muss ich mit unserem Vater reden."

Nun stand auch Alu auf und stellte sich direkt vor Dschochar. „Hör mal zu, Kleiner!", donnerte er seinen deutlich schmaleren Bruder an. „Du und der Alte, ihr beiden habt schon immer alles besser gewusst. Immer wenn eine Aktion gut gelaufen ist, habt ihr euch gegenseitig auf die Schulter geklopft. Und wenn etwas schiefgelaufen ist, dann war der dicke, faule Alu schuld. Ihr beide kotzt mich an mit eurer Perfektion."

Er wandte sich um, ging zwei Schritte, holte tief Luft und sprach mit erzwungen ruhiger Stimme weiter: „Ruf den Alten ruhig an, wenn du Sehnsucht nach Papa hast. Vielleicht hast du ja Glück, und der große, bedeutende Mann lässt seine großen und bedeutenden Geschäfte in Berlin ruhen und kommt ins kleine und unbedeutende Bielefeld. Ich hatte nie vor, die Sache einfach treiben zu lassen, wie du es ausgedrückt hast. Ich fahre morgen nach Bremen und sorge dafür, dass die Ware aufs richtige Schiff kommt. Kümmere du dich um den Deutschenmacher. Vielleicht findest du ihn ja. Viel Glück!"

8

Es war Neumond und bewölkt. Genau die richtigen Lichtverhältnisse für eine solche Aktion. Sie hatten schwarze Kleidung angezogen und sich Sturmhauben über den Kopf gestreift. Das machte sie in der Finsternis fast unsichtbar.

„Ich sage es dir, der 7er BMW steht schon seit fünf Tagen da. Die Karre ist nagelneu. Möchte nicht wissen, was die gekostet hat. Das Ding ist eigentlich viel zu schade, um es ins Ausland zu verticken. So eine Kiste müsste man selber fahren."

„Schnauze, Wenzel!"

Die beiden Männer hatten schon eine Reihe von Edelkarossen geknackt. Ihre Abnehmer nahmen aber nicht jedes Fahrzeug. Sie hatten genaue Vorstellungen – vom Modell bis hin zur Farbe. Regelmäßig, einmal im Monat, lag ein Brief ohne Absender im Briefkasten. In dem Umschlag befand sich die aktuelle Bestellliste.

Einmal hatte er sich nicht genau an die Angaben gehalten. Besser gesagt, Wenzel, der Idiot, hatte keinen silbermetallicfarbenen Porsche abgeliefert, sondern kam mit einem roten auf den Hof gefahren. „Red Porsche", hatte er geschwärmt. Rot, das sei doch die einzig wahre Farbe für so ein Auto. Nur Spießer würden mit silberfarbenen Kisten durch die Gegend fahren.

Das Ende vom Lied war, dass es, kurz nachdem er den roten Porsche am verabredeten Ort abgestellt hatte, an seiner Haustür klingelte. Er hatte sie noch nicht ganz geöffnet, da gab's schon eine Abreibung – kurz, aber heftig. Sie endete mit dem guten Rat, sich künftig genau an die Anweisungen der Organisation zu halten. Den roten Porsche solle er verschwinden lassen, und zwar so, dass er niemals wieder auftauchte.

Später traf er sich mit Wenzel, um ihm von der Misere zu berichten, doch der bemerkte nur lakonisch: „Dumm gelaufen." Da waren die Pferde mit ihm durchgegangen. Das hätte Wenzel mal nicht sagen sollen. Denn nach diesem Spruch hatte er ihm die Fresse poliert. Nur eine Minute später sah die Visage von Wenzel doppelt so schlimm aus wie seine eigene. Nach diesem Ereignis ließ er den Blödmann nicht mehr alleine auf Tour gehen. Er wollte die Autos sehen, bevor sie sie klauten.

Wieder dachte er an diesen roten Porsche, den er nach Wenzels Alleingang an der Backe gehabt hatte. Es war gar nicht so einfach, ein Auto für immer verschwinden zu lassen. Und so ein roter Porsche ...

„Atze! Links abbiegen!", rief Wenzel. Hastig riss er das Lenkrad herum, und sein Fahrzeug schoss mit quietschenden Reifen in die Bahnhofstraße. Das war wirklich knapp. Der Vorderreifen des Vans rumpelte über die Bordsteinkante, und die Stoßstange verfehlte nur um Haaresbreite die Befestigungsstange eines Verkehrsschildes. Nach ungefähr dreihundert Metern querten Schienen die Straße.

Wieder war die quäkige Stimme vom Beifahrersitz zu hören: „Hier rechts rein, da ist der Helpuper Bahnhof!"

„Allgemeine Verkehrskontrolle! Bitte stellen Sie ihr Fahrzeug ab und kommen Sie mit Ihren Fahrzeugpapieren und Ihrem Führerschein zu dem Kleinbus." Gebetsmühlenartig leierte der Polizist seinen Spruch herunter, nachdem er die Autos mit der beleuchteten Haltekelle gestoppt hatte.

Rechts auf einer Art Parkplatz, ein paar hundert Meter vor dem ehemaligen Ostmanngebäude, standen ein Streifenwagen, ein Kleinbus der Polizei und die Autos derer, die bereits angehalten worden waren. Vor der Seitentür des Bullis standen einige Personen an und warteten darauf, kontrolliert zu werden.

Einer der Polizisten, ein übergewichtiger Mann, dessen Gesicht an das eines Panzerknackers aus den Micky-Maus-Heften erinnerte, wurde plötzlich aufmerksam. Angestrengt versuchte er zu erfassen, was einige hundert Meter weiter passierte. Was war denn da an der Kreuzung los? Ein Fahrzeug wurde herumgerissen und bog links ab.

Der Typ fährt wie ein Besoffener, dachte er. Na, den schnapp ich mir. Er drängte sich durch die Schlange der Wartenden und rief einem der Kollegen zu: „Los, komm, schon Volkhausen! Da will einer abhauen!"

Der Angesprochene gaffte ihn verwundert an, rührte sich aber keinen Millimeter von der Stelle. Der Dicke zwängte sich hinter das Steuer des Streifenwagens und startete den Motor, der im nächsten Moment wie ein gequältes Tier aufheulte. Der Passat preschte ruckartig nach vorne. In die Warteschlange kam Bewegung. Mit beherzten Sprüngen versuchten die Menschen sich vor dem Amokfahrer in Polizeiuniform in Sicherheit zu bringen. Aus der geöffneten Bullitür rief ein anderer Polizist: „Volle, du Idiot, was soll das denn? Lass die Karre stehen, und mach deine Arbeit!"

Helpuper Bahnhof, das ist ja wohl die größte Übertreibung aller Zeiten, dachte Atze. Ein Unterstand für die Menschen, die auf Züge warteten, ein paar Gleise und eine von Unkraut überwucherte Rampe. Was hatte das mit einem Bahnhof zu tun? Aber dunkel war es. Erst als die Scheinwerfer des Vans den BMW fast anstrahlten, sahen sie das Fahrzeug.

Kaum hatte Atze den Kleinbus gestoppt, da war Wenzel herausgesprungen.

„Was ist, Atze? Gibst du einen aus, wenn ich die Karre in weniger als dreißig Sekunden auf habe?"

Der Kerl macht mich aggressiv, dachte Atze, während der ebenfalls ausstieg. Aus den Augenwinkeln sah er ein Polizeifahrzeug, das mit einem mörderischen Tempo in Richtung Pottenhausen raste. Dass es bei der Querung des Bahnüberganges keinen Achsenbruch erlitt, war ein wahres Wunder. Hastig schaltete Atze die Scheinwerfer seines Vans ab und sagte: „Laber nicht rum! Hast du die Bullen nicht gesehen? Sieh zu, dass du die Karre zum Laufen bringst, und dann lass uns hier verschwinden!"

Von dem dahinrasenden Polizeifahrzeug wurden blaue Blitze in den Himmel geschossen. Diese Tatsache schien Wenzel zu beflügeln. In Rekordzeit hatte er die Fahrertür geöffnet. Aus dem Fahrzeugfond strömte ihm ein widerlicher, süßlicher Geruch entgegen. Sofort setzte bei ihm der Würgereiz ein.

„Nee, Atze, keine zehn Pferde bringen mich dazu, in diese Karre einzusteigen. Das stinkt ja wie in einer Abdeckerei. Die Karre fahre ich nicht. Das kannst du selber machen."

Im nächsten Moment zuckten Blitze vor seinen Augen. Ein höllischer Schmerz machte sich in seinem Gesicht breit, als sein Komplize ihm ins Gesicht schlug. Aus seiner Nase begann Blut zu tropfen.

„Steig ein, und schmeiß die Karre an – oder willst du, dass wir im Knast landen? Hast du die Bullenkiste nicht gesehen? Die suchen jemanden! Was meinst du, was los ist, wenn die gleich hier auftauchen?"

Wenzels Gesicht brannte. Der erste Impuls zurückzuschlagen, war schnell abgeklungen. „Das kannst du doch auch im vernünftigen Ton sagen", meinte Wenzel jammernd. Er verdrückte eine Träne, dann wischte er sich mit seinem Ärmel durchs Gesicht. „Eins sage ich dir, Atze, das machst du nicht noch mal. Und wenn doch, dann kannst du deine Autos alleine aufbrechen. Und den Gestank, den kenne ich! In der Karre hat eine Leiche gelegen. Ich habe mal eine Kiste nach Russland gebracht, die hat ganz ähnlich gerochen. Ich weiß nicht, wie oft ich auf der Fahrt gekotzt habe. Nee, Atze, den Geruch, den vergesse ich im Leben nicht. In dem BMW hat eine Leiche gelegen. Darum steht die auch hier rum, und keiner will sie haben."

„Schmeiß den Schlitten an, und lass uns abhauen. Egal, was da mal drin gelegen hat. In einer halben Stunde ist der Drops gelutscht. Dann steht die Karre an der verabredeten Stelle, und wir haben mit der ganzen Sache nichts mehr zu tun."

Wenzel wollte seiner Aufforderung immer noch nicht nachkommen. „Atze, ich sage dir, das gibt Ärger!"

Sein Gegenüber holte zu einem erneuten Schlag aus. Diese Geste reichte aus, um Wenzel zu zwingen, in den BMW zu steigen. Eine Minute später sprang der Motor an. Ein angenehmes Säuseln erfüllte die Nacht. Geiles Geräusch, dachten die beiden Autoknacker gleichzeitig.

Wo war die Karre geblieben, die da eben links abgebogen war? So viel Vorsprung konnte die einfach nicht haben. Volle sah in den Rückspiegel. Hatte nicht rechts hinten eben ein Licht aufgeblitzt? Er fuhr jetzt auf gerader Strecke. Vor ihm war kein Auto zu sehen. Die sind abgebogen, schoss es Volle durch den Kopf. Die müssen rechts in den Weg dahinten gefahren sein. Wo führt der noch mal hin?

Volles Gehirn arbeitete auf Hochtouren. Ein völlig neues Erlebnis. Genau, da war der Bahnhof von Helpup oder das, was sich so nannte. Der Weg führte in eine Sackgasse. Wenn er Glück hatte, stand das Auto noch da. Und wenn er noch mehr Glück hatte, saßen in der Kiste auch noch ein paar Trunkenbolde, die hofften, sie seien der Polizei entgangen.

„Nee, nee, Leute, nicht mit mir. Nicht mit Egon Volle. Euch schnappe ich mir!", rief er und griff zum Funkgerät. Kaum hatte er sich gemeldet, da brach auch schon eine Schimpftirade auf ihn ein. Doch er ignorierte die Beschwerden der Kollegen.

„Schnauze!", schrie er. „Ihr fahrt jetzt sofort zum Bahnhof Helpup und nehmt jeden fest, den ihr dort antrefft. Und wehe, wenn nicht! Ich bin auch gleich da!"

Dann schaltete er das Funkgerät ab.

Das würde Atze büßen. Der Gestank war kaum auszuhalten. Wenzel legte den Rückwärtsgang ein und drehte sich nach hinten. Sofort wehte ihm Luft ins Gesicht, die nach Verwesung roch. Mit dem Öffnen des Seitenfensters packte ihn die Übelkeit. Er riss den Kopf herum, steckte ihn nach draußen und übergab sich. Das Erbrochene floss im Zeitlupentempo an der Autotür herunter. Diese Aktion führte dazu, dass Wenzel mit dem immer noch rückwärts rollenden BMW gegen den Van rollte und mit dessen linkem Scheinwerfer kollidierte. Glas splitterte, und Blech schabte. Im nächsten Moment erlosch die Glühbirne, und der Kleinbus war einäugig. Wenzel sah Atze wild herumgestikulieren, doch das störte ihn nicht mehr. Wenn Atze etwas nicht passte, sollte *er* doch diese stinkende Karre fahren!

Weiterhin den Kopf aus dem Fenster haltend, legte Wenzel den Vorwärtsgang ein und steuerte den BMW Richtung Bahnhofstraße. Atze mit seinem einäugigen Van folgte ihm. Doch kaum hatten sich die beiden Fahrzeuge in Bewegung gesetzt, da wurden sie auch schon wieder zum Anhalten gezwungen.

Ein Polizeifahrzeug stand quer auf dem Weg.

9

Der Frontex-Kreuzer hatte die Flüchtlinge nach kurzer Fahrt zu einem riesigen Frachtschiff gebracht, das unter liberianischer Flagge fuhr, und sie umgeladen. An Deck des Frachters hatte man ihnen keine Zeit gelassen, sich zu orientieren, sondern sie gleich durch ein enges Treppenhaus geschickt und in einen fensterlosen Raum tief unten im Schiffsbauch gesperrt.

Nun hockten sie schon seit drei Tagen in dem engen und stinkigen Kabuff. Wieder nur ein Eimer als Toilette. Wieder kein Millimeter Privatsphäre. Die Versorgung mit Lebensmitteln reichte aus, um zu überleben, aber mehr auch nicht. Die ersten Nervenzusammenbrüche erschütterten die Gemeinschaft. Die Leute schrien sich wegen Kleinigkeiten an, und zwei Männer, die bis dahin als Freunde galten, hatten sich eine brutale Prügelei geliefert. Zu allem Überfluss griff auch noch die Seekrankheit um sich. Der Gestank von Kot und Erbrochenem wurde mit jeder Stunde unerträglicher.

Noura konnte mittlerweile kaum noch sitzen. Sie war eine aktive junge Frau, die sich gern und viel bewegte. Seit Tagen konnte sie nur wenige Schritte gehen, da der Raum nicht groß genug war. Am Morgen des dritten Tages hatte sie versucht, sich ein bisschen die Beine zu vertreten, aber sie war angefeindet worden, weil sie dadurch noch mehr Unruhe unter die von Dichtestress gepeinigten Menschen brachte. Also tat sie, was alle taten: Sie saß auf dem Fußboden, starrte Löcher in die dicke, miefige Luft und wartete in fatalistischer Starre auf bessere Zeiten. Wenn sie einen vorsichtigen Blick auf Nadir wagte, gesellte sich zu ihren eigenen Sorgen auch das schlechte Gewissen, den armen Kerl in diese furchtbare Lage gebracht zu haben.

Einmal kam der europäisch aussehende Mann zu ihr, ließ sich neben ihr nieder und bot ihr etwas von seiner Essensportion an. Die Verpflegung war bereits am zweiten Tag deutlich schlechter geworden, und Noura hatte, für alle sichtbar, Teile ihrer sowieso schon kleinen Portion an andere abgegeben. Nun lehnte sie das Angebot des Fremden mit Hinweis auf ihre Seekrankheit ab, um ihm nicht zu Dankbarkeit verpflichtet sein zu müssen.

Der Mann sprach Arabisch mit ihr, jedoch mit einem starken ausländischen Akzent. Sie fragte sich, woher er kommen mochte und was ihn wohl zur Flucht aus Libyen getrieben hatte, behielt die Fragen aber für sich. Mit einem Lächeln ging der Mann wieder an seinen Platz zurück und hockte sich zwischen die anderen Flüchtlinge. Noura registrierte, dass Nadir sie prüfend anschaute. War er skeptisch, was die Annäherungsversuche dieses Mannes anging, oder war er schlichtweg eifersüchtig?

Sie wagte einen Blick in die Runde. Die meisten der zwanzig Männer waren deutlich unter dreißig, und es gab nur eine einzige weitere Frau, die aber mit einem der Männer verheiratet war. Noura hatte zwar mit ihrem Begleiter abgesprochen, dass sie hier als seine Ehefrau gelten sollte, aber Nadir hatte sich schnell verplappert und damit Noura ohne böse Absicht als eine Art Freiwild gekennzeichnet. Kein Wunder, dass sie immer wieder begehrliche Blicke auffing, wenn sie in die Runde sah.

Vom Kapitän des Frachters war sie schon zweimal auf die Kommandobrücke gerufen worden, um dort als Dolmetscherin zu fungieren. Der lettische Kapitän hatte ihr Anweisungen für die Flüchtlinge auf Englisch gegeben, die Noura ins Arabische übersetzte. Warum der Lette für diese Aufgabe nicht den europäischen Flüchtling in Anspruch nahm, konnte sich Noura nicht erklären. Aber diese kurzen Abwesenheiten waren für sie fatal.

Immer häufiger meinte sie, aus dem Tuscheln der Männer herauszuhören, dass es um sie ging. Ihr wurden nicht mehr nur lüsterne, sondern zunehmend bedrohliche Blicke zugeworfen. Irgendjemand schien schlecht über sie geredet zu haben. Nadir war ihr bei der Aufklärung keine große Hilfe, da er meistens in sich gekehrt auf dem Boden hockte und an den Gesprächen nicht teilnahm. Sie fühlte sich allein und schutzlos.

10

Das Dasein als Polizist hatte auch seine Vorzüge. Was für jeden Normalbürger eine Gesetzesübertretung darstellte, war für Volle Bestandteil der Arbeit. Er trat das Gaspedal des Polizeiwagens durch, und der Motor heulte auf wie ein geprügelter Hund. Nach dieser kurzen, aber heftigen Schmerzbekundung schoss das Auto nach vorne. Wollen doch mal sehen, was die Karre so draufhat, dachte der dicke Polizist. Es war wunderbar, die Power auszukosten, die hundertsiebzig PS ihm suggerierten. Mit Blaulicht, Martinshorn und Höchstgeschwindigkeit jagte er den Streifenwagen wieder zurück Richtung Helpup. Sollte mich nicht wundern, wenn ich vor den verpennten Kollegen am Bahnhof bin, dachte er.

Am Ortsschild drosselte er die Geschwindigkeit nur unwesentlich und donnerte über den Bahnübergang. Im nächsten Augenblick bremste er kurz ab, schlug das Lenkrad ein und zog gleichzeitig die Handbremse. Das Heck des Streifenwagens brach kurz nach rechts aus. Dann schoss er links in den Weg zum Bahnhof.

Volles Augen weiteten sich, Panik kroch in ihm hoch. Quer auf dem Weg stand ein unbeleuchteter Polizeibulli. Der Passat schoss auf das Hindernis zu. Volle umklammerte das Lenkrad mit aller Kraft, drückte sich in den Sitz und hämmerte mit dem Fuß auf die Bremse. In der Hektik verriss er das Lenkrad ein bisschen. Verzweifelt versuchte er gegenzulenken. Das Auto drehte sich in die andere Richtung seitlich weg und touchierte mit dem linken Heck die Seitenwand des Bullis. Der begann zu wanken, kippte aber nicht um.

Einen Moment lang saß Volle hinter dem Lenkrad des demolierten Streifenwagens und starrte vor sich hin. Dann ergriff er die Flucht nach vorn. Die Strategie, die er sich zurechtgelegt hatte, lautete: Die anderen sind schuld! Er sprang aus dem Auto und brüllte los: „Verdammt! Welcher Idiot hat den Bulli hier so verkehrswidrig abgestellt? Männer, ich sage euch, das wird ein Nachspiel haben!"

Kollege Volkhausen war fassungslos: Da zog Volle seit einer halben Stunde eine Nummer auf eigene Faust ab, schnappte sich ungefragt einen Streifenwagen und fuhr planlos durch die Gegend. Er gab unautorisiert Befehle und hetzte die lippische Polizei gegen zwei unbescholtene Bürger. Und jetzt fuhr er zu guter Letzt auch noch zwei Autos zu Schrott und stellte ihn als den Schuldigen dar.

Doch bevor Volkhausen sich rechtfertigen konnte, warum das Einsatzfahrzeug quer auf dem Weg gestanden hatte, ergriff schon ein anderer Kollege die Initiative. Diensthund Bello saß in der Hundebox des Bullis. Durch den Zusammenstoß konnte der Käfig nicht mehr geöffnet werden. Jetzt bellte der Hund ununterbrochen und kratzte an der Käfigtür. Anscheinend hatte er Verletzungen davongetragen oder zumindest einen Schock erlitten. Der Kollege von der Hundestaffel sorgte sich um sein Tier und machte Volle für die verzweifelte Lage des Hundes verantwortlich. Mit den Worten: „Du Saukerl, du Hundeschinder", versuchte der Tierfreund auf Volle loszugehen, wurde aber gerade noch rechtzeitig von einem Kollegen abgehalten.

Am Bahnhof Helpup herrschte das reinste Chaos. Zwei demolierte Polizeifahrzeuge. Ein eingeklemmter Hund, der mittlerweile hysterisch bellte. Ein Polizist, der seinen lauthals schimpfenden Kollegen körperlich maßregeln wollte, weil er ihn für einen Tierquäler hielt. Und dann waren da noch zwei völlig verunsicherte Autoknacker, die zwar von der Polizei angehalten worden waren, bisher aber noch nicht als Straftäter erkannt worden waren.

Atze witterte seine Chance. Er wandte sich an Volkhausen und fragte ihn, wie es denn nun weitergehe. Er habe noch einen Termin und stünde ein bisschen unter Zeitdruck. Diese Frage brachte nochmals eine gewisse Dynamik in das Geschehen.

„Zeigen Sie mal Ihren Führerschein und die Fahrzeugpapiere!"

Atze suchte in seinem Van und wechselte ein paar Worte mit seinem Kollegen. Der begann ebenfalls in seinen Jackentaschen nach Führerschein und Fahrzeugschein zu suchen.

Währenddessen zerrte der Hundeführer immer wieder an der Tür der Hundebox und redete auf den Riesenschnauzer ein, um ihn zu beruhigen. Doch der Hund in seinem Verschlag war auf dem besten Weg durchzudrehen. Das wiederum setzte den Polizisten weiter unter Stress. Vor Verzweiflung heulte er ähnlich laut wie sein vierbeiniger Gefährte.

Wenzel zog schließlich einen Führerschein aus dem Portmonee und gab ihn an Atze weiter, der seine Papiere mittlerweile im Handschuhfach gefunden hatte. Nach einer weiteren Sucheinheit tauchte noch ein Fahrzeugschein auf. Atze reichte die Papiere dem Uniformierten, dessen Namensschild ihn als Polizeimeister Volkhausen auswies.

„Hör mal zu, Volle, wenn meinem Hund was passiert ist, wirst du deines Lebens nicht mehr froh!", brüllte währenddessen der Hundeführer. Das Tier schien die Panik seines Herrchens zu wittern und wurde noch aufgeregter in seinem Käfig.

Volkhausen versuchte sich auf das Kontrollieren der Papiere zu konzentrieren. Was war das denn? Er streckte dem einen Mann den Fahrzeugschein hin und erklärte: „Dieser Kfz-Schein gehört zu einem Motorrad, nicht zu dem BMW."

Der Angesprochene zuckte mit den Schultern und erwiderte mit quäkender Stimme, dass er dann wohl vorhin in der Hektik die falschen Papiere eingesteckt habe. Das könne ja mal passieren, aber wenn der Herr Wachtmeister nichts dagegen habe, werde er schnell zu sich nach Hause fahren, um die richtigen Unterlagen zu holen.

Was für eine schreckliche Stimme, dachte der Polizist und gab dem Mann die Papiere zurück. Gerade als er ankündigen wollte, dass sie den BMW zuerst mal polizeilich überprüfen würden, begann der Hund noch fürchterlicher zu jaulen. Und als Volle den Hundeführer auch noch wütend anschrie, er solle sich bei ihm, Volkhausen beschweren, schließlich sei er es gewesen, der die Karre so blöd auf den Weg gefahren habe, da reichte es ihm. Der dicke Kollege hatte den Bogen überspannt!

Jetzt ging es auch mit Volkhausen durch. Er, der die Fahrzeugpapiere kontrolliert hatte, er, der sich als einziger bemühte, seine Aufgaben routinemäßig abzuarbeiten, wurde von diesem Kollegenschwein Volle schikaniert und beleidigt. Empört brach er die Verkehrskontrolle ab, drückte den Männern die Papiere in die Hand und knurrte: „Sehen Sie zu, dass Sie hier verschwinden! Gute Fahrt, meine Herren."

Dann drehte er sich zu Volle um, fest entschlossen, seinem Kollegen eine ordentliche Abreibung zu verpassen.

Atze und Wenzel sahen sich verdutzt an. Der liebe Gott hatte ein Herz für Autoknacker! Sie sollten verschwinden! Aber wie? Schließlich hatten die Polizisten mit ihren Fahrzeugen den ganzen Weg versperrt. Ob man vielleicht links oder rechts an den demolierten Autos vorbeifahren konnte, bevor sich die Polizisten in ihrem Beisein prügelten?

Dann plötzlich, der Hundeführer hatte wieder mit aller Kraft an der Käfigtür gerissen, ließ sich der Verschlag öffnen. Als wäre der Teufel hinter dem Riesenschnauzer her, sprang das Tier mit einem gewaltigen Satz aus dem Auto. Mit drei Sätzen war es am Kofferraum des BMWs angelangt und kratzte wie irre am Schloss.

Jetzt machte Wenzel einen entscheidenden Fehler. Er schrie: „Hey, nehmt den blöden Köter da weg! Der zerkratzt mir ja das ganze Auto!"

Blöder Köter, hörte der Hundeführer. Das reichte! Sein Körper straffte sich. Er nahm Haltung an. Gemessenen Schrittes ging er zu dem Fahrzeug, das sein Hund gerade wie ein Wahnsinniger malträtierte. Er steckte seinen Kopf durch das geöffnete Seitenfenster und zog ihn im nächsten Moment hastig wieder zurück. Der Gestank im Auto war betäubend. Er knallte mit dem Hinterkopf an den Dachholm. Vor Schmerz schossen ihm die Tränen in die Augen. Doch er riss sich zusammen und griff nach seiner Pistole. „Raus aus den Autos und Hände hoch!", schrie er wütend.

Die beiden Männer stiegen hastig aus ihren Fahrzeugen und rissen die Arme gen Himmel. Durch diese unerwartete Aktion entging Volle der Ohrfeige, die Volkhausen ihm gerade verpassen wollte. Verwundert sah er zu seinem Kollegen von der Hundestaffel, der am BMW lehnte, sich mit einer Hand den Hinterkopf rieb und in der anderen eine Pistole hielt, die er auf die beiden Männer richtete.

Dann sagte er seelenruhig: „In dem Fahrzeug riecht es nach Verwesung. Bitte öffnen Sie den Kofferraum."

Die beiden Männer sahen sich an. Dann quäkte Wenzel: „Dafür haben wir leider keinen Schlüssel."

„Volkhausen, haben wir eine Brechstange?"

Der Angesprochene schüttelte den Kopf, doch Volle kam schon angerannt, einen überdimensionalen Schraubenzieher in den Händen. In weniger als einer Minute hatte er die Kofferraumklappe aufgehebelt.

Kurz darauf nahm sein Gesicht eine gelblich grüne Färbung an. Im Stauraum des Autos lag ein aufgedunsener Mann, der Volle mit leeren Augen anstarrte. Die Leiche sonderte einen bestialischen Gestank ab, und auf den Lippen des Toten krabbelten drei hässliche weiße Larven.

11

Nouras Neugier war geweckt. Wieder hatte der Europäer sie angesprochen. Freundlich und hilfsbereit war er gewesen. Und diesmal hatte sie sich, schon um die aggressive Trübsal dieses Ortes für kurze Zeit zu vergessen, mit ihm unterhalten. Sie sprachen arabisch miteinander. Als sie die üblichen Small-Talk-Belanglosigkeiten hinter sich gebracht hatten, versuchte sie etwas über ihn zu erfahren. Aber schon bei ihrer ersten, sehr allgemein gehaltenen Frage nach seiner Herkunft blockte der Mann ab.

„Flüchtlinge wie wir haben kein Zuhause", philosophierte er. „Wir sitzen zwar alle im selben Boot, aber dieses Boot hat keinen Heimathafen. Es treibt mit den Wellen hin und her. Keiner weiß, wo es mal landen wird. Oder ob es auf ein Riff läuft und sinkt."

Was für ein Geschwafel, dachte Noura, entweder nimmt er mich nicht ernst, oder er will einfach nicht über sich reden. Sie beschloss, auch von sich nichts preiszugeben. Warum läutete eigentlich ständig eine Alarmglocke Sturm, wenn sie sich mit dem Mann unterhielt? Er hatte ihr doch keinen Grund gegeben, ihm zu misstrauen. Dass seinetwegen ein armer Teufel das Flüchtlingsboot in Zuwara hatte verlassen müssen, war sicher nicht schön. Aber wer sich bedroht fühlt, der denkt eben zuerst an sich selbst. Kann man ja verstehen, dachte Noura und versuchte ihre Besorgnis zu dämpfen.

„Aber einen Namen haben Sie doch, oder?", machte sie einen letzten Versuch. „Ein Name macht alles viel einfacher."

Der Mann, der sicher fünfzehn Jahre älter war als sie, lächelte. „Ich kann Ihnen ansehen, was Sie denken. Dieser alte Kerl will mich anbaggern. Bei nächster Gelegenheit zerrt er mich in eine dunkle Ecke und fällt über mich her. Stimmt's?"

Ihr erstaunter Gesichtsausdruck gab ihm Recht. Wieder schmunzelte er. „Nein, nein! Machen Sie sich keine Sorgen. Ich bin ein gebildeter Mensch und brauche ab und zu ein Gespräch mit einem anderen gebildeten Menschen. Und da kommt hier nur eine einzige Person infrage, das sind Sie. Sie können mich übrigens Ali nennen."

Sie wusste nicht, was sie davon halten sollte, und versuchte, das Gespräch in eine andere Richtung zu lenken. Den Namen Ali hatte er gerade erfunden, das war ihr klar. Die Unterhaltung dümpelte von nun an träge dahin. Die Alarmglocke in ihr bimmelte etwas leiser, verstummte aber nicht ganz.

„Ich habe gesehen, dass Sie während der Fahrt Fotos gemacht haben. Mich interessieren Kameras. Kann ich sie mir mal anschauen?"

Nun läutete die Alarmglocke wieder lauter. Wie sollte sie ihm diese Bitte abschlagen, ohne grob unhöflich zu werden? Bevor sie ihm die Kamera aber aushändigen konnte, öffnete sich die Tür, ein Matrose kam herein und forderte sie auf, ihm auf die Kommandobrücke zu folgen. Halb erleichtert, halb besorgt, nahm sie die Kamera wieder an sich, bat Nadir, auf ihre Reisetasche aufzupassen, und folgte dem Matrosen.

Auf der Kommandobrücke ließ er sie allein. Sie schaute sich in dem großen, ungemütlichen Raum um. Niemand war hier, der die unzähligen Geräte bediente. Konnte so ein Schiff ganz allein fahren? Neugierig schaute sie aus dem großen Panoramafenster. Aber ihre Hoffnung, Land zu sehen, wurde enttäuscht.

Mehr aus alter Gewohnheit nahm sie ihre kleine Kamera vom Hals und fotografierte. Die Steuergeräte, den Blick auf den vorderen Teil des Schiffes. In der Mitte des zentralen

Schaltpultes war eine Tafel aus Wurzelholz eingelassen, auf der in Goldbuchstaben der Name des Schiffes prangte. „MS Freetown", las sie und fotografierte die Tafel. An einer Wand hingen zwei gerahmte Fotos. Das kleinere zeigte den Kapitän, den sie ja bereits kennengelernt hatte, zusammen mit einer Frau, die er stolz im Arm hielt. Vielleicht seine Ehefrau, dachte Noura und betrachtete das größere Bild. Es war ein Gruppenfoto von sieben Männern in unterschiedlichen Uniformen. Sie machten einen fröhlichen und gelösten Eindruck, als hätten sie gerade eine schwere Prüfung gemeinsam überstanden. Auch hier entdeckte sie den Kapitän, der auf dem Foto einige Jahre jünger aussah als heute. Um sich die Zeit zu vertreiben, versuchte sie auch dieses Foto möglichst gut abzulichten.

Dann betrat der Kapitän die Brücke. Er hatte getrunken, das konnte sie ihm sofort ansehen. Sein unangenehmes Grinsen verhieß nichts Gutes. Sie trat einen Schritt zurück und spürte, dass sie nun mit dem Rücken zur Wand stand. Sein Grinsen wurde breiter. Dann hob er die Hand und griff ihr tapsig an die Brust. Reflexartig ging sie in die Knie und quetschte sich seitlich an dem massigen Mann vorbei, der sicherlich doppelt so viel wog wie sie. Der Kapitän hatte versehentlich die Tür hinter sich offen gelassen. Noch während er ihr überrascht und enttäuscht nachschaute, war sie bereits auf der Treppe nach unten.

Der Matrose, der vor dem Raum Wache hielt, in dem die Flüchtlinge untergebracht waren, ließ sie problemlos wieder eintreten. Völlig außer Atem nahm sie ihren Platz neben Nadir wieder ein.

Der schaute sie besorgt an und raunte ihr zu: „Sei vorsichtig! Hier ist eben über dich gesprochen worden. Man glaubt, du bist eine Agentin der libyschen Grenzpolizei und nur hier, um am Ende alle hochgehen zu lassen."

Ebenso empört wie verblüfft starrte sie ihn an. „Wie kommen die denn darauf?"

Nadir hob nur das Kinn und zeigte damit in Richtung des Mannes, der sich Ali genannt hatte. „Er hat sie aufgehetzt. Und er ist Russe, das hat er selbst gesagt, als du weg warst. Hattest du nicht gesagt, es seien Russen gewesen, denen du in der Wüste auf der Spur warst?"

12

Es war spät geworden. Schulte hatte nach dem Fußballtraining seines Enkels kurzfristig seine Tochter Ina in Fritzmeiers Hofladen vertreten müssen, bis Fritzmeier aufgetaucht war und ihn abgelöst hatte. Danach war Schulte noch geblieben und hatte sich die teilweise surreal anmutenden Gespräche an der Kühltheke angehört. Anschließend hatte er noch lange mit seinem ehemaligen Kollegen Lohmann geplaudert, der nach dem Training im Hofladen ein paar Bier getrunken hatte.

Den ganzen Abend hatte Schulte gehofft, dass sich eine Möglichkeit ergeben würde, mit seiner Tochter Ina ein paar Worte zu wechseln. Doch die war nach ihrem Abendtermin in der Hochschule gar nicht mehr in den Hofladen gekommen. Anscheinend hatte sie im Moment viel Stress, und spät am Abend war auch noch Besuch gekommen. Neben ihrem Haus stand ein schwarzer Mercedes-Kombi.

Aha, hatte Schulte gedacht, der Mann aus Hamburg. In seinem Mund hatte sich ein fahler Geschmack ausgebreitet, den er mit einem weiteren Bier hinuntergespült hatte. Zu Hause hatte er sich nicht, wie es vernünftig gewesen wäre, ins Bett gelegt, sondern hatte vor dem Fernseher seine Zeit vertrödelt. Dort war er eingeschlafen.

Gegen halb zwei war er wach geworden. Er fror, und sämtliche Knochen taten ihm weh. Wieder einmal wurde ihm klar, dass er mittlerweile zu alt war, um im Sessel zu schlafen. Vielleicht sollte er sich ein richtig gemütliches

Sofa zulegen. Die Melodie des Lieds *Born to be wild* hinderte ihn daran, weiter über bequeme Liegemöbel nachzudenken. Schulte wuchtete sich mit schmerzverzerrtem Gesicht aus dem Sessel und suchte nach seinem Handy.

Es war seine Kollegin Pauline Meier zu Klüt. „Oje, Mädchen, wenn du anrufst, gibt es meistens Ärger."

„Ärger gibt es vielleicht irgendwann, wenn Sie weiterhin Mädchen zu mir sagen, Herr Polizeirat. Im Moment ruft lediglich die Arbeit."

Schulte brummte. „Was gibt es denn, dass du um diese Zeit noch anrufst?"

Eine ganze Weile lauschte er schweigend dem Bericht seiner Kollegin. „Na, dann müssen wir wohl", meinte er schließlich. „Ach, Meier, kannst du mich abholen? Ich habe ein paar Flaschen Bier getrunken."

„Geht klar, Herr Polizeirat. Ich bin in zehn Minuten bei Ihnen", entgegnete Pauline Meier zu Klüt, die ihren Chef weiterhin standhaft siezte, obwohl er ihr schon mehrfach das Du angeboten hatte.

Schulte wusch sich das Gesicht und griff nach seiner Lederjacke. Dann verließ er das Haus und wartete auf die junge Kollegin. Sie war im letzten Jahr zum Detmolder Polizeiteam versetzt worden. Die Kollegin war genau der Typ Mensch, mit dem Schulte gerne zusammenarbeitete. Sie war unkompliziert, machte ihren Job gut, legte nicht jedes Wort auf die Goldwaage und sah zu allem Überfluss auch noch klasse aus – das fand jedenfalls Schulte. Leider war er mindestens zwanzig Jahre zu alt für Pauline Meier zu Klüt.

Neben den menschlichen Vorzügen hatte die Kollegin auch noch eine hervorragende Polizeiausbildung. Sie hatte unter anderem beim FBI in den USA studiert und eine Profiler-Ausbildung gemacht. So lautete zumindest die umgangssprachliche Berufsbezeichnung. Als jedoch vor zwei Jahren ihr Vater gestorben war, hatte sie die Karriere zumindest vorläufig an den Nagel gehängt, um die Familie zu unterstützen. Jetzt arbeitete die junge Kollegin im ganz normalen Polizeidienst.

Noch während Schulte seinen Gedanken nachhing, zerschnitten Autoscheinwerfer den nachtschwarzen Himmel: Seine Kollegin war da.

Als die beiden wenig später am Bahnhof Helpup ankamen, hatte die Spurensicherung schon ihre Arbeit aufgenommen. Scheinwerfer wurden aufgebaut, und Renate Burghausen, die Chefin der Spusi, zupfte mithilfe einer Pinzette gerade ein paar weiße Maden von der Leiche. Als sie Schulte und Pauline Meier zu Klüt kommen sah, unterbrach sie ihre Tätigkeit.

„Ich weiß, Schulte, du willst sofort den Bericht haben. Tut mir leid, so schnell bin ich nicht. Ich kann euch aber schon mal sagen, dass der Mann, den die Kollegen im Kofferraum gefunden haben, mindestens sechs Tage tot ist. Genaueres kommt, wenn ich diese kleinen Tierchen untersucht habe." Sie hielt Schulte eine Pinzette mit einer sich windenden weißen Made unter die Nase.

Dann tauschte sich Schulte mit den Polizisten aus, die die Leiche gefunden hatten. Volkhausen erzählte vom Alleingang seines Kollegen und meinte fassungslos: „Da rastet dieser Vollidiot aus, weil jemand nicht den Linksabbieger aus dem Lehrbuch hingelegt hat – und das Ende vom Lied ist: Wir finden eine Leiche. Sie können sich gar nicht vorstellen, Herr Polizeirat, wie Volle gerade am Rad dreht, von wegen polizeilicher Intuition und so. Der hält sich jetzt für den Superpolizisten, aber mit dem Blödmann gehe ich nicht noch mal auf Streife. Der Typ hat sie doch nicht mehr alle, und jetzt wird der auch noch größenwahnsinnig."

13

Seit dem Vorfall auf der Kommandobrücke hatte Noura in ständiger Angst gelebt, erneut nach oben gerufen zu werden. Doch der Kapitän ließ sie in Ruhe. Allerdings wurde die andere Front immer bedrohlicher. Mittlerweile richtete außer Nadir niemand mehr ein Wort an sie. Die Leute schauten weg, wenn sie auf ihre misstrauischen Blicke traf. Nur der Mann, der sich Ali nannte, sich aber als Russe erwiesen hatte, wagte den direkten Blickkontakt. Sein Blick hatte etwas Lauerndes, und sie hatte den Eindruck, dass er sich ihr als eine Art Verbündeter anbieten wollte.

Schließlich erhob sich der Russe von seinem Platz und kam auf Noura zu. Sie spürte, wie sich bei Nadir alles anspannte, als der Mann sich direkt vor ihnen auf dem Boden niederließ und zu reden begann.

„Diese armen Teufel hier glauben alle, sie seien auf dem Weg ins Paradies. Und nur diese böse Frau stehe ihrem Glück noch im Wege. Sie gehen davon aus, dass du dem Kapitän in die Hose fasst, wenn du nach oben gerufen wirst. Dass ihr zusammenarbeitet. Vielleicht sogar, dass wir schon längst wieder auf dem Weg zurück nach Libyen sind und die Polizei schon auf uns wartet. Wie soll man das in diesem finsteren und stinkenden Loch auch so genau wissen? Da kann sich ja keiner orientieren."

„Aber ich weiß, dass du diese Männer aufgehetzt hast", fuhr Nadir leise zischend dazwischen. „Das habe ich selbst gehört. Was willst du von uns?"

Der Russe schaute ihn herablassend an. „Von dir will ich gar nichts, mein Kleiner. Für dich interessiert sich hier niemand. Du bist ein Nichts. Wenn dich der Kapitän über Bord wirft, interessiert das höchstens die Fische. Keiner wird für dich einen Finger rühren. Also spiel hier nicht den großen Mann, und sei still, wenn zwei Erwachsene miteinander sprechen. Ich …"

Noura musste alle ihre Kraft aufwenden, um Nadir davon abzuhalten, sich auf den Russen zu stürzen. Dann fragte sie, etwas außer Atem: „Was willst du von mir? Warum hetzt du die Leute gegen mich auf und versuchst gleichzeitig, dich als mein Beschützer aufzuspielen? Du weißt genau, dass ich keine Spionin bin."

Der Russe schmunzelte. „Ich komme aus einem Land, in dem jahrzehntelang nie jemand genau wusste, wer ein Spion ist und wer nicht. Und möglich wäre es ja schon. Ich denke, es ist gut, wenn diese einfachen Männer lernen, vorsichtig zu sein. Das kann doch nicht schaden."

Noura schnaubte wütend, versuchte aber, ruhig zu bleiben. „Das beantwortet meine Frage aber nicht."

Der Russe zögerte, sein Schmunzeln verlor sich. Er beugte sich näher zu ihr hin und flüsterte: „Vielleicht weil du mir sympathisch bist. Ich möchte nicht, dass du zu Schaden kommst. Gewisse Leute gehen davon aus, dass du Informationen mit dir herumträgst, die dir selbst sehr gefährlich werden könnten. Diese Leute würden es vorziehen, wenn sie sich mit dir auf nette Weise einigen könnten. Sie würden sogar über eine angemessene Bezahlung mit sich reden lassen. Sie mögen keine Gewalt, aber manchmal …"

Noura lachte, ohne dass ihr zum Lachen zumute gewesen wäre. Sie hatte gerade wieder das Bild von der Hinrichtung der drei Männer in der Wüste vor Augen. Sofort spürte sie, wie eine lähmende Schwäche ihren Körper durchzog. Sie musste sich zwingen, den Russen anzuschauen, bevor ihr übel wurde.

„Ich besitze keine von diesen gefährlichen Informationen und weiß auch nicht, wovon du sprichst. Wahrscheinlich verwechselt ihr mich. Ich bin hier, weil ich in Europa ein besseres Leben haben will. Ich will nur weg aus diesem Land, weg von der Perspektivlosigkeit, weg von Korruption und Vetternwirtschaft, weg von dieser alles durchdringenden, alles zerstörenden Gewalt. Nicht mehr und nicht weniger, verstehst du?"

Der Russe zog den Oberkörper etwas zurück. Wieder dieses lauernde Lächeln. „Ich verstehe nur, dass du nicht sehr klug bist. Du wählst nicht den Weg des Verstandes, sondern den Weg in den Untergang. Wenn du es dir anders überlegt hast, dann lass es mich wissen. Ich bleibe ja in der Nähe."

14

Es war fast halb fünf, als Schulte und Pauline Meier zu Klüt dem Helpuper Bahnhof den Rücken kehrten und sich auf den Heimweg machten. Schulte saß schweigend neben seiner Kollegin und grübelte. Irgendwann sprach sie das aus, was Schulte gerade dachte.

„Ziemlich seltsame Geschichte. Wenn ich von der Lippischen Heimatzeitung wäre und über den Fall schreiben müsste, bekäme der Artikel die Schlagzeile: Durchgeknallter Polizist findet eine Leiche."

„Gott sei Dank wissen die von der Zeitung nicht, dass Volle einen handfesten Sockenschuss hat."

„Gott sei Dank? Mal ehrlich, Chef, im Grunde genommen kann man einen Typen wie Volle nicht auf die Menschheit loslassen. An sich müssten wir diesen Kerl aus dem Verkehr ziehen."

Schulte lachte freudlos. „Das wirst du nicht schaffen, Meier, und ich auch nicht. Es sei denn, du würdest ihn bei einer Straftat erwischen. Da müsstest du aber ganz handfeste Beweise auf den Tisch legen. Wenn da auch nur die kleinste Kleinigkeit nicht ins Bild passt, bist du der Nestbeschmutzer. Selbst bei so einem Typen wie Volle, den alle für einen Vollidioten halten. Der Korpsgeist funktioniert in unserem Laden noch ziemlich gut."

„Da werden Sie Recht haben, Herr Polizeirat. Aber der bekloppte Volle ist im Moment unser kleinstes Problem. Haben Sie sich die Leiche mal genauer angesehen?"

Schulte wurde sofort aufmerksam. „Ich muss gestehen, das habe ich mir verkniffen. Ich glaube, dass ich recht hart im Nehmen bin, aber wenn Verwesung ins Spiel kommt, werde ich zimperlich."

„So ging es mir früher auch", entgegnete Meier zu Klüt. „Aber im Rahmen meiner Ausbildung beim FBI musste ich ein halbes Jahr in die Forensik. Als ich diesen Kurs hinter mich gebracht hatte, konnte mich nichts mehr schocken. Wenn aus den Larven der *Calliphora vicina* nicht innerhalb kürzester Zeit Fliegen würden, hätte ich mir damals durchaus vorstellen können, ein paar davon als Haustiere zu halten."

„Aus den Larven der was?", fragte Schulte irritiert.

„*Calliphora vicina*, umgangssprachlich die Blaue Schmeißfliege. Die ist in Deutschland die am meisten verbreitete ihrer Gattung. Die Larven sind überaus nahrhaft. Viel Eiweiß, viel Protein, könnte man sozusagen als eiserne Ration nutzen, wenn der Brotschrank mal leer ist."

„Hör auf damit, Meier! Mit so was macht man keine Späße!"

„Späße?" In Pauline Meier zu Klüts Augen war ein kleiner Blitz zu erkennen, den Schulte nie zuvor bemerkt hatte.

„Ich entdecke da wohl gerade ganz neue Seiten an dir. Larven als Haustiere! Bah! Ich habe dich immer für ein ganz patentes Mädchen gehalten – und jetzt das. Ekelhaft!" Er schüttelte sich angewidert.

„Und ich habe Ihnen schon mehrfach gesagt, dass Sie das mit dem Mädchen lassen sollen!"

„Ist ja schon gut, Meier! Ich werde dich nie wieder als Mädchen bezeichnen. Wer weiß, mit was für Ekelgetier man dich da in Amerika sonst noch vertraut gemacht hat. Wenn du willst, sieze ich dich auch wieder. Nur eine Bitte habe ich: keine Insektengeschichten! Schon gar nicht verbunden mit Speisekarten oder Kochrezepten!"

Die kleinen Blitze in den Augen seiner Kollegin wurden jetzt von einem unverhohlen diabolischen Grinsen abgelöst.

„Gut zu wissen, Herr Polizeirat. So ein kleines Druckmittel in der Hinterhand kann manchmal Berge versetzen. Übrigens, das mit dem Du geht schon in Ordnung, daran habe ich mich mittlerweile gewöhnt, nur Mädchen als Anrede geht gar nicht!"

Nach einer Kunstpause kam die Kommissarin dann wieder auf das Wesentliche. „Die gute Frau Burghausen hat sich mit ihren Informationen in der Tat noch zurückgehalten. Aber so wie ich es sehe, ist der Mann geradezu hingerichtet worden. Jemand hat ihm die Kehle durchgeschnitten. Bei einem Tier würde man sagen, man hat es geschächtet. Ich bin mir sicher, das war kein einfacher Mord. Da steckt mehr dahinter."

Meier zu Klüt drosselte die Geschwindigkeit, um nach Heidental abzubiegen. Doch Schulte wiegelte ab. „Fahr mal geradeaus weiter, und lass mich an der Kreispolizeibehörde raus, Mä… äh … Meier."

„Geht doch!", meinte sie grinsend.

„Nach den Gruselgeschichten, die du mir erzählt hast, kann ich sowieso nicht mehr schlafen", muffelte Schulte. „Und dann noch meine senile Bettflucht, bei der Mischung kann ich sogar auf meinen Kaffee verzichten."

„Heißt das, wir können Ihre Jura-Espressomaschine zum Allgemeinwohl erklären, Herr Polizeirat?"

„Heißt es nicht, Meier, heißt es nicht. Wenn ich die aus der Hand gebe, gibt es für die Kollegen ja keinen Grund mehr, zu mir ins Büro zu kommen."

„Stimmt auch wieder!"

15

Der Russe hatte offenbar beschlossen, einfach abzuwarten. Er schien sich in der stärkeren Position zu fühlen. Und das war er auch, wie Noura sich ohne Illusionen eingestand.

Mittlerweile war ihr Leben unerträglich geworden. Die Atmosphäre im Raum war derart angespannt, dass kaum noch Luft zum Atmen blieb. Die kleinste Bemerkung, eine falsche Geste reichte aus, um blanke Aggression zu wecken. Prügeleien unter den Männern waren nichts Ungewöhnliches mehr. Einmal war auch schon ein Messer aufgeblitzt und hatte einen der Streithähne böse verletzt. Die Verpflegung war inzwischen auf dem denkbar niedrigsten Level angekommen, sowohl quantitativ als auch qualitativ. An den Toiletteneimer, der einmal am Tag von einem der philippinischen Matrosen abgeholt und geleert wurde, konnte sie gar nicht denken, ohne gegen den Würgereiz anzukämpfen. Und seitdem sie Nadir davon abgehalten hatte, sich mit dem Russen zu schlagen, sprach auch der kein Wort mehr mit ihr und hockte nur noch schmollend an ihrer Seite.

Noura hatte nicht die Spur einer Vorstellung davon, wo sich das Schiff gerade befand und wohin sie gebracht wurden. Klar war nur, dass sie bereits ziemlich weit von zu Hause entfernt sein mussten. Geräusche von außen waren wegen der Nähe zum gewaltigen Dieselmotor natürlich auch nicht zu identifizieren. Noura war zeitweise orientierungslos. Selbst die Tageszeiten waren ihr durcheinander geraten. Niemand hier im Raum hatte mehr eine Ahnung davon, ob es Tag oder Nacht war. Die trübe Neonröhre gab immer dasselbe diffuse Licht ab.

Nur die Wellenbewegungen hatten sich in der letzten Stunde deutlich verändert. War es vorher ein langes und sanftes Auf und Ab gewesen, waren es nun kurze, unregelmäßige, manchmal heftige Stöße. Noura hatte zwar ihr ganzes Leben an der Küste verbracht, aber in der Großstadt Bengasi. Dort hatte sie ab und zu den Strand gesehen, aber von Wasser und Wellen verstand sie als überzeugte Städterin nicht viel. Sie glaubte herauszuhören, dass der Motor etwas gedrosselt wurde. Offenbar fuhr das Schiff langsamer. Sie brauchte nicht viel Scharfsinn, um daraus auf die Nähe einer Küste schließen zu können. Vielleicht war das ja das Ende dieser furchtbaren Fahrt. Wo würde sie ankommen? Was erwartete sie?

Nach einer weiteren Stunde lag das Schiff wieder etwas ruhiger auf dem Wasser. Schließlich war der Motor kaum noch zu hören. Es folgten merkwürdige Geräusche, aus denen Noura keinerlei Schlüsse zu ziehen vermochte. Sie konnte nicht wissen, dass sich der Frachter in diesem Augenblick in der Oslebshauser Schleuse befand, dem Übergang zwischen der Weser und dem Bremer Industriehafen. Kurz darauf wurde der Dieselmotor abgestellt. Kein Wort fiel. Alle warteten in einer Mischung aus Hoffen und Bangen auf das, was nun passieren würde.

Fast zwei Stunden lang passierte gar nichts. Dann wurde die Eingangstür aufgerissen, zwei philippinische Matrosen kamen herein und machten ihnen mit Handbewegungen klar, dass sie aufstehen, ihre Habseligkeiten nehmen und mitkommen sollten. Einige der Flüchtlinge hatten große Mühe, wieder in die Senkrechte zu kommen, nachdem sie tagelang auf dem Boden gehockt hatten. Selbst die Luft im engen Treppenhaus des Schiffes war besser als in ihrem Loch, und sie atmeten befreit auf. An Deck ließ man sie nicht. Sie wurden an der Steuerbordseite durch eine große Luke nach draußen geführt.

Kalte feuchte Luft schlug Noura entgegen, als sie auf die schmale Brücke trat, die das Schiff mit dem Kai verband. Es war tiefste Nacht. Nur einige Lampen ließen erahnen, dass sie sich in einem größeren Hafenbecken befanden. Die ungewohnte Luft war wie eine Erlösung. Sie atmete tief durch.

Lange ließ man sie diesen Augenblick nicht genießen. Scharfe Kommandos erklangen, leise, aber eindringlich. Wie eine Herde Schafe wurden die Flüchtlinge in einen Lagerschuppen getrieben und auf der anderen Seite wieder hinausgeführt. Direkt vor ihnen lag ein langes, flaches Containerschiff. Noura griff unter ihre Bluse, zog so unauffällig wie möglich ihre kleine Digitalkamera hervor und machte eine Aufnahme von dem Kai und dem Schiff. Die Spiegelreflexkamera in ihrer Reisetasche wollte sie auf jeden Fall vor den

Blicken der anderen verbergen. Für diese Kamera hatte sie lange gespart, und sie hätte eher einen Finger hergegeben als dieses Gerät, das ihr ganzer Stolz war. Sie konnte nur hoffen, dass das Licht ausreichte. Ein Blitzlicht wollte sie nicht riskieren, das wäre zu auffällig gewesen.

Sie bekamen die Anweisung, so leise wie möglich auf das Schiff zu gehen. Wieder mussten sie nach unten in den Bauch des Fahrzeugs klettern. Diesmal stand ein breitschultriger, dunkelhaariger junger Mann vor ihnen, der einen ebenso humorfreien wie skrupellosen Eindruck erweckte. Er trug einen langen dunkelbraunen und wahrscheinlich sündhaft teuren Ledermantel. Keiner der Flüchtlinge wagte es, ihm Fragen zu stellen. Keiner muckte auf. Auch Noura schrie nur innerlich auf, als sie erneut in einen geschlossenen Raum gebracht wurden und sich bald darauf eine massive Eisentür hinter ihnen schloss.

16

Katrin Müller-Hohenstein fing einen Fußball auf. „Ist es nicht der helle Wahnsinn?", kommentierte sie begeistert. „Unser Gast im Aktuellen Sportstudio, Lionel Messi, hat mit vier Treffern an unserer Torwand vorgelegt und doch verloren. Der kleine Linus aus Detmold hat dem Superstar gezeigt, wo der Hammer hängt."

Die Zuschauer im Studio tobten, und die Moderatorin ging zu dem Jungen, der sich souverän, ja geradezu respektlos den Ball geschnappt hatte. Sie ging neben ihm in die Hocke und legte ihm mütterlich den Arm um die Schulter. „Noch einen Treffer, dann hast du hunderttausend Euro gewonnen."

Linus nickte.

„Und wenn es wirklich klappen sollte, was wirst du dann mit dem vielen Geld machen?", fragte sie interessiert.

„Na ja, erst mal gehe ich zu Anton Fritzmeier und geb ihm die Miete von den letzten Monaten."

Die Sportreporterin starrte den Jungen an, als hätte er ihr gerade gestanden, das gewonnene Geld im nächstbesten Bordell verjubeln zu wollen.

„Jupp, was machst du denn hier? Hast du kein Zuhause?", ertönte eine wohlbekannte Stimme aus unendlicher Ferne. Schulte riss den Kopf in die Höhe und schnarchte laut auf. Dabei setzte sich sein Schreibtischstuhl in Bewegung, und er hatte alle Mühe, nicht zu fallen. Als er wieder sicher saß, stöhnte und gähnte er ausgiebig. Dann reckte er sich und wischte sich mit der Hand übers Gesicht.

„Ach, Maren, ich habe so schön geträumt. Mein Enkel war gerade dabei, hunderttausend Euro beim Torwandschießen zu gewinnen. Jetzt hast du mich geweckt, und ich werde nie erfahren, wie es ausgegangen ist."

Maren Köster stellte sich an die Kaffeemaschine und schaltete sie an.

„Warum schläfst du eigentlich im Büro?", wollte sie wissen. „Hat Fritzmeier dir die Wohnung gekündigt?"

„Nee, Volle ist heute Nacht, na sagen wir, ausgerastet und hat so ganz nebenbei zwei Männer gestellt, die eine Leiche im Auto hatten."

Maren Köster starrte Schulte an, als berichtete er ihr von einem neu entdeckten Weltwunder. „Mit dir ist aber alles in Ordnung?", fragte sie sicherheitshalber nach.

Schulte nickte. „Abgesehen davon, dass mir sämtliche Knochen wehtun, ist alles im grünen Bereich." Er sah auf die Uhr. „Bitte, Maren, sei so nett und sag den Kollegen, dass wir uns in einer Viertelstunde bei mir zu einer ersten Besprechung treffen. Dann erzähle ich euch die ganze Geschichte. Jetzt muss ich erst mal zurück ins Leben."

„Apropos Leben, wie sieht es denn heute Abend aus, Jupp? Hat du Zeit und Lust, mit mir ein Bier trinken zu gehen, oder musst du wieder zum Fußballtraining?"

Schulte grinste. „Du weißt doch, Maren, wenn ich mal die Chance habe, mit einer so schönen Frau wie dir auszugehen, dann lasse ich alles andere links liegen – und wenn es sein muss, versetze ich auch noch Berge."

„Na dann, heute Abend im Neuen Krug?"

Das Team traf sich pünktlich zur Besprechung. Alle waren neugierig darauf zu erfahren, was denn nun wirklich vorgefallen war. Im Hause kursierten schon die wildesten Gerüchte. Volle erzählte jedem, der es hören wollte oder auch nicht, seine Sicht der Ereignisse, und die wurde von Mal zu Mal abenteuerlicher. Während Volkhausen natürlich die Gegenposition einnahm, denn er hielt den Dicken, wie er Volle nannte, für den bekloppsten Polizisten aller Zeiten.

Als Schulte die Fakten offengelegt hatte, herrschte zunächst großes Tohuwabohu am Besprechungstisch.

„Weiß Polizeidirektor Erpentrup eigentlich schon Bescheid?", fragte Hartel.

Schulte sah ihn argwöhnisch an. „Ich habe es ihm bisher noch nicht erzählt." Das kannst *du* ja übernehmen, lag ihm auf den Lippen, doch er verkniff sich den Satz. Hartel hatte lange Zeit die Rolle des Zuträgers für den Polizeidirektor wahrgenommen. Seit geraumer Zeit schien er sich Schulte gegenüber jedoch loyal zu verhalten. Das Misstrauen saß bei allen, die Hartel über die Jahre erlebt hatten, allerdings tief.

Um das betretene Schweigen zu brechen, fuhr Schulte fort: „Dann geht es ans Aufgabenverteilen. Hartel, du ..."

Da meldete sich Pauline Meier zu Klüt. „Ich hätte da noch ein paar Kleinigkeiten zu berichten." Sie sah zu Schulte hinüber, der ihr mit einem Nicken signalisierte, dass sie fortfahren sollte. „Also, die Leiche wird gerade erkennungsdienstlich untersucht. Von der Spusi gibt es keine Neuigkeiten. Ich denke, die arbeiten noch auf Hochtouren. Aber ich habe schon mal ein bisschen recherchiert."

„Ja und, Meier? Komm zur Sache!" Schulte war aufgeregt. Ihm gingen Besprechungen jeder Art auf die Nerven.

„Also, der Halter des BMW, in dem die Leiche gelegen hat, heißt Gerhard König. Dieser König wohnt in Helpup, in der Nähe des Bahnhofs. Der Wagen wurde im Übrigen nicht gestohlen gemeldet. Aber ihr werdet es nicht glauben, seit gestern gibt es eine Vermisstenmeldung. König scheint seit über einer Woche verschwunden zu sein. Aufgegeben hat die Anzeige eine gewisse Gerlinde Götte aus Bielefeld. Nach ihren Angaben führen sie und König eine eher lockere Beziehung. Da sich König in den letzten acht Tagen nicht gemeldet hat, ist sie unruhig geworden und hat versucht ihn zu erreichen. Vergeblich. Gestern ist sie dann zur Polizei gegangen. Dann gibt es noch einen weiteren Hinweis. König ist Beamter beim BAMF."

„Beim BAMF?" Schulte sah seine Kollegin fragend an.

„Das ist die Abkürzung des Bundesamts für Migration und Flüchtlinge. Es gibt in allen Bundesländern Außenstellen. Eine davon liegt in Bielefeld", setzte Lindemann zu einer Erklärung an, die mehrere Minuten gedauert hätte, wenn Schulte nicht dazwischengegangen wäre.

„Gute Arbeit, Meier! Dann haben wir ja jetzt reichlich zu tun. Ich schlage Folgendes vor: Maren und Lindemann, ihr hört euch mal in Bielefeld bei dieser Behörde um. Hartel, du nimmst dir die Kollegen von der Trachtengruppe vor, die gestern die Leiche gefunden haben. Anschließend dackelst du zum Staatsanwalt und besorgst uns einen Hausdurchsuchungsbeschluss für Königs Wohnung."

Hartel murrte. „Immer muss ich die Scheißjobs machen."

„Nicht immer", beschwichtigte Schulte, „aber heute – vorausgesetzt, du bezeichnest deine Aufgaben als Scheißjobs. Meier und ich nehmen uns die beiden Experten vor, die gestern den BMW geklaut haben. "

„Chef, eine Anmerkung, der Tote ist noch nicht offiziell als König identifiziert", warf Meier zu Klüt ein.

„Okay, Meier, wie groß ist die Wahrscheinlichkeit, dass es sich bei dem Toten um unseren Mann handelt?"

Pauline Meier zu Klüt wiegte den Kopf. „Achtundneunzig Prozent?"

„Okay", meinte Schulte. „Offiziell suchen wir einen Mann, der als vermisst gemeldet wurde. Abflug!"

17

Das eintönige Stampfen des Dieselmotors wirkte einschläfernd. Noura hatte seit der Abfahrt des Fischerbootes aus dem libyschen Hafen nicht mehr länger als eine Stunde am Stück geschlafen. Die lauten Geräusche des Schiffes und die vielen zusammengepferchten Menschen waren nicht allein ausschlaggebend gewesen, ebenso wenig wie der harte Fußboden, auf dem ihr die Reisetasche als Kopfkissen gedient hatte. Es war schlicht und einfach die Sorge um ihr weniges Hab und Gut gewesen, die sie zu ständiger Wachsamkeit genötigt hatte.

Vor allem, seit sie nicht mehr auf Nadirs Loyalität zählen konnte. Der war immer noch sauer auf sie, weil sie ihn davon abgehalten hatte, seine Ehre zu verteidigen. Im neuen Schiff hatte er sich demonstrativ nicht zu ihr gesetzt, sondern so weit wie möglich von ihr entfernt. Doch trotz aller Wachsamkeit schlief Noura irgendwann ein. Schlief tief und fest, wie seit Tagen nicht mehr.

Sie mochte eine halbe Stunde geschlafen haben, als laute Schreie sie aus ihren Träumen rissen und sie langsam begriff, dass sich mitten im Raum zwei Männer in tödlicher Feindschaft gegenüberstanden. Sie musste mehrmals blinzeln, um sie erkennen zu können. Nadir stand da und fuchtelte mit den bloßen Fäusten herum. Vor ihm stand der Russe. Er hielt in der rechten Hand ein schmales Messer, das er mit leisem Lachen immer wieder provozierend in Nadirs Richtung stieß. Die anderen Flüchtlinge hatten um die Gegner einen Kreis gebildet und schauten interessiert zu. Einige feuerten die beiden sogar an.

Noura sprang auf und drängte sich durch den Kreis der Gaffer in die Mitte des Raums. „Hört auf!", schrie sie die beiden Männer an und versuchte, sie zu trennen. Doch die beiden Kampfhähne waren nicht mehr zu bremsen. Nadir fasste sie an der Schulter, drehte sie einmal um ihre eigene Achse und schubste sie mit aller Kraft beiseite. Sie wäre hingestürzt, wenn sie nicht vom dichten Ring der Zuschauer aufgefangen worden wäre.

„Halt dich da raus!", rief Nadir, während er wie ein Torero tänzelnd einem weiteren Angriff des Dolches auszuweichen versuchte. „Er hat deine Tasche gestohlen!"

Noura brauchte eine Sekunde, um alles zu erfassen. Dann schaute sie zum Lagerplatz des Russen. Tatsächlich lag dort ihre Reisetasche mit allem, was sie besaß. Sie drängte sich erneut durch die Zuschauer, schnappte sich ihre Tasche und trug sie zurück zu ihrer eigenen Schlafstelle.

Ein kollektiver Aufschrei. Nadir blutete am rechten Unterarm. Das hielt ihn aber nicht davon ab, wie ein Kung-Fu-Kämpfer im Sprung auf den Russen loszugehen. Der wich dem Angriff aber routiniert aus, machte zwei Schritte nach rechts und stieß erneut zu. Wieder ein Aufschrei der Zuschauer, wie bei einem Stierkampf, und Nadir fasste sich mit schmerzverzerrtem Gesicht an die linke Hüfte. Auch hier quoll Blut durchs T-Shirt.

Erneut wollte sich Noura zwischen die beiden werfen, da sprang plötzlich die Eingangstür auf, und der breitschultrige Mann mit dem Ledermantel trat ein. Seine Augen blitzten beglückt auf, als er sah, worum es ging. Dann gab er zwei kräftigen Männern hinter ihm einen Wink. Zu dritt bildeten sie einen Keil, der mühelos den Ring der Gaffer sprengte. Mit einem beherzten Schritt trat der Bullige zwischen Nadir und den Russen, während sich seine beiden Begleiter jeweils einen der beiden Kämpfer schnappten und festhielten.

Der Boss der Eingreiftruppe konnte kaum verbergen, wie sehr er diese Situation genoss. Blitzschnell rammte er Nadir die Faust in den Bauch. Als der junge Libyer mit dem Oberkörper nach vorn kippte, riss sein Gegner ein Knie hoch und donnerte es ihm ins Gesicht. Nadir brach zusammen, fiel auf den Boden und blieb liegen.

Ohne eine Sekunde zu verschwenden, drehte sich der Schläger um und hieb einen Handkantenschlag gegen den Hals des Russen. Der Schlag hätte tödlich sein können, aber der Russe vollführte eine derart schnelle Körperbewegung, dass der mörderische Schlag ihn nur noch an der Schulter streifte. Er hatte offenbar eine gute Nahkampfausbildung, musste Noura gegen ihren Willen anerkennen. Doch das alles nützte dem Russen wenig, denn nun warf sich auch der zweite Matrose auf ihn. Nichts konnte ihn mehr vor den harten Schlägen schützen. Nach wenigen Sekunden ging er zu Boden.

Noura stürzte zu dem regungslos daliegenden Nadir und untersuchte ihn angstvoll. Der Ledermantelmann lachte, als sie ihn mit verheulten Augen an sich drückte.

18

Eine halbe Stunde nach der Besprechung trafen sich Lindemann und Maren Köster am Auto. Der junge Kollege hatte herausgefunden, wo in Bielefeld die Behörde des BAMF ihren Sitz hatte. Maren Köster setzte sich hinter das Steuer. Sie schlug vor, dass Lindemann die beiden Polizisten per Telefon ankündigte.

Der Kommissar tippte die Nummer ein, und nach einigen Sekunden meldete sich eine Männerstimme.

„Kripo Detmold, Lindemann", stellte sich der Polizist vor. „Sagt Ihnen der Name König etwas?"

„Wieso wollen Sie das wissen?"

„Herr König ist als vermisst gemeldet, und wir ermitteln in der Angelegenheit. Können Sie mir Auskunft über den Kollegen geben? Wenn nicht, verbinden Sie mich doch bitte einmal mit Ihrer Amtsleitung."

„Die ist in Urlaub!"

„Dann verbinden Sie mich doch mit der Stellvertretung oder dem Vorgesetzten von Herrn König!"

„Das geht auch nicht. Wenn Sie Fragen haben, stellen Sie die bitte schriftlich. Die E-Mail-Adresse finden Sie im Internet", entgegnete die Stimme unfreundlich.

„Hören Sie, mein Name ist Lindemann, ich arbeite bei der Detmolder Kripo."

„Schön für Sie", fiel ihm die Stimme ins Wort, als ginge sie das alles nichts an. Im nächsten Moment wurde aufgelegt.

„So etwas habe ich ja noch nie erlebt", sagte Lindemann konsterniert. „Die behandeln uns ja, als wären wir Nestbeschmutzer."

„Werden wir vielleicht auch noch", meinte Maren Köster grinsend. „Na, gleich sind wir da, dann werden wir schon erfahren, was los ist."

Die Sanierung des ehemaligen Luftwaffenbekleidungsamtes war gelungen, das musste Maren Köster zugeben, als sie mit ihrem Kollegen das Gelände betrat. Der Bielefelder Osten mauserte sich von der grauen Maus zum Kleinod. Auch in dieser Stadt machte sich die Gentrifizierung bemerkbar.

Lindemann suchte verzweifelt nach einem Hinweis, wo sich die Räumlichkeiten der Behörde befinden könnten, doch diese Einrichtung schien kein Interesse daran zu haben, gefunden zu werden. Im Internet hatte er lediglich die Anschrift und eine E-Mail-Adresse entdeckt, aber keine genaueren Informationen.

„Auch eine Möglichkeit, Asylanten loszuwerden", meinte Maren Köster lakonisch. „Man muss in der Öffentlichkeit eine so geringe Präsenz zeigen, dass man gar nicht erst gefunden wird. Dann müssen wir uns eben durchfragen."

Als die beiden Polizisten endlich den Eingang gefunden hatten, wurden sie von einem Mann empfangen, der in einem Glaskasten saß und in einer Illustrierten blätterte.

Lindemann war davon überzeugt, dass es sich dabei um die unfreundliche Person handelte, die er vorhin am Telefon gehabt hatte. Maren Köster und Lindemann präsentierten sich und trugen ihr Anliegen vor.

„Ich habe es Ihnen doch schon am Telefon gesagt: Unser Chef ist im Urlaub, und ich bin nicht befugt, irgendwelche Auskünfte zu geben."

Solche Leute konnte Maren Köster überhaupt nicht leiden. Der Kerl konnte von Glück sagen, dass er in einem Glaskasten saß. Ihr stand der Sinn danach, den Mann eigenhändig über den langen Flur zu prügeln, bis er ihr eine verantwortliche Person präsentierte. Und noch bevor Manuel Lindemann in seine diplomatische Trickkiste greifen konnte, wurde die Polizistin deutlich.

„Hören Sie mir mal genau zu, Herr … Herr? Wie heißen Sie überhaupt?" Maren Köster machte eine abwertende Bewegung mit der Hand. „Ist ja auch egal! Also, wenn Sie mir nicht innerhalb von drei Minuten einen Verantwortlichen präsentieren, dann nehmen wir Ihren Laden so was von auseinander, dass Sie nichts mehr wiederfinden. Das garantiere ich Ihnen."

Noch bevor der Mann im Glaskasten darauf etwas erwidern konnte, hörte die Polizistin eine sympathische Stimme in ihrem Rücken: „Gnädigste, was hat Sie denn so dermaßen verärgert?"

Maren Köster schoss herum und sah in grünbraune Augen, eingerahmt von lauter Lachfältchen auf einem sonnengebräunten Gesicht. Sie war verwirrt und brauchte einen Moment, um wieder klar denken zu können. Um etwas Zeit zu gewinnen, zog sie ihren Polizeiausweis aus der Tasche und hielt ihn dem Mann entgegen. „Kripo Detmold. Wir hätten gerne ein paar Auskünfte über einen ihrer Mitarbeiter, Gerhard König."

„Worum geht es genau?", fragte der Mann mit einem Lächeln, das in Maren Kösters Bauch eine warme Welle auslöste. Auf ihren Wangen machte sich eine dezente Röte breit.

„Herr König wurde als vermisst gemeldet. Wir möchten gerne wissen, wann er zum letzten Mal an seinem Arbeitsplatz war."

„Herr Müller, können Sie der Dame diese Frage bitte beantworten?", wandte sich der Mann jetzt an den Kollegen im Glaskasten. Der tippte auf seiner Tastatur herum und sagte: „Sein letzter Arbeitstag war Donnerstag, der 22. März."

„Hatte er anschließend Urlaub?", erkundigte sich Maren Köster.

Der Mann im Glaskasten schüttelte den Kopf. „Nein, Herr König ist anscheinend ohne ersichtlichen Grund seitdem nicht mehr zur Arbeit gekommen."

„Gibt es eine Personalakte von Herrn König?", fragte nun Lindemann.

„Gibt es", sagte der Mann im Glaskasten. „Die wird aber in Nürnberg geführt."

„Das tut uns leid, da kann man aber nichts machen. Haben Sie weitere Fragen?", fragte der Gutaussehende nach.

Jetzt lächelte auch Maren Köster. „Im Moment nicht, aber wir sind mit der Angelegenheit noch nicht am Ende. Ich werde mit Sicherheit wiederkommen."

„Das finde ich ganz wunderbar! Und wenn Sie zwischendurch Fragen haben, hier ist meine Karte. Mein Name ist Markus Wolf, ich bin von der Revisionsabteilung des nordrhein-westfälischen Innenministeriums. Unsere Außenstelle ist im Moment ziemlich dünn besetzt, viele Kollegen sind im Osterurlaub. Deshalb werden Sie mich in den nächsten Wochen hier erreichen, als Urlaubsvertretung sozusagen. Ich habe qua Amt einige Möglichkeiten und helfe Ihnen gern!" Wieder dieses Lächeln, das Maren Köster fast die Beine weghaute.

Als die beiden Polizisten wenig später zum Auto gingen, meinte Lindemann: „Das war aber eine schwache Ausbeute."

„Das wird sich ändern", meinte Maren Köster und sah versonnen in den Himmel.

19

Der Mann im Ledermantel nahm das herrenlos auf dem Fußboden liegende Messer des Russen an sich und steckte es ein. Dann blickte er drohend in die Runde und sagte in holprigem Arabisch: „Hier bin ich das Gesetz, versteht ihr? Es dauert nicht mehr lange, höchstens zwei Stunden, dann sind wir da. Ihr kommt in eine neue Unterkunft, und in zwei oder drei Tagen bekommt ihr eure Papiere und könnt tun und lassen, was ihr wollt. Aber bis dahin bestimme ich, was hier passiert."

Als hätte sie ihn unterbrochen, schaute er mürrisch zu Noura hinunter, die sich noch immer um Nadir bemühte und leise auf ihn einsprach.

„Was ist mit ihm?", fragte er.

Nadir war auf dem Weg zurück ins Bewusstsein, aber er sah schlimm aus. Sein T-Shirt war blutgetränkt, und sein Gesicht war so stark angeschwollen und blutverschmiert, dass ihn wohl selbst seine Mutter kaum erkannt hätte.

„Er braucht einen Arzt", rief Noura in einer Mischung aus Wut und Sorge.

„Dummes Zeug!", antwortete der Ledermantelmann. „Das ist doch ein junger Kerl, morgen früh ist er wieder in Ordnung."

„Er hat mindestens zwei Stichverletzungen. Die müssen ärztlich versorgt werden, sonst kann das ganz übel werden. Vielleicht ist seine Nase auch gebrochen."

Nadir war offenbar wieder bei Bewusstsein. Aber es gelang ihm nicht, die geschwollenen Augen ganz zu öffnen. Er hustete. Dann spuckte er etwas Blut aus. Als er den Oberkörper hochwuchten wollte, schrie er vor Schmerz auf und blieb flach auf dem Rücken liegen.

Auch der Russe war wieder aufgewacht und stöhnte. Nach wie vor hielten die beiden Gehilfen ihn fest. Ihr breitschultriger Chef schaute von einem zum anderen.

„Wo soll ich denn hier einen Arzt herbekommen? Und auch wenn wir gleich im Hafen sind, kann ich nicht einfach im Krankenhaus anrufen und jemanden kommen lassen. Denkt daran, dass ihr, bis ihr eure Papiere habt, illegal in diesem Land seid. Jeder Arzt würde sofort die Polizei rufen."

Noura war aufgestanden und sah ihm in die Augen. „Aber einen Erste-Hilfe-Koffer wird es hier auf dem Schiff doch wohl geben, oder? Und einen sauberen Raum mit einem Bett auch. Bringt ihn dorthin, und ich werde tun, was ich kann."

Zu ihrem Erstaunen gab es keine Einwände. Die beiden Gehilfen ließen den Russen los und hoben Nadir hoch. Der stöhnte vor Schmerzen, versuchte aber, die Zähne zusammenzubeißen. Dann trugen sie ihn hinaus, die Treppe hinauf, und legten ihn in einem kleinen, kahlen Raum auf eine Pritsche. Unter anderen Bedingungen eine eher unbequeme Lagerstätte, nach den Erfahrungen der letzten Tage aber fast eine behagliche Oase.

20

Warum schaffe ich es nicht einmal, einen Kreis zu zeichnen, der auch wie einer aussieht? Zum wiederholten Male versuchte Schulte, die gewünschte geometrische Figur mit Bleistift auf seine Schreibtischunterlage zu bringen. Doch jedes Mal erinnerten die Ergebnisse an Kringel und Eier.

Da klopfte es an seine Bürotür. Es war Pauline Meier zu Klüt. „Wie sieht es aus, Herr Polizeirat? Sollen wir uns die bösen Buben mal vornehmen?"

Schulte nickte und legte sein Schreibwerkzeug zur Seite.

„Ehrlich gesagt, Meier, viel verspreche ich mir von dieser Vernehmung nicht. Wir haben zwei Autoknacker festgenommen, die das Pech hatten, dass im Kofferraum ihrer Beute eine Leiche lag. Selbst wenn wir es uns einfach machen und den beiden die Tat in die Schuhe schieben, kämen wir nicht weit. Jeder noch so schwache Anwalt würde den Fall für sich gewinnen."

„Sehe ich genauso, Chef. Betrachten wir es als Formsache. Danach können sich die Kollegen vom Diebstahl mit den Jungs herumärgern."

„Bringen wir es hinter uns", meinte Schulte und stemmte sich aus seinem Stuhl, doch da klopfte es wieder.

Es war Hartel. „Der Staatsanwalt zickt herum. Er will, dass der Tote erst mal identifiziert wird. Dann können wir in seine Wohnung. Aber Renate Burghausen hat geliefert." Er knallte einen Ordner auf den Schreibtisch. „Todeszeitpunkt ist mit ziemlicher Sicherheit der 23. März."

„Okay, Hartel, dann schaff mal die Lehrerin aus Bielefeld ran. Wie heißt sie noch? Gerlinde Götte oder so ähnlich? Die soll jedenfalls den Toten identifizieren. Wenn das erledigt ist, rück dem Staatsanwalt wieder auf die Pelle. Es wird Zeit, dass wir in die Pötte kommen."

Pauline Meier zu Klüt hatte in der Zwischenzeit in der Akte geblättert. „Lag ich doch richtig, dem Toten wurde die Kehle durchgeschnitten", bemerkte sie zufrieden.

Um sechzehn Uhr hatten sich die Detmolder Polizisten wieder in Schultes Büro versammelt und ihre Berichte abgegeben. Schulte fasste zusammen: „Bei dem Toten handelt es sich definitiv um Gerhard König. Todeszeitpunkt ist letzte Woche Freitag. Die Tötungsart ist ziemlich ungewöhnlich. Mit einem scharfen Messer oder etwas ähnlichem wurde dem Opfer die Kehle durchtrennt. Die Tatwaffe haben wir nicht. Die beiden Autoknacker sind mit hoher Wahrscheinlichkeit nicht die Mörder. Sie haben beide für den Tatzeitpunkt ein astreines Alibi. Bleibt noch das seltsame Verhalten des Pförtners der BAMF. Das würde ich zum jetzigen Zeitpunkt aber nicht überbewerten. Vermutlich wollte der Mann einfach keinen Fehler machen."

Wie aus dem Nichts stand plötzlich Polizeichef Erpentrup in Schultes Büro. Erst als er sich räusperte, drehten sich alle Köpfe zu ihm. „Äh, Herr Polizeirat, kann ich Sie einmal unter vier Augen sprechen?"

Schulte wunderte sich, stand auf und ging mit Erpentrup nach draußen. Nach fünf Minuten kam er zurück. Ihm war eine gewisse Aufregung anzumerken.

„Was das seltsame Verhalten des Pförtners betrifft, habe ich gerade meine Meinung geändert. Das sollten wir unbedingt ernstnehmen. Erpentrup hat mir nämlich gerade erklärt, dass wir die Behörde in Bielefeld bei unseren Ermittlungen so weit wie möglich aussparen sollten. Das LKA hat sich mit ihm in Verbindung gesetzt und diesen Wunsch geäußert. Natürlich hat der gute Erpentrup in vorauseilendem Gehorsam unsere Zurückhaltung bei den Ermittlungen im Bundesamt für Migration und Flüchtlinge zugesagt. Und, werden wir uns an diese Zusage halten? Was meinst du, Hartel?"

Der Angesprochene brachte ein trotziges „Nein!" hervor. Alle starrten den Kollegen an. Erpentrups einstiges U-Boot schien die Seiten gewechselt zu haben.

„Ganz genau, Hartel, wir ziehen unser Ding durch. Aber das sagen wir unserem Chef nicht. Der wird das schon merken. Stimmt's, Hartel?"

Der nickte dienstbeflissen.

Geht doch, dachte Schulte. Dann ergriff er wieder das Wort: „Maren und Lindemann, ihr seid heute in Bielefeld schon jemandem auf die Füße getreten, ohne dass ihr es gemerkt habt. Wenn ich mir eure Schilderung noch einmal durch den Kopf gehen lasse, dann wird es dieser Markus Wolf gewesen sein, der unseren Chef angerufen hat. Anders kann ich mir das nicht vorstellen."

„Das glaube ich nicht!" Maren Köster reagierte etwas heftiger als geplant. „Der war absolut kooperativ. Ich kann mir nach dessen Auftritt heute Mittag so ein hinterhältiges Strippenziehen einfach nicht vorstellen. Was meinst du, Lindemann?"

Der zuckte verlegen mit den Schultern. „Schwer zu sagen", meinte er nachdenklich.

21

Im Vergleich zu den fensterlosen Schiffsräumen, in denen die Flüchtlinge nun so viele Tage verbracht hatten, war der Lagerraum auf dem Festland, der immerhin mit Oberlichtern ausgestattet war, hell und freundlich. Deutlich mehr Platz für jeden gab es auch. Nach den engen Verhältnissen auf dem Frachter waren sie wie eine Viehherde vom Schiff getrieben worden, hinein in diesen großen Raum, in dem einige deckenhohe Regale an den Wänden standen. Ein kleiner, wenn auch spürbarer Gewinn. Dennoch hatte der Russe die Nase voll von diesem Auftrag. Wie tief war er gesunken?

Noch vor wenigen Jahren war er stolzer Offizier der ruhmreichen russischen Armee gewesen. Er hatte eine kleine, aber saubere Karriere bei einer Spezialeinheit hingelegt, die sich mit Dingen beschäftigte, über die niemand öffentlich sprach. Seine große Zeit war der Einsatz im sogenannten Zweiten Tschetschenischen Krieg gewesen, als Grosny von den aufständischen Elementen gesäubert wurde. Danach hatte es für ihn in der Armee keine echte Perspektive mehr gegeben.

Nur die Privatwirtschaft hatte einem Mann mit so vielfältigen Qualifikationen angemessene Aufgaben zu bieten. So hatte er als Sicherheitsfachmann bei einer mittelgroßen, aber aufstrebenden russischen Ölfirma angeheuert. Nach dem Sturz des Machthabers Gaddafi spielten plötzlich die Amerikaner und Franzosen eine wichtige Rolle beim Neuaufbau, und die

Russen mussten feststellen, dass sie außen vor geblieben waren. Dabei war Libyen nach wie vor ein hochattraktives Land für die Ölindustrie. Alle Seiten versuchten natürlich, sich die Rechte an einer zwar geologisch erforschten, aber technisch noch nicht erschlossenen Ölquelle zu sichern. Diese Flächen gehörten allerdings häufig irgendwelchen Stämmen, die gar nicht daran dachten, den ehemaligen Gaddafi-Freunden aus Russland irgendwelche Lizenzen zu erteilen. Da waren sie sich erstaunlich einig.

Gegen allzu viel Einigkeit beim Gegner hilft bekanntlich am besten Machiavellis Maxime: „Teile und herrsche!" Leider war dabei Blut geflossen. Ganz besonders ärgerlich war, dass dieses verdammte Flintenweib etwas davon mitbekommen hatte. Wäre sie im Lande geblieben, hätte man sie recht einfach zum Schweigen bringen können. Nun aber war sie geflohen und auf dem besten Weg, ihre Dokumentation einem internationalen Publikum zugänglich zu machen. Es war seine Aufgabe, sie davon abzuhalten. Falls er nicht an ihre Fotos kam, blieb ihm nur eine Alternative: Sie selbst für immer verschwinden zu lassen.

Sein Versuch, ihre Tasche in seinen Besitz zu bringen, war leider missglückt. Warum musste dieser kleine Schwachkopf auch den Helden spielen? Dabei hatte es anfangs so gut ausgesehen. Es war ihm gelungen, die Frau und ihren jungen Gefährten zu entzweien. Der Bengel saß beleidigt in der Schmollecke, während er, der erfahrene Sicherheitsmann, sich die Tasche der schlafenden Frau schnappte.

Nun saß er da und beobachtete die junge Frau, die mit dem Kopf auf ihrer Reisetasche schlief. Ein richtiges Sahneschnittchen, dachte er anerkennend. Eigentlich stand er nicht auf den orientalischen Frauentyp, aber diese schwarzgelockte, wilde Mähne, das ebenmäßige Gesicht mit dem hellbraunen Teint und die schlanke, aber weibliche Figur brachten seine Sinne auf Trab. Doch er schüttelte die Gedanken wie ein lästiges Insekt ab. So lange, wie diese Frau in der Gruppe blieb, würde er keinen weiteren Versuch starten können. Denn es gab eine neue Entwicklung, die ihm ganz und gar nicht behagte.

Die Prügel, die er von dem Mann im Ledermantel bekommen hatte, waren zwar schmerzhaft gewesen, aber so was musste ein Kerl wie er wegstecken können. Schlimmer war, was er aus den Worten dieses Mannes an seine Gehilfen herausgehört hatte. Sie hatten untereinander tschetschenisch gesprochen – eine Sprache, die er selbst hervorragend beherrschte und in der er so viele Verhöre durchgeführt hatte. In der er sich Achtung und Respekt verschafft, sich aber auch unversöhnliche Feinde gemacht hatte. Als er den Namen hörte, mit dem einer der Gehilfen den Ledermantelmann angesprochen hatte, wäre ihm fast schwindelig geworden. Von dieser Seite konnte er keine Unterstützung erwarten. Ganz im Gegenteil. Er würde sehr, sehr vorsichtig vorgehen müssen.

22

Es war ein wunderschöner Sonnentag gewesen. Kalt, aber hell und mit einem strahlend blauen Himmel. Maren Köster hatte es sich in ihrem Sessel gemütlich gemacht und schmökerte in der Heimatzeitung. Morgen würden die ersten Presseberichte über den Mordfall in Helpup veröffentlicht werden. Sie war gespannt, wie dicht die Journalisten an der Wahrheit dran waren.

Als junge Polizistin hatte sie sich immer darüber geärgert, wenn die Zeitungen in schwierigen Momenten ihre eigenen Interpretationen lieferten und so den Ermittlungen mehr schadeten als nutzten. Doch im Lauf der Jahre hatte sich bei ihr in dieser Frage eine gewisse Gelassenheit eingestellt. Die verstärkte sich, als Maren Köster feststellte, dass auch ihr Chef Erpentrup hin und wieder nicht auf der Höhe des

Geschehens war oder sich bestimmten politischen Notwendigkeiten verpflichtet fühlte. In solchen Fällen bestand die Gefahr, dass ihre eigene Behörde den Mist verzapft hatte, der am nächsten Morgen in den Zeitungen zu lesen war.

Schulte konnte das immer noch auf die Palme bringen. Für ihn stand die Polizeiarbeit stets im Vordergrund. Die Politiker waren ihm egal, er war lieber geradeheraus und undiplomatisch als angepasst. Da riskierte er es lieber, dass hin und wieder ein bisschen Porzellan zerschlagen wurde.

Erpentrup hingegen versuchte es in jeder Situation mit Diplomatie. Dabei gelang es ihm leider nur selten, sich eindeutig zu verhalten, weil er zu ängstlich war und oft keine eigene Meinung hatte. Erschwerend kam hinzu, dass Erpentrup ein eitler Gockel war. Wenn jemand Einflussreiches kam, knickte er um wie ein Grashalm in einem lauen Lüftchen.

Das richtige Verhalten in Fragen der Öffentlichkeitsarbeit beherrschten weder Schulte noch Erpentrup, dachte Maren Köster. Für die Detmolder Polizisten war Schultes Herangehensweise sicherlich die Bessere, weil bei ihm das Kollegenwohl über allem stand. Damit war er eigentlich immer erfolgreich gewesen. Selbst Hartel hatte er eingefangen. Noch vor drei Jahren war das der Arschkriecher der Nation gewesen, aber jetzt verhielt er sich Schulte gegenüber offenbar loyal. Wahrscheinlich hatte Erpentrup ihn zu oft ausgenutzt, hatte seinen Zuträger aber in entscheidenden Momenten dann doch im Regen stehen lassen. Das rächte sich eben auf die Dauer.

Maren Köster sah auf die Uhr. Gleich halb sieben. Sie hatte Schulte versprochen, ihn um neunzehn Uhr zu einem gemeinsamen Bier abzuholen. Kurz räkelte sie sich in ihrem Sessel. Es war gerade so gemütlich hier, und sie hatte eigentlich wenig Lust, diesen kuschligen Platz zu verlassen, um hinaus in den kühlen Abend zu gehen. Aber schließlich hatte sie den Vorschlag gemacht, mit ihrem Kollegen auszugehen, den sie sehr mochte. Da konnte sie schlecht einen Rückzieher machen.

Sie zwang sich zum Aufbruch und parkte zwanzig Minuten später auf Schultes Einfahrt. Noch bevor sie ausgestiegen war, kam ihr Kollege schon gutgelaunt angelaufen und fläzte sich auf den Beifahrersitz.

Der *Neue Krug* war schon seit über fünfzehn Jahren ihre Stammkneipe. Hier hatten sie schon so manches ausgeheckt, komplizierte Fälle auseinandergedröselt, sich gestritten und viel Spaß gehabt. Wenn sie etwas aßen, dann war ihr gemeinsamer Favorit die Pizza Nr. 5. Dazu bestellten sie sich einen Krabbensalat mit Dipp, den sie teilten, und ein Hefeweizen. Auch heute Abend hielten die beiden an Altbewährtem fest.

Früher war oft ihr gemeinsamer Kollege Axel Braunert dabei gewesen. Doch der war vor zwei Jahren zum LKA nach Düsseldorf gegangen. Seine Wohnung in Lemgo, die im Haus von Maren Köster lag, hatte er jedoch behalten. Dort war er jedes Wochenende und sobald er mehrere Tage nacheinander freihatte.

„Ich weiß ja, Maren, dass wir Feierabend haben und wir eigentlich nicht über unseren Fall sprechen sollten. Aber mir geht die Geschichte mit Erpentrup und dem LKA einfach nicht aus dem Kopf. Dieser Markus Wolf, was ist das für ein Typ?"

Maren Köster bemerkte ein leichtes Ziehen im Bauch. Jetzt bloß nicht ins Schwärmen kommen, dachte sie.

„Na ja, ich hatte den Eindruck, das ist ein netter, unkomplizierter Kerl. Er hat uns seine Hilfe angeboten, und ich hatte wirklich nicht das Gefühl, dass er irgendwelche hinterhältigen Pläne hatte."

„Der Wolf ist deiner Meinung nach also nicht vom LKA?"

„Glaube ich erst mal nicht. Aber das lässt sich ja herausbekommen."

Schulte nickte. „Darum würde ich dich bitten. Ich hatte mir auch überlegt, Axel mal anzurufen, um ihn zu fragen, ob der etwas weiß. Was hältst du von dieser Idee?"

„Spricht auch nichts dagegen", meinte Maren Köster.

Sie kamen ins Plaudern. Schulte bestellte sich noch ein Bier. Je länger die beiden zusammensaßen, umso angenehmer fand der Polizist den Abend. Er flirtete seit langem mal wieder heftig mit seiner Kollegin, und später, als Maren Köster ihn an Fritzmeiers Hof aussteigen ließ, dachte er einen Moment darüber nach, ob er sie nicht noch zu einem Kaffee zu sich einladen sollte.

Doch er beließ es bei dem Gedanken.

23

Erschöpft ließ Noura sich auf die Matratze fallen. Es war schon ein großer Fortschritt, einen Schlafplatz für sich allein zu haben. Nach den Tagen und Nächten auf dem harten Fußboden eines Schiffes kam ihr das Leben in der Lagerhalle fast wie in einem Hotel vor. Aber auch nur fast.

Die hygienischen Bedingungen waren zwar deutlich besser geworden, immerhin gab es in der Lagerhalle eine Toilette, aber die Verpflegung war nach wie vor weder ausreichend noch gut. Es war kalt und zugig in der Halle, und einige hatten sich bereits eine fiebrige Erkältung zugezogen. Nadir war nach seiner Sonderbehandlung im Sanitätsraum des Frachters wieder zu den anderen in den Gemeinschaftsraum gekommen, wo er nun auf einer Matratze lag und schlief. Noura hatte sich rund um die Uhr um ihn gekümmert. Nun war sie müde, hungrig, durchgefroren und schlecht gelaunt.

Am späten Nachmittag hatte der Mann im Ledermantel von allen Flüchtlingen Fotos gemacht. Für die Papiere, war ihnen erklärt worden. Das hatte ihr eingeleuchtet.

In einer anderen Ecke des großen Raumes, weit weg von ihr, lag der Russe und schien ebenfalls zu schlafen. Die Angst vor diesem Mann schwebte wie eine Gewitterwolke über ihr. Jeden Augenblick konnte sich diese Wolke durch einen Blitz entladen und sie treffen. Noura konnte zwei und zwei zusammenzählen und glaubte zu wissen, was der Russe von ihr wollte.

Sie hatte lange und ausführlich an der Geschichte gearbeitet, nachdem die ersten Meldungen von einem blutigen Stammeskrieg im Nordwesten des Landes in der Redaktion aufgetaucht waren. Kämpfe zwischen einzelnen Stämmen in der unübersichtlichen Phase nach der Revolution waren nichts Ungewöhnliches. In diesem riesigen Land waren alle Ordnungsstrukturen zusammengebrochen, herrschten Chaos und Verwüstung. Hinzu kamen die geostrategischen und wirtschaftlichen Interessen der Nachbarländer und der Großmächte.

Noura hatte sich eigentlich vor allem deshalb um diesen Stammeskonflikt gekümmert, weil dies in der Redaktion ihrer Zeitung so festgelegt worden war. Sie hatte sich über die ethnischen Verhältnisse in der Region und deren Geschichte schlau gemacht, aber keinen einleuchtenden Grund für diese aktuelle Auseinandersetzung gefunden. Noura hatte ihre Reisetasche gepackt und war in die Konfliktregion gefahren, hatte sich in einer aufstrebenden Kleinstadt in der Wüste ein Hotel genommen und hatte Kontakte geknüpft. Schnell fand sie heraus, dass hier Geologen schon vor Jahren bei Probebohrungen auf große Ölvorkommen gestoßen waren. Diese Vorkommen waren noch nicht technisch erschlossen, weckten aber große Erwartungen. Das Gebiet gehörte dem Volksstamm der Meqarah, der diesen wertvollen Bodenschatz nicht einfach für einen Schnäppchenpreis verkaufen wollte. Es hatte Verhandlungen mit einer russischen Ölfirma gegeben, die aber gescheitert waren. Dann war urplötzlich beim benachbarten Stamm der Zuwayya eine große Geldsumme aufgetaucht. Fast gleichzeitig gab es ein Attentat auf einen der führenden Männer der Zuwayya. Schnell galten die Meqarah als Verursacher. Das Attentat war zwar gescheitert, aber es wurde zum Anlass genommen, eine Racheaktion bei den Meqarah durchzuführen. Aus dieser Aktion war sehr schnell ein veritabler Krieg geworden, mit etlichen Toten.

Noura hatte ihre Nase immer tiefer in diesen Sumpf gesteckt und herausgefunden, dass letztlich die Ölfirma hinter all dem steckte. Ihr Ziel war die Destabilisierung der Meqarah und sie stand kurz vor dem Durchbruch, als die Journalistin mit ihren Recherchen begann. Noura hatte sich schon fast in Sicherheit gewähnt, als sie das armselige Flüchtlingsboot betreten hatte. Dann war dieser Mann aufgetaucht, über den sie sich mittlerweile keine Illusionen mehr machte. Sie war nahezu sicher, dass es sich um einen Angestellten dieser Ölfirma handelte, der für sie die „Drecksarbeit" machte.

Was konnte sie gegen ihn unternehmen? Ihr war schon klar, dass sie, selbst im Verbund mit Nadir, diesem Mann nicht gewachsen war. Es gab nur einen Ausweg: Sie musste wieder einmal ganz schnell verschwinden. Jede Sekunde in der Nähe des Russen war für sie lebensgefährlich. Allerdings würde sie warten müssen, bis Nadir wieder auf dem Damm war. Sie fühlte sich für sein Schicksal verantwortlich: Der junge Mann hatte sein Leben für ihre Interessen riskiert und sich als treuer und zuverlässiger Gefährte erwiesen. Ja, er war für sie der einzige Lichtblick in diesen trüben Tagen gewesen. Sie lächelte versonnen, während sie den schlafenden Nadir betrachtete. Ja, mit ihm würde sie durch dick und dünn gehen. Keine Frage.

Noura fragte sich, wo sie sich wohl eigentlich befanden. Seitdem sie kurz vor Lampedusa von den Frontex-Leuten gekapert worden waren, hatte sie jedes Gespür für Himmelsrichtungen und Zeit verloren. Jetzt, in dieser Lagerhalle, fiel zum ersten Mal seit langem wieder etwas Tageslicht durch die Dachfenster. In welchem Erdteil waren sie? In welchem Land?

Noura schaute sich um. Die meisten Schilder an den Wänden zeigten irgendwelche Piktogramme, die keinen Hinweis auf das Land zuließen. Zwei Schilder hatten einen englischsprachigen Text. Waren sie in England? Noura war gebildet genug, um zu wissen, dass die Verwendung der englischen Sprache nicht zwingend auf England oder die USA begrenzt war. Eine große Texttafel war in einer Sprache verfasst, die sie nicht kannte, nicht einmal rudimentär.

Da fiel ihr Blick auf eine große, schlichte Uhr, die über der Eingangstür hing. Sie zeigte 23.15 Uhr an. Ihr fiel ein, dass ihre Armbanduhr nach wie vor auf die libysche Ortszeit eingestellt war. Die Armbanduhr zeigte die gleiche Zeit wie die Lagerhallenuhr. Also konnte sie nicht allzu weit nach Westen oder Osten geraten sein. Es sprach eine Menge dafür, dass sie in Europa waren. Die Kälte in dieser Jahreszeit ließ eine eher nördliche Zone vermuten. Noura versuchte, sich Erinnerungen an Landkarten ins Gedächtnis zu rufen. Und folgerte schließlich, dass es sich nur um die deutsche, die holländische oder um eine skandinavische Sprache handeln konnte. Das war doch immerhin eine brauchbare Eingrenzung.

Als sie sich zufrieden zum Schlafen niederlegen wollte, ging eine Tür auf, und der Mann mit dem Ledermantel kam herein. Er ging zum Lager von Nadir und schaute prüfend auf den Schlafenden herab. Noura tat, als schliefe sie auch, um sein Interesse nicht auf sie zu lenken. Aus den fast geschlossenen Augen sah sie, wie der Mann ein Handy in einer auffallenden blauen Lederhülle aus der Innentasche seines Mantels zog und darauf herumtippte. Dann hielt er das Gerät ans Ohr und ging hinaus. In diesem Augenblick kam Noura eine Idee.

24

Die letzten zwei Tage hatten Schulte ziemlich in Atem gehalten. Auch die unmittelbare Zukunft würde ihm keine Zeit zum Verschnaufen geben. Aber er musste einfach mit seiner Tochter sprechen. Ihr neuer Freund hatte Ungewissheit in das Leben ihres Sohns gebracht. Schulte würde seinem Enkel gerne ein paar Sorgen nehmen, er wollte ihm aber auch keine leeren Versprechungen machen. Also hatte er Pauline Meier zu Klüt angerufen und angekündigt, dass er etwas später kommen werde.

Dann hatte er gewartet, bis Inas Freund mit seinem Daimler vom Hof gefahren war. Schulte hatte noch eine Tasse Kaffee getrunken und mit seinem alten Hund Monster eine kleine Runde gedreht. Zurück auf dem Hof, war er gemütlich zum Hofladen geschlendert und hatte den Kopf zur Tür hereingesteckt. Seine Tochter hatte an diesem Morgen Dienst und war dabei, die Regale mit neuer Ware zu bestücken. Als sie ihren Vater eintreten sah, unterbrach sie ihre Arbeit und sah ihn verwundert an. Um diese Zeit war er selten auf dem Hof.

„Willst du einen Kaffee?", versuchte sie ein Gespräch in Gang zu bringen.

Schulte nickte und setzte sich an den Tresen. Ina schenkte zwei Tassen ein und setzte sich dazu.

„Wenn du um diese Zeit hier auftauchst, hast du was auf dem Herzen. Wirst du mal wieder Vater? Hast du eine neue Freundin? Oder willst du doch noch mal heiraten?"

Schulte grinste verlegen. „Diesmal würde ich ausnahmsweise gerne mal mit dir über deine Beziehungsgeschichten reden."

Sofort schrillten bei Ina alle Alarmglocken. Wollte ihr Vater, der sich fast ihr ganzes Leben lang nicht um sie gekümmert hatte, ihr jetzt Ratschläge geben? Sich zu ihrem Liebesleben äußern? Oder sich vielleicht sogar in ihr Leben einmischen? Sicher, er hatte ihr in den letzten Jahren schon geholfen, wo er konnte. Aber das wog die über zwanzig Jahre davor nicht auf. Ina schwieg und wartete ab.

„Versteh mich bitte nicht falsch, ich will mich nicht in irgendetwas einmischen. Ich möchte dir nur etwas erzählen. Linus hat mich in eine Situation gebracht, auf die ich gerne reagieren würde, aber ich möchte ihm auch nichts Falsches sagen." Nervös rutschte er auf seinem Hocker hin und her und begann dann vom Gespräch mit seinem Enkel am letzten Schultag vor den Ferien zu erzählen. Er berichtete ihr von den Sorgen und Ängsten des Jungen, und Ina hörte zu. Irgendwann rann ihr eine Träne aus dem einen Augenwinkel. Schulte wusste nicht, ob aus Trauer, aus Verzweiflung oder weil sie stolz auf ihren Sohn war. Als er mit seiner Erzählung fertig war, herrschte langes Schweigen.

„Sicher kann es irgendwann passieren, dass ich hier wegziehe", sagte Ina schließlich. „Aber nicht heute und nicht morgen. Ja, ich habe einen neuen Freund. Er ist Professor bei uns an der Hochschule Ostwestfalen, und er hat eventuell die Möglichkeit, nach Hamburg zu wechseln."

Ina machte eine Kunstpause, und Schulte wurde immer nervöser. Am liebsten wäre er ihr ins Wort gefallen, doch er zwang sich weiterhin zuzuhören.

„Hamburg, das ist eine Chance, die sich kein Medienwissenschaftler entgehen lassen würde. Aber an dieser Lebensplanung beteilige ich mich nicht. Ich zieh keinem Mann mehr nach, ohne eine eigenständige Lebensperspektive zu haben", fuhr Ina fort. „Ich muss für mich und Linus sorgen. Ich und kein anderer. Wenn das gewährleistet ist, kann ich mir vieles vorstellen. Das vielleicht vorweg!"

Schulte atmete durch. Das war seine Tochter! Wie hatte er nur so an ihr zweifeln können.

„An der Hochschule hier kann ich eine volle Stelle bekommen. Und zwar die von meinem Chef und momentanen Liebhaber, wenn der nach Hamburg geht. Dazu muss ich allerdings bis zum Jahresende promoviert haben. Aber das schaffe ich. Meine Doktorarbeit ist nämlich fertig. Nächste Woche gebe ich ab."

Schulte war fassungslos. Seine Tochter hatte bald einen Doktortitel und er, der er im Nachbarhaus wohnte, hatte nichts davon mitbekommen. War er wirklich so ein Rabenvater?

„Und gestern war Fritzmeier bei mir", erzählte Ina weiter. „Er will mir den Hofladen übergeben. Schenken! Ich kann damit machen, was ich will, hat er gesagt. Stell dir das mal vor! Wir denken immer, der Alte schielt auf jeden Cent. Pustekuchen, der schenkt mir diesen Laden!"

Vor Schultes Augen begann sich die Welt zu drehen. Warum hatte der alte Bauer nicht mit ihm darüber gesprochen? Schulte hatte immer gedacht, Fritzmeier sei sein Freund und würde über solche grundlegenden Entscheidungen, die alle auf dem Hof betrafen, mit ihm reden. Hätte er den alten Bauern mit seinen Sticheleien über dessen geplante Griechenlandreise besser in Ruhe lassen sollen?

„Fritzmeier hat gesagt, er will auf seine alten Tage nicht hier in Heidental versauern. Er möchte noch etwas von der Welt sehen. Gerade lernt er Englisch, weil er im Herbst für vier Wochen nach New York fährt."

Schulte wurde der Boden unter den Füßen weggezogen. Alle hatten Pläne, aber keiner erzählte ihm etwas davon. Mit dem Ausdruck größter Empörung fuhr er seine Tochter an: „Und wieso weiß ich von alledem nichts?"

„Weil dich nur eins interessiert!"

„Nämlich?", fauchte Schulte seine Tochter an.

„Dass dein Enkel der beste Fußballer in Heidental wird."

Schulte gaffte Ina an, als hätte sie ihm gerade mitgeteilt, dass Uli Hoeneß Linus zum FC Bayern holen wolle. Dann grinste seine Tochter, und er musste auch lachen.

„An der Doktorarbeit sitze ich ehrlich gesagt schon seit Jahren", erklärte Ina grinsend. „Erst mal wollte ich es keinem erzählen, weil ich es mir selber gar nicht richtig zugetraut habe, dann habe ich irgendwie die Gelegenheit verpasst, und als ich sicher war, dass es klappt, wollte ich dich überraschen. Alles andere hat sich erst in den letzten zwei Tagen ergeben, und ich weiß selber noch nicht, worüber ich zuerst nachdenken soll."

Schulte umarmte sie und wirbelte sie einmal herum.

Einige Minuten später verließ er in aufgeräumter Stimmung den Hofladen, um sich auf den Weg ins Büro zu machen.

Was für eine wunderbare Welt!

25

Noura wartete, bis der Ledermantelmann den Raum verlassen und die Tür hinter sich geschlossen hatte. Dann stand sie so leise wie möglich auf. Sie schlich durch den dunklen Raum zur Tür, öffnete sie und trat hinaus. Einer der Gehilfen des Schleusers hielt Wache. Sie machte ihm mit Gesten klar, dass sie zur Toilette wollte, was wortlos akzeptiert wurde. Die lüsternen Blicke des Mannes allerdings ließen sie nichts Gutes ahnen, falls sein Boss mal nicht vor Ort sein sollte.

Noura ging den bekannten Weg um zwei Ecken herum zur Toilette. Geräuschvoll schlug sie die Tür der Kabine zu, um sie wenig später so leise wie möglich wieder zu öffnen. Sie hatte keine Ahnung, wo der Ledermantel sich nun aufhielt. Vermutlich würde sie etwas Zeit brauchen, um es herauszufinden.

Plötzlich hörte sie eine Frau kichern. Noura folgte dem Geräusch. Es kam aus einem Raum hinter einer Tür, in die ein Fenster eingelassen war, so dass Noura hineinschauen konnte. Das Zimmer war nicht erleuchtet, nur ein Lichtstrahl aus einem Nachbarzimmer gab etwas Licht. Aber es reichte, um Nouras Herz höher schlagen zu lassen, als sie sah, dass sich niemand in dem Raum aufhielt. Das Lachen kam offenbar aus dem erleuchteten Nachbarzimmer. Im Vorraum hing an einem Kleiderhaken der bekannte braune Ledermantel.

Vorsichtig drückte sie die Klinke herunter und öffnete die Tür. Sofort wurden die Geräusche im Nebenzimmer lauter und deutlicher. Sie erkannte die Stimme des Mannes, der hier anscheinend das Sagen hatte. Er redete zu einer Frau in einer Sprache, die Noura nicht kannte. Sie lauschte eine Weile. Als sie den Eindruck hatte, dass der Mann vorerst ganz andere Dinge im Kopf hatte, als sich um seinen Mantel zu kümmern, ging sie zur Garderobe und tastete die Taschen des Kleidungsstücks ab. In der Innentasche fand sie das Handy, zog es heraus und steckte es in die Tasche ihrer Jeans, die sie unter ihrer knielangen Oberbekleidung trug. Wieder lauschte sie. Dann lächelte sie beruhigt. Die beiden waren so sehr mit sich selbst beschäftigt, dass sie nicht Gefahr lief, entdeckt zu werden.

Vorsichtig schlich sie aus dem Zimmer und ging dahin, wo sie vor zwei Minuten hergekommen war. Als sie bei der Toilette angelangt war, ging sie hinein, schloss die Tür ab und schaute sich das Handy genauer an. Es handelte sich um ein iPhone der jüngsten Generation, das in einer auffälligen blauen Lederhülle steckte. Noura hatte so ein Gerät noch nie besessen. Aber ein Redaktionskollege hatte ihr noch drei Wochen zuvor so ein Wunderding präsentiert und ihr in groben Zügen die Handhabung erklärt.

Erfreut stellte sie fest, dass der Besitzer die Code-Sperre offenbar als lästig empfunden und abschaltet hatte. So stand ihr vorübergehend die weite digitale Welt zur Verfügung. Allerdings kam sie bald an ihre Grenzen, weil ihr die Nutzersprache des Geräts nicht bekannt war. Doch dann entdeckte sie ein Icon, auf dem die Miniansicht eines Stadtplans zu sehen war. Sie drückte das Symbol und bekam eine Landkarte zu sehen. Als sie sich die Städte anschaute, wurde ihr klar, dass es sich um Deutschland handelte. Sie drückte auf ein

Pfeilsymbol, und sofort tauchte an einer Stelle der Landkarte eine rote Kennzeichnung auf. War das ihr Standort?

Noura schaute genauer hin. Dann vergrößerte sie die Ansicht. Wenn sie alles richtig verstand, befand sie sich gerade in einer Stadt namens Minden. Sie zoomte weiter und sah, dass es sich um ein Hafengebiet handelte.

Das Handy weiter zu benutzen, wäre zwar reizvoll gewesen, aber viel zu riskant. Sie kehrte zum Lagerraum der Flüchtlingsgruppe zurück. Der Wachmann schaute sie misstrauisch an, aber sie machte eine entschuldigende Geste und ging schnell an ihm vorbei, bevor er auf dumme Gedanken kommen konnte.

Sie stellte fest, dass alle ihre Mitflüchtlinge schliefen. Auch der Russe. Und nun kam ihr ein geradezu teuflischer Gedanke.

26

Die Sonne erzeugte Tatendrang. Dieses Gefühl jedenfalls hatte Maren Köster, als sie schon um halb sieben morgens auf dem Weg zur Kreispolizeibehörde war. Der Abend mit Schulte war nett gewesen, doch die Gedanken daran wurden immer wieder unterbrochen. Verantwortlich für diese immer wiederkehrende Störung waren grünbraune Augen, eingerahmt in hunderte von Lachfältchen. Sie versuchte die Erinnerung an Markus Wolf zu verdrängen, doch je mehr sie sich abmühte, umso heftiger machten sich die Gedanken an die Begegnung mit ihm in ihrem Bewusstsein breit.

Als sie den Bereich der Behörde betrat, in dem ihr Büro untergebracht war, herrschte auf dem Flur absolute Stille. Maren Köster kam selten in den Genuss dieser Atmosphäre. Meist waren schon ein paar Kollegen da, wenn sie kam. Früher war Lohmann immer der Erste gewesen. Jahrelang war er so dem häuslichen Trubel entgangen und hatte hier im

Büro ungestört seine Zeitung gelesen. Wenn dann die Kollegen eintrudelten, hatte er schon Kaffee für alle gekocht.

Doch Bernhard Lohmann war jetzt schon über ein Jahr in Pension, und da Schulte ohne morgendlichen Kaffee nicht leben konnte, hatte er Geld in die Hand genommen und umgehend einen Kaffeevollautomaten der Marke Jura gekauft. Um das Gerücht der Verschwendungssucht abzumildern, das ihm diese Handlung eingebracht hatte, beteuerte er immer wieder, dass es sich bei diesem Gerät um ein ultimatives Schnäppchen gehandelt habe. Es sei als ehemaliges Vorführgerät für den halben Preis angeboten worden. Er, Schulte, habe noch einmal gehandelt und den Automaten für einen so niedrigen Preis erstanden, dass der Verkäufer feuchte Augen bekommen habe.

Maren Köster lächelte. Schulte konnte wunderbare Geschichten erzählen, wenn er in der Stimmung war. Aber er hatte nicht so beeindruckend grüne Augen.

Als Manuel Lindemann ins Büro kam, saß seine Kollegin an ihrem Schreibtisch, trank Kaffee und strukturierte ihren Tag. Das alles schien der junge Kollege schon zu Hause erledigt zu haben. Als Maren ihm eröffnete, dass sie noch einmal nach Bielefeld müssten, druckste Lindemann herum. Er hatte sich vorgenommen, sich intensiver mit den Aufgaben des BAMF zu beschäftigen und auch sonst noch einiges an Papierkram zu erledigen. Das hielt er für zielführender, als sich in der Behörde erneut unfreundlich behandeln zu lassen und sich zu guter Letzt doch eine Abfuhr abzuholen.

Maren Köster heuchelte Verständnis. Aber, so sagte sie, da es nun mal Schultes ausdrücklicher Wunsch sei, dass sie diesem Wolf mal auf den Zahn fühlte, werde sie dann eben allein nach Bielefeld fahren. Sie zog die Visitenkarte von Markus Wolf aus der Handtasche und kündigte ihr Kommen telefonisch an.

Eine Minute später verließ sie das Büro.

27

Gern hätte Noura etwas geschlafen, aber sie konnte sich einfach nicht entspannen. Obwohl alles ruhig zu sein schien, blieb sie unruhig. In der Ferne hörte sie ein erstaunliches Geräusch, das sie nicht richtig einzusortieren wusste. Sie konnte nicht wissen, dass es die Glocke einer nahen Kirche war, die die Uhrzeiten ausläutete. Solche Klänge hatte es in ihrem bisherigen Leben nicht gegeben.

Wieder drehte sie sich um und versuchte, zur Ruhe zu kommen. Eine Stunde lang ging das so. Eben hatten die Glocke die dritte Stunde des Tages eingeläutet. Noura war tatsächlich in einer Art leichten Vorschlaf gefallen, als außerhalb des Raums laute Schritte zu hören waren und die Tür lärmend aufsprang. Wenige Sekunden später waren alle Neonröhren auf volle Leistung geschaltet, und gleißendes Licht erfüllte den großen Raum.

Noura schreckte hoch, mit ihr auch alle anderen im Raum. Sie hatte große Mühe, ihre Augen an das plötzliche Licht zu gewöhnen. Erst nach mehrfachem Blinzeln gelang es ihr, die massige Gestalt zu erkennen, die im Türrahmen stand. Unruhe kam auf, die Leute tuschelten ängstlich. Was war los? War die Polizei gekommen? Die ersten wollten schon beruhigt durchatmen, als sie den breitschultrigen Mann erkannten. Aber sie wurden sofort eines Besseren belehrt, als dieser in einer fremden Sprache losbrüllte. In der Hand hielt er eine große Pistole. Dann schien er sich zu besinnen, steckte die Pistole in eine der Mantelaschen und schrie das gleiche noch einmal in seinem holprigen Arabisch: „Wer war das?"

Und da ihn alle verständnislos anstarrten, ergänzte er:

„Wer hat mein Handy gestohlen?"

Auch diesmal schien ihn offenbar keiner zu verstehen, denn niemand reagierte. Alle hockten schreckensstarr auf ihren Matratzen und starrten ihn entgeistert an. Den Ledermantelmann brachte das noch mehr in Rage. Er winkte seine beiden Gehilfen heran.

„Kontrolliert alle Taschen! Alle. Ohne Ausnahme."

Der Gehilfe, der noch vor wenigen Stunden vor dem Raum Wache geschoben hatte, wirkte übermüdet und gereizt. Unangemessen grob riss er dem nächstbesten Mann einen Rucksack aus der Hand und kippte ihn direkt vor dem fassungslosen Araber aus. Unzählige große und kleine Gegenstände fielen zu Boden, aber ein Handy war nicht dabei.

„Hast du sonst noch Gepäck?", wurde er gefragt. Der arme Kerl nickte eingeschüchtert und übergab den Gehilfen einen kleinen Koffer. Auch der wurde rücksichtslos ausgekippt. Doch ein Handy wurde nicht gefunden. Mit einer Geste wurde dem Besitzer des Koffers gestattet, ihn wieder zu füllen. Während er noch völlig verdattert mit seiner Arbeit begann, musste der nächste Koffer dran glauben. Bald war der freie Platz in der Mitte des Schlafraumes gefüllt mit Hosen, Hemden und Schuhen. Mit jeder Tasche wurde die Laune des Ledermantelträgers schlechter. Er wirkte wie ein Vulkan kurz vor der Explosion.

Dann fiel der Blick des Wachmannes auf Noura, und seine Miene verriet deutlich, dass er von einem Geistesblitz getroffen worden war. Man konnte seiner krausen Stirn ansehen, dass er dabei war, zwei und zwei zusammenzuzählen. Voller Tatendrang ging er auf Noura zu, die beide Arme fest um ihre Reisetasche geschlungen hatte. In Erwartung seines Triumphes entriss er ihr die Tasche und kippte den Inhalt vor ihr auf den Fußboden.

Nouras Gepäck war schon eine Spur interessanter als das der meisten anderen. Sie hatte nur sehr wenige Kleidungsstücke dabei. Die sonst üblichen Erinnerungsstücke und Familienfotos fehlten völlig. Bei ihr wies alles auf eine eilige Flucht hin. Aber es gab zwei Blöcke mit hastig hingekritzelten Texten und eine Canon-Kamera, die das besondere Interesse der Schleuser hervorrief. Das Gerät wurde in die Hand genommen und von allen Seiten betrachtet. Noura konnte in diesem Augenblick nicht anders, als einen schnellen Blick zu dem Russen hinüberzuwerfen. Auch er starrte mit großen Augen auf die Kamera. Aber auch der Fotoapparat brachte die Männer auf ihrer Suche nach dem Handy nicht weiter, und er wurde achtlos auf die Matratze geworfen. Als sie noch einige Slipeinlagen fanden, begutachtete der Kontrolleur auch diese sehr eingehend. Als er erkennen musste, dass Noura keine weitere Tasche besaß, durchsuchte er ihre Jacke, die sie als Kopfkissen benutzt hatte. Auch hier fand sich kein Handy.

Nun mischte sich sein Chef ein und blaffte Noura an:

„Los, aufstehen! Die Arme hoch!"

Noura ahnte, was kommen würde, wusste aber nicht, was sie dagegen tun konnte. Der Gehilfe sah nun seine Chance, das Nützliche mit dem Angenehmen zu verbinden. Er fing mit den Füßen an, tastete sich von den Waden zu den Oberschenkeln vor, jeweils sehr gründlich außen und innen. Noura hielt die Luft an, um nicht laut zu schreien. Es dauerte eine gefühlte Ewigkeit, bis die widerliche Prozedur beendet war und der enttäuschte Gehilfe Noura rüde zurück auf die Matratze stieß. Sie versuchte, gleichmäßig zu atmen, um gegen die aufkommende Übelkeit anzukämpfen. Zugleich war sie froh, alles hinter sich zu haben.

Nadir kam etwas besser davon. Auch bei den anderen folgte eine Enttäuschung nach der anderen. Zum Schluss kam der Russe an die Reihe. Der stand völlig entspannt neben seiner Matratze und wartete ab. Das personifizierte reine Gewissen. Er wirkte so souverän, das der zweite Gehilfe sich kaum traute, dessen Tasche anzurühren. Als er kurz zögerte, schrie sein Chef ihn an: „Worauf wartest du? Hast du Angst vor dem Kerl?"

Sofort war der Helfer bemüht, diesen Eindruck zu verwischen. Auch die Tasche des Russen wurde ausgekippt. Der stand, die Ruhe selbst, daneben und schaute beinahe amüsiert zu. Alle Augen waren nun auf seine Sachen gerichtet.

Und alle Augen weiteten sich urplötzlich, als zwischen Unterhosen und Hemden ein kleines Gerät in einer auffallend blauen Lederhülle auf den Fußboden polterte.

Der Ledermantelmann war einer der ersten, der die volle Tragweite erkannte und reagierte. Er stürzte sich laut schreiend auf den wie paralysierten Russen und drosch ihm seine mächtige Faust ans Kinn. Der Russe ging wie ein nasser Sack zu Boden.

Der Chef der Schleuserbande nahm sein Handy vom Fußboden auf, begutachtete es und steckte es ein. Dann stellte er sich breitbeinig über den Russen, zog einen langen Dolch aus dem rechten Stiefel und richtete die Spitze auf den Hals des völlig entsetzt daliegenden Mannes.

„Niemand bestiehlt Alu Bassajew ungestraft!", zischte er leise. Doch jeder im Raum hatte es verstanden, denn niemand wagte, auch nur das geringste Geräusch zu machen.

28

Gut gelaunt kam Schulte heute in der Kreispolizeibehörde an. Pfeifend durchquerte er die Flure und warf einen Blick in Maren Kösters Büro. Da saß aber nur Lindemann, der mit höchster Konzentration an seinem Computer arbeitete. Er nahm seinen Chef kaum wahr, und als Schulte nach Maren Köster fragte, nuschelte er nur: „Die ist in Bielefeld." Nach diesem Redeschwall hämmerte er wieder auf seine Tastatur ein, als handelte es sich um die Tasten eines Klaviers, auf der er gerade die Ouvertüre zur Verbrechensbekämpfung spielte.

Kein Respekt mehr, diese jungen Leute, dachte Schulte. Zu seiner Zeit hätte es so etwas nicht gegeben. Dann musste er über den Spruch grinsen. Denn das pflegte seine Mutter schon immer über seine Generation zu sagen.

Kaum saß er in seinem Büro, da steckte auch schon Pauline Meier zu Klüt ihren Kopf ins Zimmer.

„Was meinen Sie, Herr Polizeirat? Machen wir uns auf den Weg nach Helpup, um das Haus von König zu inspizieren? Ich würde es mir gerne einmal ansehen, bevor die Spusi da alles auf den Kopf stellt. Der Staatsanwalt hat den Durchsuchungsbeschluss besorgt. Wir können sofort loslegen."

Das läuft ja wie am Schnürchen, stellte Schulte zufrieden fest. „Eine Minute, Meier, ich brauche erst noch einen Kaffee, dann fahren wir los. Komm, trink einen mit."

Die junge Polizistin setzte sich an den Besprechungstisch und ließ sich von Schulte bedienen. Kein Respekt, die jungen Leute, dachte Schulte. Die lassen sich sogar von ihrem Chef bedienen. Er trug für sich und seine Kollegin die Tassen zum Tisch. Dann setzte er sich und nahm den ersten Schluck.

Er erkundigte sich bei seiner Kollegin, ob sie noch einmal über den Fall nachgedacht habe.

„Sie kennen mich doch, Herr Polizeirat. Ich habe nichts anderes im Kopf. Spaß beiseite. Was ich weiterhin am ungewöhnlichsten an unserem Fall finde, ist die Art und Weise, wie König aus dem Leben geschickt wurde. Die Art der Tötung weist für mich darauf hin, dass der Täter aus einem anderen Kulturkreis stammt. Wenn der Mörder ein Mitteleuropäer wäre, würde ich ihn sofort in die Psychiatrie einweisen lassen. Ich habe den Eindruck, es handelt sich bei der Tat um eine Hinrichtung oder Bestrafung. Wenn er erstochen worden wäre, dann könnte man dahinter auch einen Affekt vermuten. Aber die Kehle durchschneiden – damit verbinde ich nur Kaltblütigkeit, bewusstes Handeln oder schieren Wahnsinn."

„Kann es sein, dass der Tod etwas mit dem Beruf des Opfers zu tun hatte?", schlug Schulte vor.

„Das war ein Beamter. Wir kennen seinen genauen Tätigkeitsbereich ja noch nicht. Aber ich glaube, dass unser Opfer zu Lebzeiten Migranten höchstens mal auf dem Flur der Behörde zu Gesicht bekommen hat. Mit dem Publikumsverkehr hatte er, glaube ich, nichts mehr zu tun. Klar, es könnte da einen Zusammenhang geben. Ich würde den aber in einer möglichen Prioritätenliste ziemlich weit hinten einordnen."

Schulte dachte einen Moment nach. „Erpentrup zuliebe sollten wir diese Überlegung allerdings als Priorität Nummer 1 deklarieren. Meier, bist du so nett und machst das für mich? Wenn ich das selber schreibe, könnte unser Chef auf die Idee kommen, dass das ein Versuch von mir wäre, seine Anweisungen zu unterlaufen."

Pauline Meier zu Klüt drohte ihm grinsend mit dem Finger, und Schulte räumte die Tassen ab, griff sich seine Lederjacke und meinte: „Na, dann auf nach Helpup."

In Pivitsheide V.L. überlegte Schulte laut: „Wie kommen wir eigentlich in das Haus von diesem König?"

Worauf seine Kollegin mit einem Schlüsselbund rasselte, das sie aus der Tasche zog. „Hat unsere Spusi bei dem Toten gefunden."

Eine Viertelstunde später betraten die beiden Polizisten das Haus. Die abgestandene Luft, die ihnen in die Nase stieg, passte nicht zur Einrichtung, die zwar konservativ, aber hochpreisig war. Alles war penibel aufgeräumt. Nirgendwo auch nur die kleinste Unordnung.

„Beamtenseele", meinte Schulte grinsend.

„Aber eine mit Geld", konterte seine Kollegin.

„Stellt sich die Frage, worin der Reichtum begründet ist? Mit A 13 kannst du dir eine solche Wohnungseinrichtung nur leisten, wenn du äußerst sparsam bist. Und wenn ich dann noch bedenke, dass sein Auto schon den Wert eines halben Einfamilienhauses hat, komme ich echt ins Grübeln."

„Vielleicht sollten wir die Nachbarn fragen. Mal sehen, was die so über den König zu berichten wissen", schlug Pauline Meier zu Klüt vor.

Wenig später drückten sie auf die Türklingel des Hauses auf der gegenüberliegenden Straßenseite. Auf dem Türschild stand der Name Khasan Amirkhanov. Ein älterer, etwas übergewichtiger, kleiner Mann öffnete. Schulte und Pauline

Meier zu Klüt zeigten ihre Polizeiausweise und wurden hereingebeten. Der Mann sprach relativ gut Deutsch, jedoch mit starkem Akzent. Er wusste sofort, warum er Besuch von der Polizei bekam. Die Zeitung, in der über Königs Tod berichtet wurde, lag auf dem Küchentisch.

Amirkhanov bestätigte, dass er König gekannt habe. Nicht näher, aber man habe dann und wann ein paar Worte miteinander gewechselt. Gerhard König sei höflich, aber zurückhaltend gewesen. „Ein Lipper eben", meinte Amirkhanov und lachte.

In letzter Zeit sei ihm allerdings nichts Besonderes aufgefallen. Es sei auch normal gewesen, dass der BMW des Toten manchmal tagelang am Bahnhof stand. Warum das so sei, wisse er nicht. Auf die Frage, ob König wohl irgendwelche Feinde oder Neider gehabt habe, zuckte der Mann mit den Schultern.

„Feinde? Haben wir die nicht alle? Herr König hatte sicher auch welche. Ich kenne aber keinen davon."

Auch der Besuch bei anderen Nachbarn ergab keine neuen Erkenntnisse. Abgesehen von der Tatsache, dass König schon seit Jahren teure Autos gefahren hatte, war er nicht weiter aufgefallen.

„König war offenbar ein sehr unscheinbarer Zeitgenosse", bemerkte Pauline Meier zu Klüt.

„Und das macht die Angelegenheit nicht gerade einfacher."

29

„Was wolltest du mit dem Handy machen?", fragte Bassajew, kaum lauter als eben.

Der Russe lag schweigend unter ihm. Er starrte den Mann, der gerade sein Leben bedrohte, nur an und atmete heftig.

Bassajew erhöhte den Druck des Dolches und zischte: „Rede, du Drecksau! Sonst mache ich es ganz langsam."

Endlich beschloss der Russe, sich zu verteidigen. „Ich habe das Handy nicht gestohlen. Ich weiß nicht, wie es in meine Tasche gekommen ist. Irgendjemand hat mir das da reingeschmuggelt. Wenn ich …"

„Schnauze!", schrie Bassajew. „Ich will diesen Quatsch nicht hören. Warum sollte jemand das Handy in deine Tasche stecken? Schwachsinn! Das Handy war in deiner Tasche, also ist die Sache klar. Ich will nichts mehr hören. Du wirst jetzt dafür bezahlen. Alu Bassajew lässt sich nicht bestehlen."

Der Russe hatte sein Leben verspielt. Niemand im Lagerraum hätte ihm noch eine Chance eingeräumt. Gleich würde ihm der Mann, der sich Alu Bassajew nannte, den Dolch durch die Kehle ziehen.

In diesem Moment zog der Russe seine Beine an und ließ sie wie ein Katapult nach oben schnellen. Er traf den Mann, der mit gespreizten Beinen über ihm stand, mit einer solchen Wucht in die empfindlichsten Teile, dass dieser wie ein Taschenmesser zusammenklappte und nach hinten geschleudert wurde. Bassajew versuchte, sich zu fangen, stolperte aber und krachte auf den Rücken. Dabei fiel die Pistole aus der Manteltasche und rutschte etwas von ihm weg.

Blitzschnell war der Russe auf den Beinen und trat seinem Gegner, bevor einer der beiden Gehilfen auch nur mit der Wimper hätte zucken können, an den Kopf. Er bückte sich, griff nach der Pistole und drehte sich um. Dann verschwand er durch die Tür.

Jetzt erst reagierten Bassajews Gehilfen. Aber sie wussten nicht recht, was zuerst zu tun war: den Flüchtigen verfolgen oder sich um ihren Chef kümmern. Hin- und hergerissen ließen sie wertvolle Sekunden verstreichen. Dann entschlossen sie sich, den Russen zu verfolgen.

Noura atmete aus. Jetzt erst merkte sie, wie sich in den letzten Sekunden alles in ihr zusammengekrampft hatte. So etwas Schreckliches hatte sie in ihrem ganzen Leben noch nicht gemacht und würde es hoffentlich nie wieder tun müssen. Klar, als sie vor Stunden in den Schlafraum zurückgekommen war, hatte sie vor der Aufgabe gestanden, das Handy loszuwerden. Denn irgendwann musste Bassajew den Verlust bemerkten. Und er würde es bei den Flüchtlingen suchen. Bei ihr durfte es auf gar keinen Fall gefunden werden. Gleichzeitig war ihr die Eingebung gekommen, den Mann damit zu belasten, der für sie zurzeit die größte Bedrohung darstellte. Sie war zum Schlafplatz des Russen geschlichen, hatte kurz gelauscht, um sicherzugehen, dass er schlief.

Der Russe benutzte, wie so viele hier, seine Reisetasche als Kopfkissen. Es war eine vertrackte Angelegenheit für sie gewesen, ganz langsam den Reißverschluss einer Seitentasche zu öffnen und das Handy hineinzustecken. Mehrfach hatte der Russe dabei unruhig geatmet, jeden Moment bestand die Gefahr, dass er aufwachte. Noura war schweißgebadet zu ihrer Matratze zurückgegangen und hatte sich hingelegt. Wie immer in voller Kleidung, wie alle hier im Raum. Kein Wunder, dass der Schlaf keinen Weg zu ihr gefunden hatte.

Eigentlich hatte sie erst am nächsten Tag mit einer Suchaktion Bassajews gerechnet. Dass er zu dieser Uhrzeit den Verlust bemerkte, war nicht vorauszusehen gewesen. Und auch nicht, dass er derart heftig reagiere würde. Oder hätte sie dies einkalkulieren müssen? Wenn Bassajew den Russen tatsächlich getötet hätte, was er zweifellos vorgehabt hatte, wäre sie dann eine Art Mörderin gewesen?

Noura schüttelte sich, als ihr ihre eigene Verantwortung bewusst wurde. Klar, sie hatte den Russen ausschalten wollen. Sie war davon ausgegangen, dass Bassajew ihn brutal zusammenschlagen lassen würde. Das hätte ihn zumindest für eine ganze Weile außer Gefecht gesetzt. Aber es war nicht ihre Absicht gewesen, ihn töten zu lassen.

Gegen ihren Willen kam so etwas wie Bewunderung für diesen Russen auf. Wie er sich aus dieser scheinbar aussichtslosen Situation befreit hatte, war unglaublich. Und das ganz ohne fremde Hilfe. Gleichzeitig wurde ihr wieder klar, wie gefährlich dieser Mann als Gegner sein musste. Wo er jetzt wohl steckte? Für sie gab es keinen Zweifel daran, dass er das Lagerhaus längst verlassen hatte und sich nun irgendwo anders versteckte. Die beiden Dummköpfe würden ihn jedenfalls nicht finden. Aber auch sie selbst wäre gut beraten, diesem Mann nie wieder zu begegnen, dachte sie und musste schlucken.

Nadir kam zu ihr und schaute ihr lange forschend in die Augen. Als wüsste er Bescheid, dachte sie. Doch er sagte kein Wort, sondern setzte sich neben sie auf die Matratze, nahm ihre Hand und hielt sie fest. Auch Noura schwieg. Sie hätte auch keine Worte finden können, um ihm zu zeigen, wie viel ihr gerade jetzt seine Hand bedeutete.

30

Es fühlte sich an wie Flugzeuge im Bauch. Verdammt, was war los mit ihr? Maren Köster kam sich vor wie vor ihrer ersten Tanzstunde. Sie war in einen der Teilnehmer verliebt gewesen. Verliebt? Ach was, unsterblich verliebt war sie gewesen.

Als sie erfahren hatte, dass dieser ... Maren Köster dachte nach, wie ihr Schwarm geheißen hatte. Karl? Genau, so hieß er. Als sie gehört hatte, dass Karl an dem Tanzkurs teilnehmen würde, da hatte sie Himmel und Hölle in Bewegung gesetzt, um auch mitmachen zu können. Ihre Eltern waren der Meinung gewesen, sie könne ruhig noch ein Jahr warten, bevor sie sich auf dieses Parkett des Lebens begeben würde. Doch sie hatte es nicht eingesehen. Hatte mit der Mutter gestritten und den Vater um den Finger gewickelt, bis sie das Okay bekam.

Sie war die Jüngste in dem Tanzkurs gewesen und der Typ ein Arsch. Das war die richtige Bezeichnung für den Kerl. Mit einem kleinen Mädchen wie Maren Köster wollte Karl sich nicht abgeben. Er hatte mit ihr gespielt, hatte sich über sie lustig gemacht, hatte sie herumkommandiert und erniedrigt. Und sie hatte sich all das gefallen lassen. Doch eines Tages, als Karl sich wieder einmal vor allen anderen Teilnehmern des Tanzkurses über sie lustig gemacht hatte und anschließend mit einer anderen, einer Älteren abgezogen war, hatte es ihr gereicht. Das war eine Demütigung zu viel gewesen. Von einer Sekunde auf die andere waren alle heißen Gefühle, die Maren Köster für Karl empfunden hatte, zu Eis erstarrt. Ab sofort war er Luft für sie gewesen. Sie hatte ihn ignoriert, wenn er versuchte sich aufzuspielen. Und was hatte Karl getan? Er begann zu baggern. Er umwarb sie, als sei sie das Wichtigste in seinem Leben, und als Krönung seines Werbens bat er sie, mit ihm den Abschlussball zu feiern.

Maren Köster sagte zu. Anschließend fragte sie Otto, einen kleinen dicken Jungen, der immer ein bisschen nach Schweiß roch, ob er wohl mit ihr das Ende des Tanzkurses begehen wolle. Der konnte sein Glück kaum fassen. Während der vergangenen Wochen hatte niemand mit ihm tanzen wollen, und jetzt wurde er, der dicke Otto, von dem Mädchen gefragt, das anscheinend die Favoritin von Karl war, dem Traum aller weiblichen Geschöpfe des Jahrgangs.

Maren Köster musste grinsen. Es wurde ein wunderbarer Abschlussball. Karl konnte es nicht fassen, als Maren Köster mit dem vermeintlichen Loser Otto den Saal betrat. Sie verbrachte einen schönen Abend. Otto war ein netter Kerl. Karl hingegen wurde anschließend von allen Tanzschülern verspottet. Er, der Gigolo und Großkotz, war der einzige, der ohne eine Tanzpartnerin dastand.

Die Gedanken an ihre Jugend hatten vorübergehend dafür gesorgt, dass die Flugzeuge in ihrem Bauch zur Ruhe gekommen waren. Doch als sie aus dem Wagen stieg, wurden die Motoren wieder angeschmissen und arbeiteten schon in der nächsten Sekunde auf Hochtouren. Am liebsten wäre sie umgekehrt. Gleichzeitig wurde sie von einer unsichtbaren Kraft zum Eingang des Gebäudes gedrängt.

Der am Vortag noch so renitente Pförtner war wie ausgewechselt. Er begrüßte Maren Köster freundlich und begleitete sie zu einem Besprechungsraum. Eine Minute später betrat Markus Wolf das Zimmer und zauberte ein hinreißendes Lächeln in sein Gesicht.

„Frau Köster, wie wunderbar, dass ich Sie so schnell wiedersehe. Was kann ich für Sie tun?"

Maren Köster bekam weiche Knie. Sie riss sich zusammen und ärgerte sich über sich selbst. Dabei wandte sie alle Kraft auf, um professionell zu wirken, und berichtete dem Mann mit den grünbraunen Augen, dass das LKA interveniert und darum gebeten habe, das BAMF so weit wie möglich aus den Ermittlungen im Mordfall König herauszuhalten.

Wolf tat erstaunt. „Sehen Sie, Frau Köster, auch die Tatsache, dass ich mich hier in diesem Amt herumtreibe, hat seine Gründe. Der Innenminister hat mich nicht nach Bielefeld geschickt, um mir zu beweisen, dass es diese Stadt wirklich gibt. Nur zu gerne würde ich mit Ihnen über den Grund meiner Anwesenheit reden. Aber mein oberster Dienstherr würde mir den Kopf abreißen."

Wieder dieses hinreißende Schmunzeln.

„Ich muss gestehen, die Tatsache, dass auch das LKA im Geschäft ist, wundert und verärgert mich", fuhr Markus Wolf fort. „Gleich heute Nachmittag werde ich der Angelegenheit auf den Grund gehen. Sie müssen verstehen, mir sind die Hände gebunden, aber im Rahmen meiner Möglichkeiten biete ich Ihnen eine informelle Zusammenarbeit an. Was halten Sie davon, wenn wir die mit einem kleinen Essen und einem schönen Glas Wein beginnen?"

Maren Köster konnte ihr Glück nicht fassen.

„Was halten Sie von heute Abend?", fuhr Markus Wolf fort. „Ich kenne mich in Bielefeld nicht so gut aus, aber vielleicht haben Sie ja eine Idee. Ich würde auch nach Detmold kommen. Mir wurde berichtet, dass es dort wunderschön sein soll. Ich wollte mir die Stadt immer schon mal ansehen."

31

Sein Bruder hatte die Drohung tatsächlich wahr gemacht und den Mann angerufen, der nicht nur der Vater der beiden, nicht nur Familienoberhaupt, sondern auch Chef ihrer gemeinsamen Firma war. Einer Firma, die in keinem Handelsregister dieser Welt eingetragen war und auch keine Steuern zahlte. Die sich keinen Gesetzen unterwarf, aber bemüht war, nicht mehr als nötig mit ihnen zu kollidieren. Der Alte, Achmat Bassajew, war in seinen besten Jahren eine große Nummer gewesen. Ein wichtiger Anführer des Aufstands in Tschetschenien gegen die russische Vorherrschaft. Er war mit seinem Namensvetter Schamil Salmanowitsch Bassajew, dem obersten Rebellenführer der russischen Konföderation, zwar nicht verwandt, die Namensgleichheit hatte seine Position bei den Rebellen dennoch stärker gemacht.

In seinem offiziellen Leben hatte der alte Bassajew in der unterirdischen Schwermaschinenfabrik *Roter Hammer* gearbeitet, die aber, wie alle anderen Betriebe Tschetscheniens, in den Jahren nach 1994 zerstört worden war. Bassajew war untergetaucht, Ende 2002 jedoch entdeckt worden und musste aus dem Land flüchten. Über Aserbeidschan ging er in die Türkei, wo er fast zwei Jahre im Gefängnis verbringen musste, weil man ihm dunkle Geschäfte nachweisen konnte. Hier konnte Bassajew seinem persönlichen Netzwerk einige sehr nützliche Verbindungen hinzufügen.

Als er Anfang 2006 freikam, folgte er dem Ruf eines ehemaligen Mitgefangenen, der in Berlin ein Import-Export-Geschäft betrieb. Der clevere und flexible Bassajew lebte sich in Berlin schnell in der Immigrantenszene ein. Bald gelang es ihm, seine Familie nach Deutschland nachkommen zu lassen. Ein anderer Kampfgenosse lebte in der Nähe von Bielefeld, freute sich über ein gut gehendes Restaurant und konnte die beiden Söhne als Arbeitskräfte gut gebrauchen.

Die jungen Männer, Alu und Dschochar, zogen mit ihrer Mutter nach Bielefeld.

In der Zwischenzeit hatte ihr Vater aus seinen vielfältigen Beziehungen im internationalen Flüchtlingsmilieu das Beste gemacht und erste Erfahrungen darin gesammelt, Menschen aus der Kaukasusregion nach Deutschland zu schleusen. Sein kleines Geschäft expandierte rasch, und es war nur folgerichtig, seine beiden Söhne mit ins Geschäft hineinzunehmen. Während Dschochar ein guter Junge war, lief es mit Alu leider weniger gut. Er war ebenso verschwendungssüchtig wie jähzornig und brachte seinen stets auf größte Vorsicht bedachten Vater oft in Schwierigkeiten.

An diesem Nachmittag, es war der Mittwoch vor Ostern, saßen nun alle Männer der Familie Bassajew gemeinsam am runden Tisch der Bielefelder Wohnung. Die Mutter servierte Tee und kandierte Früchte. Der Alte war extra aus Berlin angereist, um die bedrohte Ordnung wiederherzustellen. Dschochar hatte ihm am Telefon gebeichtet, dass der Deutschenmacher wie vom Erdboden verschluckt war.

Sobald die Frau den Raum verlassen hatte, mussten die Söhne den Alten auf den neuesten Stand der aktuellen Schleuseraktion bringen. Alu berichtete, dass er die Flüchtlingsgruppe in Bremen übernommen und mit dem Binnenfrachtschiff nach Minden gebracht hatte. Und dass diese Leute nun im üblichen Lagerhaus darauf warteten, ihre Papiere zu bekommen.

„Sie werden langsam unruhig", schloss er seinen Bericht. „Und ich weiß nicht, wann die ersten von ihnen durchdrehen. Sie stehen ziemlich unter Strom."

„Aber sonst ist der Transport ohne Zwischenfälle verlaufen?", wollte sein Vater wissen.

„Ja, keine Probleme", antwortete Alu, ohne rot zu werden. Vom peinlichen Vorfall mit dem Russen musste sein Vater nichts wissen. Der gab sich mit dem Bericht vorerst zufrieden und ging zum Thema Deutschenmacher über.

„Ich habe keine Ahnung, was da los ist", beteuerte Dschochar. „Es gab keinen Streit oder sonst etwas."

„Na ja", warf Alu dazwischen, „wenn man mal davon absieht, dass er plötzlich große Geldforderungen gestellt hat. Er …"

„Was hat er?" Sein Vater setzte sich kerzengerade auf. „Geldforderungen? Wieso hat mir davon keiner was gesagt?"

Alu machte eine abwiegelnde Handbewegung. „Wir hätten das schon selbst geregelt. Aber er war ja plötzlich nicht mehr zu erreichen. Weder an seinem Arbeitsplatz noch zu Hause oder per Handy. Wir haben es immer wieder versucht."

„Das interessiert mich nicht. Was war mit den Geldforderungen?", fragte sein Vater harsch.

Dschochar druckste herum. „Vor zehn Tagen hat der Deutschenmacher mich angerufen und gesagt, dass es so nicht weitergehen könne. Wir seien dick im Geschäft und würden im Geld schwimmen. Während er ein hohes Risiko eingehe, aber immer nur die Brosamen bekomme. Das müsse jetzt ein Ende haben. Er hat eine Sonderzahlung gefordert, die ich natürlich abgelehnt habe."

„Wie viel?"

Die beiden Söhne schauten sich besorgt an. „Eine halbe Millionen Euro, bar auf die Hand", sagte Dschochar schließlich.

Der Alte schwieg eine Weile. „Was hast du ihm gesagt?", fragte er schließlich.

„Dass er sich seine Forderung in den Arsch schieben kann, natürlich!", dröhnte Alu aggressiv.

Sein Vater brachte ihn zum Schweigen und wandte sich an Dschochar: „Ich will von dir wissen, wie das Gespräch weitergegangen ist."

„Na ja, als ich die Forderung abgelehnt habe, natürlich nicht so drastisch, wie Alu das eben dargestellt hat, da hat er gemeint, er könne auch anders. Wenn wir nicht zahlten, würde er uns hochgehen lassen. Ich habe versucht, ruhig zu bleiben. Wollte ihm klarmachen, dass er dann zwangsläufig mit hochgehen würde. Aber er hat nur gelacht und meinte, dass kein deutscher Richter den Worten eines dahergelaufenen Flüchtlings und Exterroristen glauben würde. Wahrscheinlich hatte er sogar recht."

„Und dann?"

„Dann hat er aufgelegt. Ich habe Alu davon berichtet, und wir haben beschlossen, noch mal in Ruhe mit dem Deutschenmacher zu sprechen. Aber, wie Alu schon sagte, er war plötzlich nicht mehr zu erreichen. Hatte sich einfach in Luft aufgelöst."

Der Alte gab weiteren Zucker in seinen Tee und rührte mit einer Leidenschaft, als bestünde die Chance, dass der dabei aufsteigende Dampf die Gestalt eines guten Geistes annähme und alle Probleme lösen würde. Endlich blickte er wieder auf und sprach mit belegter Stimme: „Und nun sitzen zwanzig Kunden im Mindener Hafen herum und warten darauf, dass wir liefern, wofür sie bereits bezahlt haben. Was machen wir mit ihnen, wenn der Deutschenmacher weiter verschwunden bleibt?"

Keiner der beiden Söhne hatte eine brauchbare Idee. Bis Alu brummte: „Ich würde sie zurück nach Bremen schicken. Dann raus auf die Nordsee, und dort werfen wir sie ins Meer. Fertig, aus!"

Sein Vater schaute ihn angewidert an. „Ich habe in meinem Leben schon viele Fehler gemacht. Über die meisten kann ich hinwegsehen. Aber einen Sohn wie dich gezeugt zu haben, das werde ich mir nie verzeihen."

Als Alu wütend aufsprang, brüllte der Alte ihn an: „Setz dich wieder hin, du Idiot!" Als wieder angespannte Ruhe eingekehrt war, fuhr er fort: „Ich werde mich um den Deutschenmacher kümmern. Haltet ihr euch da raus. Ihr beiden fahrt heute noch nach Minden und betreut die Flüchtlinge. Stellt sie mit Versprechen ruhig, sagt ihnen, es gebe eine kleine Verzögerung, aber kein wirkliches Problem. Sie sollen die Nerven behalten, alles wird gut. Vergesst nicht, dass sie Kunden sind.

Vor allem du, Alu. Wenn ich für uns nichts erreichen kann, überlege ich mir, wie es mit diesen Leuten weitergeht. Unternehmt nichts, ohne vorher mit mir zu sprechen. Ist das klar?"

32

Was war hier eigentlich los? Auf dem Rückweg nach Detmold hatte Maren Köster in ihrem Handschuhfach gekramt, bis sie die CD gefunden hatte, nach der sie suchte. Wie lange hatte die silberne Scheibe nicht mehr im Schacht eines Players gesteckt. Wenn sie sich recht erinnerte, hatte sie die Disc aus ihrem alten Auto in den jetzigen Wagen geräumt, ohne sie einmal gehört zu haben. Doch jetzt war der Zeitpunkt für diese und keine andere Musik gekommen.

Grade sang Billy Joel: *But she's only a woman to me*. Und Maren Köster grölte laut und falsch, aber beschwingt mit. Der Mann mit dem hinreißendsten Lächeln der Welt hatte sie zum Essen eingeladen. Heute Abend! Und sie, Maren Köster sollte entscheiden, in welches Restaurant sie gehen würden. Was sollte sie anziehen? Worüber sollten sie reden? Tausend Fragen und keine Antworten.

Reiß dich zusammen! Du bist kein Backfisch mehr!, schalt sie sich und schaltete die Musikanlage ab. Das ist eine rein dienstliche Angelegenheit, versuchte sie sich auf den Boden der Realität zu retten und wusste doch gleich, dass dies ein hoffnungsloses Unterfangen war.

Was wohl als Lokal geeigneter wäre – der Detmolder oder der Lippische Hof? Das Wetter war wunderschön. Da gab es vielleicht auch später noch die Möglichkeit, draußen zu sitzen, überlegte Maren Köster. Sie liebte es, an lauwarmen Abenden vor dem Detmolder Hof zu sitzen und sich die Welt anzusehen. Das hatte geradezu toskanisches Flair, fand sie.

Diese Frage war also schon einmal entschieden. Aber was sollte sie anziehen?

33

Wütend trat Nadir vor die Wand. Auch an ihm waren die letzten Stunden nicht spurlos vorbeigegangen. Seine Nerven schlugen einen Flickflack nach dem anderen. Der junge Mann hatte schon einiges erlebt in seinen achtundzwanzig Lebensjahren. Die Mutter war kurz nach seiner Geburt gestorben, er war von einer Tante aufgezogen worden. Als Nadir zwanzig war, musste sein Vater, ein kleiner Beamter, fliehen. Nadir war mit ihm gegangen, denn wieder einmal rückten Rebellentrupps auf die Provinzhauptstadt zu. Auf einmal war der Vater ohne Abschied verschwunden und ließ sich nie wieder bei seinem Sohn blicken. Nadir zog etwas weiter in Richtung Nordwesten und blieb in dem Wüstennest hängen, wo Noura ihn als Fahrer engagiert hatte.

Bei allen Veränderungen hatte es in seinem afrikanischen Leben doch einige Konstanten gegeben. Klima und Landschaft unterschieden sich nicht groß beim Wechsel vom Tschad nach Libyen. Auch der Glaube der Menschen um ihn herum war derselbe geblieben, somit auch große Bereiche der Kultur. Hier aber, in dieser zugigen Lagerhalle, war alles völlig anders. Hier war nichts von seinem Leben übrig geblieben.

Er machte einige schnelle Schritte nach vorn, drehte sich um und ging ebenso hastig zurück. Als Kind hatte er einmal einen Leoparden im Käfig gesehen, auch der war immer wieder auf und ab gelaufen. Stumpf und sinnlos. Nadir warf einen Blick auf Noura, die noch immer mit dem Rücken an ihre Reisetasche gelehnt auf dem Boden hockte und grübelte. Er blieb stehen, schaute auf sie hinunter und wunderte sich wieder einmal über sich selbst.

Hätte er nicht allen Grund gehabt, wütend auf diese Frau zu sein? Sicher, sein Leben in dem Wüstenkaff war alles andere als anregend gewesen. Aber niemand hatte ihn bedroht, niemand hatte ihn von zu Hause fortgejagt. Er hatte nicht viel besessen, aber sein bescheidenes Auskommen gehabt. Was war ihm davon geblieben? Nichts, gestand er sich mit leichter Verzweiflung ein. Mit leeren Händen stand er in einem fremden Land, dessen Sprache er weder sprechen noch verstehen konnte. Und wem hatte Nadir dies zu verdanken? Dem Schicksal? Vielleicht. Oder doch eher dieser Frau?

Sie war nett anzuschauen gewesen, als sie mit ihrem hübschen Lächeln zu ihm und seinem alten Auto gekommen war. Sie hatte ihm gefallen, obwohl sie nach seinen Maßstäben viel zu alt für ihn war. Eine fast gleichaltrige Frau war in seinen Fantasien noch nie vorgekommen.

Hätte er aber eine Ahnung von dem gehabt, was ihn als Fahrer dieser Frau erwartete, dann hätte ihn nichts und niemand überreden können, den Auftrag anzunehmen. Und dennoch konnte er dieser Frau einfach nicht böse sein. Tief in seinem Innern spürte er, dass es ausgerechnet Noura war, die ihm so etwas wie eine Konstante bot, die einen roten Faden in seinem zerrissenen Leben darstellte. Ein sanftes Gefühl von Wärme durchzog ihn, als er sich erneut neben sie hockte.

„Was machen wir denn jetzt?", fragte er leise.

„Wir müssen hier raus!", raunte Noura, und als er sie überrascht ansah, fuhr sie fort: „Hier ist was schiefgelaufen. Das spüre ich. Papiere bekommen wir hier nicht mehr, da bin ich ganz sicher. Und bevor mich die deutsche Polizei festnimmt und nach Libyen zurückschickt, muss ich hier weg sein."

Nadir stutzte. „Warum sollten die dich zurückschicken? Du bist doch ein politischer Flüchtling."

Noura lachte leise und bitter. „Aber das kann ich kaum beweisen. Es sei denn, ich zeige denen die Fotos. Dann vielleicht. Kann aber auch sein, dass sie mir die Fotos wegnehmen und mich trotzdem wieder zurückschicken. Ich habe keine Ahnung, wie das hier in Deutschland läuft. Aber ich weiß ganz sicher, dass diese Fotos meine einzige Geldquelle sind. Ich muss es schaffen, sie an die deutsche Presse zu verkaufen. Das Geld brauche ich, um hier ein neues Leben zu beginnen."

Dies leuchtete Nadir ein, ohne ihn jedoch vollends zu überzeugen. „Aber diese Fotos sind auch eine große Gefahr für dich. Das weißt du besser als ich. Wenn dieser Russe tatsächlich hinter ihnen her ist, dann wird er weiter versuchen, an die Fotos heranzukommen. Und solange wirst du in Lebensgefahr sein. Wäre es da nicht besser, die Bilder der deutschen Polizei zu übergeben?"

Noura schüttelte energisch den Kopf. „Nein! Auf gar keinen Fall. Es geht auch nicht nur ums Geld. Die Fotos zeigen, was zurzeit in unserem Land passiert, Nadir. Dass gewissenlose Verbrecher den rechtsfreien Raum nutzen, um sich zu bereichern. Dass die Armen und Schwachen wieder mal die Verlierer sind. Davon muss die Welt erfahren. Und in Lebensgefahr befinde ich mich sowieso. Vergiss nicht, dass diese Bilder nicht nur auf dieser SD-Karte gespeichert sind, sondern auch in meinem Kopf. Diese Leute werden nicht zulassen, dass jemand mit diesem Wissen im Kopf frei herumläuft. Gerade deswegen brauche ich das Geld, um zumindest für die erste Zeit einigermaßen sicher leben zu können. Verstehst du das?"

Nadir verstand. Er nickte ihr bestätigend zu, hatte aber noch eine Frage: „Wo hast du denn diese SD-Karte versteckt? Ist sie da auch sicher?"

Nun lächelte Noura und schüttelte die schwarze Lockenpracht. „Das werde ich nicht einmal dir sagen. Zu deiner eigenen Sicherheit."

Er unterdrückte den Impuls, beleidigt zu sein, und fragte tapfer weiter: „Wann willst du denn verschwinden? Ich komme natürlich mit!"

Ihm war nicht ganz klar, was genau sie empfand. Aber er merkte immerhin, dass sie stark angerührt war. Ihre Augen wurden feucht, und sie schluckte mehrfach, ehe sie antwortete: „Danke für dein Angebot. Aber das kann ich nicht von dir verlangen. Du hast dich schon viel zu sehr für mich in Gefahr begeben. Bleib besser hier, glaub mir."

Nun lachte Nadir bitter. „Und du glaubst, dass die Deutschen mich nicht zurückschicken? Ich kann überhaupt nichts vorweisen, um Asyl zu bekommen. Nicht mal solche großartigen Fotos. Ich bin bloß einer von zigtausend jungen Männern aus Afrika, die nach Europa kommen, um ihr Glück zu suchen. Wie die Wanderameisen. Mich schicken die schneller wieder zurück, als ich das Wort Asyl aussprechen kann. Nein, ich komme mit. Und wenn ich mich bei dir anketten muss."

34

Das konnte doch nicht wahr sein! Schulte raufte sich die Haare. Es gab bisher keinerlei Hinweis auf ein Mordmotiv. Doch in Gedanken hörte er immer wieder eine Stimme, die auf ihn einredete: Die Lösung findest du in Königs beruflichem Umfeld. Da stinkt etwas zum Himmel. Stell den Laden in Bielefeld auf den Kopf.

Und genau das würde er machen. Erpentrup hin oder her. Das Bundesamt für Migration und Flüchtlinge war der einzige Ansatzpunkt, den sie im Moment hatten. Schulte setzte sich hinter seinen Schreibtisch, öffnete die untere Schublade des Möbels und legte seine Füße darauf. In dieser Sitzposition konnte er nicht nur ein Nickerchen machen, sondern auch hervorragend nachdenken.

Mal sehen, was Maren Köster zu bieten hat, wenn sie aus Bielefeld zurückkommt, war sein nächster Gedanke. Doch er konnte ihn nicht zu Ende denken, denn es klopfte an der Tür.

Hartel kam herein, setzte sich hin und begann gleich mit seinem Bericht: „So, die Autoknacker haben wir gecheckt. Die sind bis auf den Vorfall in Helpup sauber. Ich würde zwar ein halbes Monatsgehalt verwetten, dass dieser BMW nicht das erste Auto war, das die beiden Kerle aufgemacht haben, aber wir haben nichts gegen sie in der Hand."

So etwas hatte Schulte sich schon gedacht.

„Der eine, Arthur Kohl, genannt Atze, ist offenbar der Chef. Er hat behauptet, König habe ihm den Auftrag erteilt, den BMW am Helpuper Bahnhof abzuholen, um eine Inspektion durchzuführen", fuhr Hartel fort. „Der Kohl ist wirklich Kfz-Meister, das haben wir überprüft. Dieser Wenzel hingegen scheint etwas minderbemittelt zu sein. Dem hat man wohl, damit er sich nicht um Kopf und Kragen redet, einfach eingebläut, nichts anderes zu sagen als: ‚Ich weiß von nichts!'"

„Schade", meinte Schulte, „so ein kleiner Hinweis von den beiden wäre gar nicht schlecht gewesen. Gibt es sonst was zu berichten, Hartel?"

„Eigentlich nicht, außer dass Volle durch die Kreispolizeibehörde zieht und allen erzählt, dass wir hier oben alle Stümper seien. Er habe sich den Arsch aufgerissen, um die Ganoven dingfest zu machen, und wofür das Ganze? Jetzt, wo wir Sesselpupser die Angelegenheit in die Hand genommen hätten, sei alles für die Katz gewesen."

Schulte dachte einen Moment nach. Dann nahm sein Gesicht plötzlich einen spitzbübischen Ausdruck an. „Sind die Autoknacker eigentlich schon auf freiem Fuß?"

Hartel schüttelte den Kopf. „Bis jetzt noch nicht. Ich wollte erst Rücksprache mit dem Staatsanwalt halten, bevor ich da irgendwas unternehme."

Der diabolische Ausdruck bei Schulte nahm zu. „Dann bring mal bitte Volle zu mir, Hartel!"

„Ja, aber …", protestierte Hartel ein bisschen lahm.

Doch sein Chef ließ ihn nicht zu Wort kommen. „Hol Volle!", wiederholte er seine Anweisung mit einem Tonfall, der keinen Widerspruch duldete.

Hartel zog den Kopf zwischen die Schultern, um einer imaginären Ohrfeige zu entgehen, und war im nächsten Moment verschwunden.

Keine fünf Minuten später stand ein verlegener Volle vor Schultes Schreibtisch.

Schulte bat ihn, auf dem Stuhl vor seinem Schreibtisch Platz zu nehmen.

Hartel wollte sich schnellstmöglich verdrücken, doch der Polizeirat wies ihn an zu bleiben. „Hol dir einen Stuhl und setz dich dazu", meinte er lakonisch. Dann wandte er sich wieder an Volle: „Was für ein Ärger, Volle! Du fängst die größten Ganoven, die wahrscheinlich jemals in Lippe dingfest gemacht wurden, und was ist das Ende vom Lied? Wir müssen sie laufen lassen, weil der Staatsanwalt der Meinung ist, dass wir keinen einzigen Beweis gegen die Kerle in der Hand hätten."

Aus dem Häufchen Elend, das Volle eben noch zu verkörpern versuchte, wurde im Bruchteil einer Sekunde ein stattlicher Fleischkloß. Der dicke Polizist warf sich in die Brust.

„Ja, ist schon ärgerlich, dass diese Paragraphenfuzzis einem immer wieder alles kaputtmachen. Aber wenn ich mir diese beiden Kerle vorgenommen hätte, die hätten gesungen, das sage ich Ihnen, Herr Polizeirat."

Schulte hatte ein Blitzen in den Augen. „Das würdest du für uns tun, Volle? Du würdest dir diese Gangster noch einmal vorknöpfen?"

Volle wurde noch eine Nummer größer, und Hartel verstand überhaupt nichts mehr. „Und ob! Geben Sie mir grünes Licht, Herr Polizeirat, und ich drehe die beiden Kerle durch den Fleischwolf!"

„Okay, Volle, die Autoknacker gehören dir. Aber keine Handgreiflichkeiten!"

Volle machte ein Gesicht, in das ein riesiges „Schade" geschrieben stand, und sagte: „Ja – nee, ist schon klar, Herr Polizeirat."

„Na, dann leg mal los, du Verhörexperte. Ach, nimm den Hartel mit und zeig dem Jungen mal, wie ein erfahrener Polizist, wie du einer bist, zwei solche Kerle wie unsere Autoknacker auf links dreht."

„Wird gemacht, Herr Polizeirat!"

Mit stolzgeschwellter Brust und fast im Stechschritt verließ Volle das Büro. An der Tür sagte er zu Hartel: „Na, dann komm mal mit, mein Junge! Heute kannst du was lernen."

Hartel sah ziemlich belämmert in die Welt, die er im Moment nicht verstand. Gerade als er dem dicken Kollegen folgen wollte, rief Schulte: „Hartel, bleib noch eine Minute hier, und mach die Tür zu! Ich muss noch was mit dir besprechen."

Als die beiden Polizisten allein im Büro waren, wies Schulte seinen Kollegen an, unbedingt darauf zu achten, dass Volle sich an geltende Gesetze hielt. Als nach dieser Anweisung Hartels Blick immer noch tausende Fragezeichen versprühte, erklärte Schulte: „Morgen wird Volle durch die Gegend ziehen und allen, die es hören wollen oder auch nicht, erzählen, dass die beiden Autoknacker so harte Nüsse seien, dass nicht einmal er dazu in der Lage war, sie zu knacken. Über uns wird der kein Wort mehr verlieren. Komm nachher noch einmal vorbei, und erzähl mir, wie es gelaufen ist!"

35

Das Herz schlug ihm bis zum Hals. Wenn er jetzt erwischt würde, dann war dies das Ende, dann konnte er einpacken. Vorsichtig setzte er einen Fuß vor den anderen. Weit und breit war niemand zu sehen. Er war davon überzeugt, nicht beobachtet zu werden. Das aus dieser Erkenntnis resultierende Gefühl verschaffte ihm Sicherheit. Er machte den nächsten Schritt.

Knack!

Das Geräusch, das durch das Brechen eines Astes verursacht wurde, hallte in seinen Ohren nach. Die Anspannung und der damit verbundene Stress sorgten für den Eindruck, dass das Splittern des Holzes tausendfach verstärkt von seinem Gehirn wahrgenommen wurde. Angstschweiß wurde aus jeder Körperpore gepresst. Augenblicklich war seine Stirn von hunderten kleiner Tröpfchen bedeckt.

Hastig drückte sich Kaltenbecher in die Hecke und erstarrte zur Salzsäule. Hatte jemand gehört, dass er den Ast entzweigetreten hatte? Minutenlang verharrte er und lauschte. Doch es blieb ruhig. Nach einer scheinbar endlosen Zeit bewegte er sich wieder. Er zog ein riesiges rotkariertes Taschentuch aus der Hosentasche und wischte sich damit über den Kopf.

Kaltenbecher ärgerte sich über seine Frau und sich selbst. Warum hatte er ihr nur von der lukrativen Geldquelle erzählt, die den sowieso schon wohlhabenden Anton Fritzmeier noch reicher machte?

„Der Kerl macht auch noch mit Scheiße Geld", hatte seine Frau Klärchen vor sich hin geschimpft. „Und du bist zu dumm zum Milchholen!"

Noch ehe sich Kaltenbecher zur Wehr setzen konnte, hatte seine Gattin den nächsten Schritt überlegt. „Wie kommen wir nur an die Adresse von diesem Mao Tse Tung? Früher war der alte Fritzmeier ja schon nach dem dritten Bier gesprächig", erinnerte sie sich an die gute alte Zeit. „Dann konnte man ihm jede Frage stellen, und die Antworten plätscherten dahin wie ein Wasserfall. Und wenn man dem alten Schwerenöter dann auch noch schöne Augen machte, brauchte man ihn gar nicht mehr auszuhorchen, dann erzählte der alte Bock alle seine Geheimnisse ungefragt."

Das jedenfalls glaubte Klärchen Kaltenbecher, und ihr Mann Max hatte einen Moment lang geschmollt, weil sie so despektierlich über ihn und auch über Fritzmeier redete. Und vor allem deshalb, weil sie so unverhohlen vor ihm zum Besten gab, dass sie seinem Freund Fritzmeier früher schöne Augen gemacht hatte.

Seine bessere Hälfte hatte doch tatsächlich den Vorschlag gemacht, Fritzmeier für den nächsten Sonntag zum Essen einzuladen. Dann wollte sie, Klärchen, genau das tun, wofür er, Max, anscheinend zu dumm war. Sie wollte Fritzmeier die Adresse von diesem Mao Tse Tung abluchsen. Kaltenbecher hatte versucht, seiner Frau plausibel zu machen, dass man nicht jede X-beliebige Nacktschnecke zur Herstellung des Potenzmittels verwenden könne. Er hatte tausend Argumente gebracht, warum das Vorhaben, auch Nacktschnecken nach China zu liefern, nicht funktionieren könne.

Vergeblich! Die Eurozeichen, die in den Augen von Kaltenbechers Frau blinkten, wurden immer größer. Zu guter Letzt hatte sie zu ihm gesagt: „Hör auf, mir zu erklären, was hier nicht geht! Tu das, was geht! Schnapp dir einen Eimer, und sammle Schnecken aus Fritzmeiers Garten."

Das waren ihre letzten Worte, ach was, ihr letzter Befehl gewesen. Denn danach hatte sie ihn aus ihrer Küche geschoben und ihm die Tür vor der Nase zugeknallt.

Und jetzt stand Kaltenbecher in Fritzmeiers Garten und fragte sich, warum um alles in der Welt er sich den Stress antat, Nacktschnecken von seinem Freund Anton Fritzmeier zu klauen. Wenn ihn jemand sähe, hätte er keine plausible Ausrede parat. Sein Ruf im Dorf wäre ruiniert. Er würde wegziehen müssen. Also keine Zeit verlieren. Hastig ging Kaltenbecher in die Knie, ignorierte die Schmerzen und klaubte in rasender Geschwindigkeit die Schnecken in seinen Eimer.

Zur gleichen Zeit stand ein zufriedener Fritzmeier halb hinter der Küchengardine versteckt. Er grinste vor sich hin und brummelte: „So, *die* Viecher brauche ich schon mal nicht mehr abzusammeln."

36

Die Besprechung in der Kreispolizeibehörde hatte nichts Neues gebracht. Und die Witzeleien von Schulte und Hartel hatte Maren Köster überhaupt nicht verstanden. Sie hatte sich jedoch auch nicht die Mühe gemacht, den Grund der Belustigung herauszubekommen. Das Getue der beiden Kollegen war ihr vom ersten Moment an auf die Nerven gegangen.

Jahrelang waren die beiden Polizisten überhaupt nicht miteinander klargekommen, und jetzt auf einmal schienen die beiden richtig dicke miteinander zu sein. Hartel hatte von einer Vernehmung berichtet, in dem Volle angeblich die Autoknacker so richtig auseinandernehmen wollte. Das Ende vom Lied war gewesen, dass die Kleinkriminellen Volle ein Auto verkaufen wollten.

„Schulte, ich sage dir, die beiden Autoknacker haben das Zeug zum Bundespräsidenten", meinte Hartel kichernd. „Von denen kauft selbst ein kritischer Bürger wie Volle einen Kleinwagen."

Maren Köster schwoll langsam der Kamm. „Wieso nimmt der dumme Volle an unseren Vernehmungen teil?"

Doch Hartel hatte nur Tränen gelacht und Volle immer wieder nachgeäfft: „Alles richtig gemacht, Herr Polizeirat! Alles richtig gemacht. Die beiden Kerle sind grundehrliche Leute. Da sind mir in Helpup vorgestern wohl doch die Pferde ein bisschen durchgegangen, als ich die Männer verhaftet habe."

Als dann endlich Maren Köster an der Reihe gewesen war, über ihren erneuten Besuch in Bielefeld zu berichten, war ihr Schulte auch noch blöd gekommen. „Du solltest da mal so richtig auf den Tisch hauen! Wir wollen mit denen nicht kooperieren, und schon gar nicht mit diesem Typen aus dem Innenministerium. Wir wollen einen Mord aufklären und sonst gar nichts!" Er hatte ihr unterstellt, Erpentrup und diesem blöden Beamten aus Düsseldorf auf den Leim gegangen zu sein.

Maren Köster hatte mit den Worten gekontert: „Deinen Privatkrieg mit dem Chef kannst du gefälligst selbst austragen! Such dir für diese Kindereien zukünftig einen anderen Handlanger! Ich jedenfalls werde mich an dem Kasperletheater nicht mehr beteiligen!" Damit war sie aus dem Besprechungsraum gestürmt und hatte wütend die Tür hinter sich zugeschlagen.

Jetzt ärgerte sie sich über ihr Verhalten und über ihren Kollegen. Mit den Worten: „Schulte, du blöder Kerl!", landete das dritte Kleid auf ihrem Bett. Sie wollte nicht mehr an die nervige Besprechung denken, sondern ihren Kopf freibekommen für die Dinge, die heute Abend auf sie zukamen.

Momentan litt sie unter der schwerwiegenden Entscheidung, die passende Abendgarderobe auszuwählen. Verzweifelt sackte sie auf einem Stuhl in sich zusammen. Nach einer kurzen Leidenszeit, ausgelöst durch die Vielfalt in ihrem Kleiderschrank, straffte sie ihre Schultern. Sie war kein Modepüppchen, sondern eine gestandene Frau. Welchen Dresscode würde sie wählen, wenn sie heute Abend nicht mit dem hinreißendsten Lächeln der Welt ausgehen würde, sondern mit Schulte? Genau, Jeans, Bluse und einen Pullover. Dazu würde sie ihren Kurzmantel tragen, der, so fand Maren Köster, ihre Figur besonders gut zur Geltung brachte.

Gerade hatte sie sich einen Pulli lässig über die Schulter geworfen, um sich vor dem Spiegel einen Eindruck von ihrem Aussehen zu verschaffen, da ertönte ihre Hausklingel. Hastig prüfte Maren Köster ihre Frisur und lief zur Tür. Schon auf dem Weg war sie sich nicht mehr sicher, ob sie mit ihrer Kleiderwahl die richtige Entscheidung getroffen hatte. Vielleicht wäre das kleine Schwarze doch die bessere Alternative gewesen.

Vor der Tür stand Markus Wolf. Er sah ein bisschen aus wie Schimanski, und im nächsten Moment präsentierte der unverschämt gutaussehende Kerl auch noch das gleiche freche, Große-Jungen-Lächeln, wie es der Fernsehkommissar aus den Achtzigerjahren damals so unnachahmlich zustande gebracht hatte. Während sich die Flugzeuge in ihrem Bauch wieder startklar machten, dankte Maren Köster dem Allmächtigen dafür, dass alle ihre Designerkleider auf ihrem Bett gelandet waren und sie sich für die Jeans entschieden hatte.

Nur einige Minuten später öffnete ihr Markus Wolf die Beifahrertür eines Porsche 911 Targa. Ein bisschen älter war das Auto schon, aber wunderschön.

37

Noura hatte sich mit dem guten Gefühl schlafen gelegt, endlich einen Entschluss gefasst zu haben. Nichts macht unruhiger als eine aufgeschobene Entscheidung, das wusste sie aus eigener Erfahrung und versuchte, innerlich zur Ruhe zu kommen. Dass Nadir fest entschlossen war, auch weiterhin ihr Schicksal zu teilen, machte sie gleichzeitig besorgt und froh. Besorgt, weil sie ihn nicht noch tiefer in die Gefahr ziehen wollte. Sie war sich nicht sicher, ob Nadir wirklich wusste, worauf er sich einließ. Froh war sie, weil es immer schön ist, nicht allein in dieser Welt zu stehen, jemanden zu haben, mit dem man heute seine Ängste und morgen vielleicht ein kleines bisschen Glück teilen kann. Wenn es denn ein Morgen gibt, dachte Noura traurig. Kurz vor dem Einschlafen wurde es auf der anderen Seite der Lagerhalle plötzlich laut.

Sie schreckte hoch und sah, dass auch Nadir sich schlaftrunken aufrichtete. Sie konnte im Dunklen nichts erkennen, hörte aber zwei Männerstimmen, die sich offenbar gegenseitig heftig beschimpften. Mittlerweile waren alle Bewohner der Lagerhalle wach. Die meisten versuchten neugierig, die Lärmquelle zu orten. Andere forderten die Streithähne genervt auf, Ruhe zu geben. Endlich kam jemand auf die Idee, einen Lichtschalter zu betätigen.

Als Nouras Augen den plötzlichen Lichtschock überwunden hatten, erkannte sie zwei Männer, die auf eine Art und Weise voreinander standen, als wollten sie sich gegenseitig auffressen. Noura hatte in den letzten Tagen mit beiden schon das eine oder andere Wort gewechselt. Einer von ihnen kam, wie sie wusste, aus Tripolis. Sie war sehr zurückhaltend mit ihm umgegangen, denn aus seinen, ebenfalls sehr vorsichtigen Äußerungen, hatte sie herauszuhören geglaubt, dass es sich hier um einen ehemaligen Polizisten des untergegangenen Gaddafi-Regimes handelte. Mit diesen Leuten wollte Noura nichts zu tun haben. Vielleicht tat sie dem Mann ja unrecht, aber sie wollte es nicht darauf ankommen lassen.

Sein Gegner war deutlich älter, stammte aus dem Süden Libyens und gehörte zum Volk der Tubu, die sich von der arabischen Mehrheitsbevölkerung durch ihre dunklere Hautfarbe unterscheiden. Dieser Mann hatte lange Zeit in der Nähe der Oase Kufra in einem Auffanglager gelebt. Die Oase ist für Flüchtlinge aus dem inneren Afrikas ein lebenswichtiger Anlaufpunkt in der sonst unendlichen Wüste. Deshalb waren hier schon vor Jahren Auffanglager eingerichtet worden, die eine weitere Flucht dieser Leute ans Mittelmeer und nach Europa verhindern sollten. Die Lager standen zwar unter libyscher Verwaltung, wurden aber finanziert durch die europäische Grenzschutzorganisation Frontex, mit der Noura es ja auch schon zu tun bekommen hatte. Die Zustände in diesen Lagern wurden von Menschenrechtsorganisationen immer wieder als menschenunwürdig beschrieben.

Noura konnte dem weiterhin hitzig geführten Streit entnehmen, dass der ältere Mann dem jüngeren vorwarf, als Polizist in einem dieser Lager Dienst getan zu haben und besonders brutal gewesen zu sein. Der jüngere leugnete nicht, dort tätig gewesen zu sein, fand es aber offenbar völlig korrekt, die „Schwarzen" daran zu hindern, in die „zivilisierten" Regionen an der Mittelmeerküste vorzudringen. Schnell griff der Streit auf einige andere Männer über.

Noura hatte von Anfang an den schwelenden Konflikt zwischen den unterschiedlichen Ethnien bemerkt. Dass hier ein ehemaliger Gefangener des alten Regimes mit einem seiner Bewacher zusammengetroffen war, gab dem ohnehin sehr fragilen Gefüge in dieser Flüchtlingsgruppe den Rest. Anstatt in ihrer perspektivlosen Situation zusammenzustehen, gingen sich die Menschen nun gegenseitig an die Gurgel. Noura konnte nicht schnell genug reagieren, um den wie immer hitzköpfigen Nadir daran zu hindern, die Partei des älteren Mannes zu ergreifen, der wie er selbst aus dem tiefen Süden kam. Schon war Nadir nicht mehr Zuschauer, sondern Teil der immer stärker eskalierenden Auseinandersetzung. Noura schaute entsetzt zu, vermied es aber, sich auch noch einzumischen.

Plötzlich sprang die Tür auf, und drei Männer von der Schleuserbande kamen herein, vorneweg ihr Chef Alu Bassajew. Sie waren mit Baseballschlägern bewaffnet und droschen ohne jede Vorwarnung auf die Streitenden ein. Innerhalb von einer Minute war es wieder ruhig in der Lagerhalle. Einige der Libyer hatten stark blutende Kopfverletzungen zu beklagen, um die sich aber niemand kümmerte. Nadir hatte einen Schlag auf die Schulter bekommen und konnte seinen linken Arm kaum bewegen, als er, etwas schuldbewusst, wieder zu Noura zurückkam. Die sagte kein Wort, sondern legte sich wieder hin und tat, als würde sie sofort einschlafen. In Wahrheit hätte sie heulen mögen. Lange würde sie diese Zustände nicht mehr ertragen können. Sie musste hier raus, so schnell wie möglich.

Leider hatte sie noch nicht die geringste Ahnung, wie sie das schaffen sollte. Sie fuhr wie gewohnt noch einmal mit ihrer Hand in die Reisetasche, ertastete die Konturen ihrer Kamera und spürte die gut versteckte SD-Karte an ihrem Körper, ehe sie zur Ruhe kam und endlich einschlief.

38

War heute Nacht ein Zug über ihn hinweggedonnert? So jedenfalls fühlte es sich an. Schulte konnte jeden Knochen einzeln spüren. Er reckte und streckte sich, wie er es oft bei seinem alten Hund gesehen hatte. Vielleicht positionierten sich ja seine Gliedmaßen durch dieses Räkeln wieder an die vorgesehenen Stellen?

Anschließend quälte er sich aus dem Bett und schleppte sich ins Badezimmer. Unter der Dusche ließ er das heiße Wasser auf seinen verspannten Nacken prasseln. Das angenehme Gefühl, das sich augenblicklich einstellte, verbannte seine schlechte Laune und sorgte für den nötigen gedanklichen Freiraum, um den Tag mit einem positiven Gefühl angehen zu können.

Es war erst sechs Uhr. Schulte beschloss, Butter und Marmelade einzupacken und frische Brötchen zu besorgen. So ausgerüstet würde er zu Maren Köster fahren und ihr bei einer Tasse Kaffee ein Friedensangebot machen. Die schlechte Stimmung, die zuletzt zwischen ihnen geherrscht hatte, belastete ihn mehr, als er sich eingestehen wollte.

Eine halbe Stunde später durchquerte Schulte mit forschem Schritt und pfeifend den Garten seiner Kollegin. Gut gelaunt drückte er auf den Knopf der Hausklingel. Drinnen war ein Rumoren zu hören. Es unternahm jedoch niemand Anstalten, die Eingangstür zu öffnen. Schulte wartete und versuchte es erneut. Diesmal energischer als zuvor. Jetzt hörte er Maren Köster gut gelaunt rufen: „Ja, ich komme ja schon. Wo brennt es denn?"

Im nächsten Moment wurde die Haustür aufgerissen. Vor ihm stand seine Kollegin. Sie sah hinreißend aus in ihrem seidenen Bademantel. Doch die gerade noch fröhlichen Gesichtszüge gefroren. Sie wirkte plötzlich verlegen. Nicht wütend, das hätte sich Schulte erklären können. Nein, sie wirkte wie ein kleines Mädchen, das dabei erwischt worden war, etwas Ungebührliches zu tun. Ihr Gegenüber wedelte verunsichert mit der Brötchentüte.

Um die unerwartet angespannte Situation zu entkrampfen, sagte Schulte: „Es war ein blöder Streit gestern, Maren. Vielleicht habe ich ein bisschen überreagiert. Ich hab mir gedacht, ich bringe dir ein paar Brötchen vorbei, als Friedensangebot. Wir trinken eine schöne Tasse Kaffee, frühstücken zusammen und reden noch einmal über gestern Nachmittag. Wir sind erwachsene Menschen, da sollten wir doch in der Lage sein, so eine kleine Auseinandersetzung aus der Welt zu schaffen."

Schulte bemerkte, dass er, ausgelöst durch die seltsame Situation, ins Schwafeln kam, und war froh darüber, dass jetzt Maren Köster das Wort ergriff. Doch das, was sie hervorbrachte, war auch nur ein Stammeln.

„Brötchen, ja … äh … schön …"

Schulte begriff gar nichts mehr. Da hörte er ein Geräusch im Haus. Es wurde eine Tür geöffnet, und im nächsten Augenblick querte ein nackter Mann den Hausflur.

Schulte sah Maren Köster mit offenem Mund an. Er sah nach rechts in den Garten. Er sah nach links, und sein Blick fiel auf einen Porsche 911 Targa. Ein bisschen älter ist das Auto schon, aber wunderschön, dachte Schulte. Dann spähte er wieder in den Hausflur. Der Mann war verschwunden. Stattdessen sah er rote und weiße Sterne, die vor seinen Augen auf und nieder tanzten.

„Äh … es ist nicht so, wie du denkst! Ich meine, ich kann alles erklären", stammelte Maren Köster. Ihre Worte lenkten Schulte von den tanzenden Sternen ab.

Es wurde heiß und eng in seinem Körper. Im Zeitlupentempo reichte er ihr die Brötchentüte, Butter und Marmelade. Dann drehte er sich mechanisch wie ein Roboter um hundertachtzig Grad und taumelte die Eingangstreppe hinunter.

39

Plötzlich stand sein Auto auf dem Parkplatz der Kreispolizeibehörde Detmold. Wie war das Fahrzeug hierhergekommen? Schulte konnte sich an keinerlei Details erinnern. Er hatte das Gefühl, die Strecke von Lemgo nach Detmold wie durch einen virtuellen Tunnel zurückgelegt zu haben. Der unendliche Schmerz, den er empfand, hatte dafür gesorgt, dass er nichts anderes wahrgenommen hatte als sein eigenes, grässliches Gefühl. Es hatte den Eindruck, dass selbst seine Haarspitzen schmerzten. Kaum zu glauben, wie emotionale Verletztheit sich körperlich so stark manifestieren konnte.

Maren Köster kannte er schon seit vielen Jahren. Sie waren nie ein Paar gewesen, und doch musste da etwas sein, das sie sehr verband. Schulte konnte sich an verschiedene Gelegenheiten erinnern, als er eine Liebschaft eingegangen war und Maren Köster darauf reagiert hatte wie die betrogene Ehefrau. Schulte hatte sich ihr Handeln nicht erklären können. Er hatte sich aber auch nicht ansatzweise die Mühe gemacht, seine Kollegin zu verstehen. Es war ihm egal gewesen. Er war verliebt gewesen oder hatte zumindest eine Affäre gehabt. Da war kein Platz für die Gefühlswelten von Maren Köster gewesen.

Auch sie hatte ihre Beziehungen gehabt. Schulte hatte sie nie dazu beglückwünscht, schließlich hatte sie sich immer Blödmänner angelacht. Klar, er war immer ein bisschen eifersüchtig gewesen. Aber damit war es auch gut gewesen. Solche Ereignisse hatten ihn nicht aus dem Tritt gebracht.

Doch jetzt war alles anders. Warum nur? Es tat so unendlich weh. Hatte sich aus der platonischen Beziehung zu Maren Köster mehr entwickelt, ohne dass er es selbst gemerkt hatte? Musste erst der Kerl mit seinem blöden Porsche vorbeikommen und dafür sorgen, dass Schulte sich über seine Gefühle gegenüber seiner Kollegin klar wurde? War er wirklich ein so unsensibler Klotz, dass er nicht einmal selber merkte, wie es um ihn stand?

Schulte stieg aus dem Auto. Am liebsten hätte er sich jetzt eine Kneipe gesucht, in der er sich um diese Zeit schon besaufen konnte. Seine gesamten verdammten Gefühle im Suff ertränken – danach stand ihm der Sinn. Noch vor zehn Jahren hätte er mit ziemlicher Sicherheit genau so gehandelt. Er hätte sich vor einen Kneipentresen gesetzt und hätte sich volllaufen lassen. Und vielleicht, wenn er so richtig besoffen gewesen wäre, noch eine kleine Schlägerei vom Zaun gebrochen. Doch mittlerweile hatte Schulte an sich gearbeitet. Deshalb ging er auf eine der Herrentoiletten der Kreispolizeibehörde und wusch sich mit kaltem Wasser das Gesicht – in der Hoffnung, seinen Frust und seine Verletztheit gleich mit im Abfluss des Waschbeckens zu versenken. Dann machte er sich auf den Weg ins Büro.

Plötzlich stand seine Kollegin Pauline Meier zu Klüt wie aus dem Boden gewachsen vor ihm. Wo war die denn so plötzlich hergekommen? Sie musterte ihn von oben bis unten und sagte: „Hoffentlich bricht bei uns in Detmold keine Epidemie aus. Eben hat sich die Kollegin Köster krank gemeldet, und wenn ich mir Sie so ansehe, dann scheint es Ihnen nicht viel besser zu gehen."

„Meier, rede nicht über Dinge, die du noch nicht kennst. Es gibt Dinge im Leben, für die bist du einfach noch zu jung!", erwiderte Schulte barsch, ehe er die Tür zu seinem Büro öffnete. „Ich will heute Morgen keinen Menschen sehen! Und ich mache dich höchstpersönlich für jeden verantwortlich, der mich stört, Meier."

Doch der Versuch, sich selbst aus dem Verkehr zu ziehen, gelang nicht. Seine Kollegin öffnete die Tür, die Schulte gerade hinter sich geschlossen hatte, und trat ebenfalls ein.

Was wollte sie nur von ihm? War Meier zu Klüt ebenso unsensibel wie er selbst? Merkte sie nicht, dass er keinen Bedarf hatte, sich mit ihr in irgendeiner Weise auseinanderzusetzen? Schulte wollte sie gerade anschreien, doch sie kam ihm zuvor.

„Wenn Sie krank sind, dann gehören Sie ins Bett!", sagte sie mit selbstbewusster, fester Stimme. „Ansonsten haben Ihre Untergebenen das Recht, von Ihnen geführt zu werden. Da Maren Köster schon nicht zum Dienst gekommen ist, müssen wir beide wohl oder übel noch einmal nach Bielefeld fahren. Wir sind da bis jetzt immer noch nicht weitergekommen."

Pauline Meier zu Klüt wedelte mit einem dünnen Aktenordner. „Lindemann hat gute Arbeit geleistet, er hat ein Organigramm der Abteilung zusammengestellt, die König geleitet hat. Wir können uns jeden Einzelnen vornehmen. Einer der Vögel, die da arbeiten, wird schon singen. Wenn nicht, fällt uns schon was ein. Lindemann überprüft gerade das Umfeld der Beschäftigten, die Bankdaten und so weiter. Irgendwo werden wir eine Unregelmäßigkeit oder sonst etwas Ungewöhnliches finden."

Schulte griff sich seine Lederjacke, die er vor nicht mal einer Minute auf einen Besucherstuhl geknallt hatte, und hielt auf die Tür zu. Wenn ich mich schon nicht besaufe und mich nicht mit Leuten prügele, um meinen Frust loszuwerden, dann kann ich ja wenigstens ein paar Verdächtige durch den Wolf drehen, dachte er.

„Prima, ich bin jetzt genau in der richtigen Stimmung für eine solche Aufgabe. Dann wollen wir mal."

40

Der alte Bassajew warf mit voller Wucht die Beifahrertür des BMW zu. In ihm hatten sich Ärger über die Fehler seiner Söhne und schlimme Vorahnungen zu einem hochexplosiven Gemisch vereint. Mit einem Handzeichen bedeutete er seinem Sohn Dschochar, an genau dieser Stelle auf ihn zu warten. Dann durchschritt der ältere Herr, der gut und gerne als emeritierter Professor durchgegangen wäre, das große Tor des Bundesamtes für Migration und Flüchtlinge und betrat das schmucklose Backsteingebäude.

An der Rezeption musste er sich eine Weile in Geduld üben, bis er an die Reihe kam. Ein stämmiger Mitfünfziger hatte sich offenbar gewaltig aufgeregt und beschimpfte den Mann hinter der Glasscheibe aufs Heftigste. Bassajew hatte, obwohl er ganz passabel Deutsch sprach, dem schnellen Wortwechsel kaum folgen können. Aber was ging ihn auch dieser Streit an? Als er zu seiner Überraschung den Namen König hörte, wurde er hellwach. Das war doch der Name des Mannes, den auch er suchte. Innerhalb von Sekundenbruchteilen wechselte sein Desinteresse zu höchster Aufmerksamkeit.

„Es ist mir völlig egal, ob Sie von der Polizei sind oder nicht", rief der Schalterbeamte verärgert. „Sie können hier nicht einfach durchmarschieren. Oder haben Sie eine entsprechende Vollmacht?"

Die hatte der zornige Besucher offenbar nicht, denn er zögerte kurz. Dann preschte er wieder vor. „Hören Sie! Wenn Sie und die Verantwortlichen Ihrer Behörde mich weiter daran hindern, meine Arbeit ordnungsgemäß durchzuführen, dann werden Sie Ihr blaues Wunder erleben. Morgen früh um neun Uhr erscheinen Sie auf der Kreispolizeibehörde Detmold, und mit Ihnen alle Beschäftigten der Abteilung, die König unterstellt war, ist das klar!"

Nach diesen Worten wartete Bassajew den weiteren Verlauf des Streites nicht ab. Er hatte genug gehört. König würde er hier und heute nicht antreffen. Er drehte sich auf der Stelle um und ging unbemerkt zur Eingangstür hinaus.

Draußen stellte er sich die Frage, warum wohl die Polizei mit diesem Herrn König sprechen wollte. Mit dem Mann, der bei den Bassajews nur der Deutschenmacher hieß. Sollte er warten, bis der Polizist herauskam, um ihn zu fragen? Besser nicht, dachte er und ging zurück zum wartenden Auto. Er hatte noch andere Quellen, um nach dem Deutschenmacher zu forschen.

41

Bisher waren die Autofahrten mit dem Chef immer recht unterhaltsam gewesen. Pauline Meier zu Klüt erfuhr von ihm Wertschätzung und Anerkennung. Oft diskutierten sie, machten Witze, und manchmal gab Schulte sogar den Charmanten. Doch heute saß er wortkarg und schlecht gelaunt neben ihr. Jeden Gesprächsversuch machte er mit einer Killerphrase zunichte. Um der unerträglichen Stille zu entgehen, fragte Pauline Meier zu Klüt nach einigen Minuten, ob sie das Radio einschalten dürfe.

„Kann den Mist, den die da senden, nicht ertragen", brummte Schulte.

„Wie wäre es mit einer CD?", schlug sie vor.

„Hab keine gescheite", lautete die knappe, aber unmissverständliche Antwort.

Langsam wurde auch Pauline Meier zu Klüt sauer. Noch ein paar solcher Antworten, und sie würde ihren Chef auffordern, sie aussteigen zu lassen, ganz egal, wo. Doch zunächst nahm sie sich vor herauszufinden, wie lange sie diese miese Stimmung ertragen konnte.

Obwohl es sich bei der Wegstrecke nach Bielefeld nicht einmal um dreißig Kilometer handelte, kam der Polizistin die Zeit endlos lang vor. Warum hatte sie ihren Chef nur mehr oder weniger dazu genötigt, mit ihr hierherzufahren, um sich gemeinsam mit ihr um den Fall zu kümmern? Selbst Volle wär als Partner angenehmer zu ertragen gewesen als ihr Chef mit dieser Laune.

Nach einer gefühlten Ewigkeit lenkte Schulte seinen Volvo in die Straße, in der das BAMF lag. Pauline Meier zu Klüt konnte sich nicht daran erinnern, jemals so erleichtert über das Erreichen eines Fahrziels gewesen zu sein.

Ihr Chef parkte und suchte den Eingang. Als er ihn nicht sofort fand, fluchte er wütend vor sich hin: „Kein Wunder, dass es mit der Migration nicht klappt, wenn man den Eingang des Ladens, den jeder Flüchtling nach seiner Einreise in Deutschland aufsuchen muss, erst gar nicht findet. Da braucht man sich gar nicht zu wundern, wenn die Migranten in die Illegalität gehen."

Schließlich standen die beiden Polizisten doch in der Eingangshalle des Bundesamts für Migration und Flüchtlinge Bielefeld. Hinter einem Tresen lümmelte sich ein Bediensteter, der ihnen nicht das kleinste Quäntchen Aufmerksamkeit widmete. Auch ein älterer Herr, der nach ihnen die Halle betrat, wurde ignoriert. Schulte baute sich vor dem Tresen auf und zeigte seinen Polizeiausweis. Doch das schien sein Gegenüber nicht zu beeindrucken.

„Ja, und?", fragte er lakonisch.

„Ich möchte alle Angestellten sprechen, die einem gewissen Herrn König unterstellt waren!", sagte Schulte in einem Befehlston, den Pauline Meier zu Klüt bei ihrem Chef zum Glück noch nie gehört hatte.

„Da kann ich Ihnen nicht weiterhelfen. Ich bin nur Pförtner", erwiderte der Mann hinter dem Tresen mit der Gelassenheit eines Zenbuddhisten.

„Dann holen Sie Ihren Chef!", donnerte Schulte.

Während Schulte und der Schalterbeamte miteinander stritten, schien der ältere Herr, der bis jetzt beharrlich gewartet hatte, mit seiner Geduld am Ende zu sein und ging wortlos nach draußen.

Schulte wandte sich an seine Kollegin: „Haben wir eine Liste der Beschäftigten, die wir vernehmen wollen?"

Die nickte und zog aus dem dünnen Aktenordner, den sie die ganze Zeit in der Hand gehalten hatte, eine Liste. Sie reichte sie ihrem Chef, der sie wiederum an den Mann hinter dem Tresen weitergab.

„Die in dieser Liste aufgeführten Personen und Sie selbst haben sich morgen früh um neun Uhr in der Kreispolizeibehörde einzufinden. Quittieren Sie den Empfang."

Schulte schob dem Pförtner ein Formular hin.

In diesem Moment ging ein Mann an Schulte vorbei, der ihm bekannt vorkam. Wo hatte er den Kerl nur gesehen? Genau, bei Maren Köster auf dem Flur! Nackt!

42

Mutter Bassajew hatte wieder einmal liebevoll den Mittagstisch gedeckt. Doch ihre drei Männer wollten oder konnten dies offenbar nicht recht würdigen, denn sie saßen mit finsteren Mienen um den Tisch und warteten ab, bis sie den Tee eingeschenkt und den Raum verlassen hatte. Eigentlich hatte Vater Bassajew noch in der Nacht seine Söhne zusammentrommeln und mit ihnen sprechen wollen. Aber beide waren zu der Zeit auf Geheiß ihres Vaters in Minden gewesen, um die Flüchtlinge in der Lagerhalle zu „betreuen". So hatte er ihnen nur kurz telefonisch die Katastrophennachricht vom Tod des Deutschenmachers überbringen können.

Ein langes Gespräch mit einem alten Bekannten, der den ermordeten Beamten gut kannte, hatte ihn auf den aktuellen Stand gebracht. Bassajew war vorübergehend erschüttert, denn diese Nachricht bedeutete, dass sein ganzes Geschäftssystem bedroht war.

Der Alte hatte die Jungen angewiesen, sofort nach Bielefeld zu kommen, um die neue Lage zu besprechen. Dann war den beiden aber der Aufruhr in der Lagerhalle dazwischengekommen, und sie wollten für den Rest der Nacht die Flüchtlinge nicht mehr aus den Augen lassen. Ihren „Angestellten" brachten sie nur wenig Vertrauen entgegen.

Der Alte hatte dies akzeptiert und sich damit zufriedengegeben, die Besprechung mit einem gemeinsamen Frühstück zu verbinden. Nun saßen dem gut ausgeschlafenen Senior zwei gähnende, müde dreinblickende Jünglinge gegenüber. Vater Bassajew forderte seinen Sohn Dschochar auf, vorab von den Ereignissen der Nacht zu berichten. Das tat dieser auch auf seine ruhige, sachliche Art, wurde aber von seinem Bruder Alu unterbrochen.

„Diese Schwachköpfe! Streiten sich, weil einer ein bisschen dunkler und der andere ein bisschen hellhäutiger ist. Dabei taugen die alle nichts. Alle in einen Sack und ordentlich draufhauen. Trifft immer den Richtigen."

Der Alte bremste ihn mit einer Handbewegung aus. „Wie oft soll ich dir noch sagen, dass diese Leute unsere Kunden sind? Wir verdienen Geld mit ihnen, indem wir sie in dieses Land schmuggeln und ihnen Papiere besorgen. Und nicht damit, dass wir ihnen die Köpfe einschlagen."

„Aber die haben doch vor Antritt der Reise bezahlt", brummte Alu. „Das Geld haben wir schon im Sack. Wenn jetzt der eine oder andere von denen draufgeht, was soll's? Ist doch nicht unser Problem."

Der Alte schaute ihn angewidert an. „Ich frage mich immer wieder, ob du tatsächlich mein Sohn bist. Aber mal davon abgesehen, darfst du nicht vergessen, dass wir mit unserem Geschäft nicht allein auf der Welt sind. Wir suchen uns ja diese Leute nicht selber irgendwo in Afrika zusammen, sondern wir bekommen von unseren Geschäftspartnern den Auftrag, sie zu transportieren. Und es gibt andere Geschäftspartner hier im Land, die für einen Weitertransport sorgen. Wir sind nur ein Teil dieser Kette. Und wir müssen unseren Teil sauber und diskret erledigen. Sonst bekommen wir keine neuen Aufträge mehr. Es gibt schließlich auch noch andere Anbieter auf dem Markt. So einfach ist das."

„Aber wie soll das in Zukunft gehen – ohne den Deutschenmacher?", warf Dschochar dazwischen.

Sein Vater hob anerkennend den Daumen. „Eben! Darauf wollte ich hinaus. Wie soll es weitergehen? Das Wichtigste ist aber erst mal die Frage: Wer hat den Deutschenmacher getötet? Und warum?"

Einen Moment schwiegen alle drei, denn Mutter Bassajew kam mit einer neuen Kanne Tee in den Raum und schenkte ein. Kaum war die Tür wieder zu, polterte Alu los: „Das kann nur die Konkurrenz gewesen sein! Wer sonst?"

Sein Vater zuckte mit den Achseln. „Gut möglich. Habt ihr irgendwas in dieser Richtung gehört in der letzten Zeit?"

Die Söhne schüttelten den Kopf.

„Gab es irgendwelche Auffälligkeiten beim aktuellen Transport?"

Dschochar und Alu blickten sich kurz an, dann antwortete Alu: „Nein! Es ist alles nach Plan gelaufen. Keine besonderen Vorkommnisse."

Der Alte schien nicht wirklich überzeugt zu sein, doch dann änderte er den Blickwinkel.

„In Berlin wird so einiges erzählt. Ihr wisst schon, in der großen Familie unserer geflüchteten Landsleute kennt jeder jeden, und nichts bleibt lange geheim. Einige unserer Leute, die ich noch aus der Zeit des Krieges kenne, fühlen sich in Berlin nicht mehr sicher. Sie glauben, dass die GRU hinter ihnen her ist. Zwei Freunde von mir sind schon spurlos verschwunden. Wer weiß, ob …"

Die GRU war der Auslandsgeheimdienst des russischen Militärs und damit das Trauma aller tschetschenischen Exilanten. Die Söhne wussten, dass ihr Vater immer wieder von Albträumen heimgesucht wurde, in denen die GRU ihm auf der Spur war. Nie würde er die Verhöre vergessen, nie die Angst, nie die Schmerzen.

Die Jungs waren überzeugt davon, dass der Alte diese Neurosen bis ans Ende seiner Tage mit sich herumschleppen würde, und stöhnten innerlich, als dieser erneut mit dem Thema anfing. Sie glaubten ihm kein Wort, wagten es aber nicht, ihren Zweifeln Ausdruck zu verleihen.

Ihr Vater nahm einen großen Schluck Tee und wechselte erneut das Thema. „Alu, du hast doch Fotos von den Flüchtlingen gemacht für die Ausweispapiere. Hast du sie dabei?"

Endlich konnte Alu seinen Vater einmal zufriedenstellen. Stolz ging er zur Garderobe und holte einen Umschlag aus seinem Ledermantel. Der alte Bassajew nahm den Stapel Fotos und schaute sich eines nach dem anderen konzentriert an.

„Wer ist diese Frau?", fragte er dann und hielt seinem ältesten Sohn das Foto von Noura hin.

„Ein zickiges Biest", antwortete Alu und wechselte die Sitzposition. „Ein verdammt hübsches Mädchen, macht aber 'ne Menge Ärger. Kluger Kopf und geiler Arsch, solche Frauen kenne ich. Die brauchen einen richtigen Kerl. Die würde ich sofort flachlegen … wenn es keine Kundin wäre, versteht sich."

Er lachte kumpelhaft, aber weder sein Bruder noch sein Vater fanden diese Bemerkung lustig.

Der Alte nahm das nächste Foto, warf einen raschen Blick darauf, zuckte zusammen und hielt es sich dann ganz nah vor die Augen. Dann legte er es aus der Hand, dachte nach und wirkte ratlos.

Dschochar fragte besorgt: „Ist irgendwas nicht in Ordnung?"

"Wer ist dieser Mann?" Der Vater warf Alu das Foto hin.

Der musterte es nun ebenfalls, zögerte deutlich erkennbar mit einer Antwort und sagte schließlich: „Das ist ein Russe. Ist bei der Abfahrt in Libyen erst in letzter Sekunde zugestiegen, wie man mir berichtet hat. Hat aber ordentlich bezahlt, sogar etwas mehr, als verlangt wurde. Der alte Skipper hat einen Nigger vom Boot werfen müssen, um für den Russen Platz zu machen. Mehr weiß ich von ihm nicht, ist sonst unauffällig."

Der Senior machte ein Gesicht, als wäre er einem Gespenst begegnet. Offenbar hatten die Ausführungen seines Sohnes seine schlimmsten Befürchtungen bestätigt.

„Haben wir den Namen dieses Mannes?"

Alu schüttelte den Kopf. Es war nicht üblich, dass die Flüchtlinge sich den Schleusern gegenüber ausweisen mussten. Für die Erstellung der gefälschten Papiere durch den Deutschenmacher wurden sowieso Fantasienamen verwendet.

Der alte Bassajew schien nun völlig verstört. Nach minutenlangem Schweigen hob er den Kopf und sagte: „Ich glaube, ich habe diesen Mann schon einmal gesehen. Unter für mich sehr unangenehmen Umständen. Damals zu Hause." Dann fuhr er fort, mehr zu sich selbst: „Hier braut sich was zusammen. Erst diese Gerüchte in Berlin, dann wird der Deutschenmacher ermordet, und jetzt dieser Mann auf dem Foto. Das kann einfach kein Zufall sein." Er atmete tief durch. „So, wir drei fahren sofort nach Minden in die Lagerhalle. Ich will mir diesen Russen ansehen. Ab sofort nehme ich die Angelegenheit selbst in die Hand. In einer Stunde fahren wir los."

Er wollte gerade wieder zu seiner Teetasse greifen, als ihm auffiel, dass Alu die Gesichtsfarbe gewechselt hatte und ihn völlig entgeistert anschaute. Irritiert fragte er nach: „Was ist los mit dir, Alu? Hast du was Falsches gegessen?"

Alu druckste herum, dann schüttelte er den Kopf und sagte leise: „Nein, nein. Es ist alles in Ordnung. Ich hatte nur für heute was anderes geplant. Ist aber kein Problem, wirklich nicht."

43

Hunderttausend Volt brachten jedes Härchen auf seinem Körper dazu, sich aufzurichten, dann sah Schulte rot. War Maren Köster nicht mit diesem Typen in die Kiste gesprungen? Und was tat dieses Arschloch hier im Bundesamt für Migration und Flüchtlinge? Schulte ballte die Faust, bis seine Fingerknöchel weiß wurden. War das etwa dieser Wolf, dieser nette unkomplizierte Kerl, wie Maren Köster ihn vorgestern beschrieben hatte?

Ruhig bleiben, ermahnte Schulte sich, bloß nicht durchdrehen jetzt! Er kramte seinen Ausweis aus der Tasche und hielt ihn Wolf vors Gesicht.

„Ich möchte Sie heute Nachmittag um fünfzehn Uhr in Detmold auf der Kreispolizeibehörde befragen, Herr Wolf! Bitte seien Sie pünktlich!", hörte er sich sagen.

Dann wandte er sich an seine Kollegin und sagte: „Komm Meier, wir gehen."

Wolf öffnete den Mund, um etwas zu sagen. Doch Schulte drehte sich um und verließ das Foyer der Bundesbehörde. Aus den Augenwinkeln beobachtete er, wie seine Kollegin den Mann anstarrte, als wäre er das achte Weltwunder. War auch sie schon dem Charme dieses Schönlings erlegen?

Ohne weiter auf Meier zu Klüt zu achten, ging er zu seinem Auto. Er merkte, wie seine Wut wieder von ihm Besitz ergriff. Wenn Meier jetzt auch auf diesen Typen abfuhr, würde er sie zum Innendienst verdonnern. Ganz egal, mit wem er dann seine Arbeit machen müsste – und sei es der dumme Volle. Das wäre immer noch besser, als mit einem dieser Weiber zusammenzuarbeiten, die diesen Wolf sahen und gleich dahinschmolzen.

Schulte warf einen Blick auf seine Armbanduhr. Er würde noch zehn Sekunden warten, dann könnte Meier sehen, wie sie nach Detmold käme.

„... fünf, sechs", zählte Schulte leise vor sich hin, „... acht, neun." Die Beifahrertür wurde aufgerissen. Er ahnte schon, was gleich kommen würde – vermutlich eine hingerissene Schwärmerei seiner Kollegin.

Doch dann hörte Schulte seine Kollegin sagen: „Mann, Chef, dieser Typ ist mir schon einmal über den Weg gelaufen."

Schulte sah sie verwundert an.

„Ich weiß nicht mehr, ob in New York oder irgendwo beim BKA oder LKA. Aber den habe ich schon mal gesehen."

Hatte Schulte sich so dermaßen in Meier zu Klüt getäuscht? Auf jeden Fall hatte sie einen gut bei ihm.

„Ist ja auch ein Süßer, so einen Mann vergisst man nicht so schnell", fuhr sie fort.

Dass Meier zu Klüt bei Schulte einen gut hatte, strich dieser augenblicklich aus seinem Bewusstsein.

„Wenn der beim Innenministerium ist, fresse ich einen Besen", fuhr Meier zu Klüt fort. „Genau, jetzt hab ich's, der war beim BKA mal fürs Anwerben von V-Männern verantwortlich. Das ist so ein Sonnyboy, der jeden um den Finger wickelt. Wahrscheinlich hat er seine Zeit als V-Mann-Anwerber um und muss jetzt wieder normalen Dienst schieben. Die Kollegen, die so einen Job machen, werden nach einer gewissen Zeit ausgetauscht, allein schon zu ihrer eigenen Sicherheit."

Schulte staunte nicht schlecht. Wieder einmal wurde ihm klar, dass Meier zu Klüt nicht nur eine der am besten ausgebildeten Polizistinnen des Landes war, sondern ihm auch haushoch überlegen. Sie kannte durch ihr Studium Leute und Strukturen, von denen Polizisten im normalen Polizeidienst nicht einmal etwas ahnten.

Schulte brauchte ein paar Sekunden, um sich wieder zu orientieren. Dann sagte er: „Na, da bin ich aber gespannt, was dieser Markus Wolf uns heute Nachmittag zu erzählen hat."

Pauline wiegte nachdenklich den Kopf. „Ich denke, der sagt kein Wort. Zumindest nicht heute – wenn er überhaupt kommt. Aber das spielt auch keine Rolle. Wir wissen jetzt, dass da irgendetwas im Busche ist. Und wir haben noch einen kleinen Vorteil: Ich habe zwar Wolf erkannt, bin mir aber ziemlich sicher, dass er mich nicht erkannt hat. Der hat nämlich nur Augen für Sie gehabt, Herr Polizeirat. Der hat Sie angesehen, als wären Sie für ihn die Bedrohung an sich. Den haben Sie richtig aus der Fassung gebracht. Ich begreife nur nicht, warum."

Schulte grinste. „Vielleicht habe ich den Kerl ja schon mal nackt gesehen." Schulte zeigte mit dem Daumen und Zeigefinger eine Strecke, die nicht länger als fünf Zentimeter war und grinste jetzt nicht nur unverschämt, sondern schmierig.

Männer, dachte Pauline Meier zu Klüt, diesen Humor werde ich wohl nie begreifen.

44

Eigentlich hätte er dieses Gespräch gern vermieden. Aber die Situation war nun mal so, dass Achmat Bassajew nicht anders konnte, als den Mann anzurufen, der sein wichtigster Geschäftspartner war. Von diesem Mann kamen die Schleuseraufträge. Wenn Bassajew seine Handynummer sah, dann wusste er, dass es Geld zu verdienen gab. Dieser Geschäftspartner, dessen bürgerlichen Namen Bassajew gar nicht kannte und den er einfach „Admiral" nannte, weil sie das so vereinbart hatten, legte großen Wert auf Anonymität.

Es lief immer gleich ab. Per Handy kündigte der Admiral dem alten Bassajew an, dass wieder ein Flüchtlingstransport ab einem Hafen in Nordafrika zu einem bestimmten Zeitpunkt anstand. Bassajew besorgte ein billiges, meist halbverrottetes Schiffchen, um diese Leute nach Europa zu bringen. Früher war der Transport vor allem über die Insel Lampedusa passiert, aber seitdem die Grenzschutzorganisation Frontex dort verstärkt wachte, war dies schwierig geworden. Nun hatte Bassajew mithilfe des Admirals, der über unglaubliche Kontakte zu verfügen schien, ein Abkommen mit einigen Frontex-Offizieren getroffen. Und so war der neue Transportweg entstanden.

Die Frontex-Leute drückten ein Auge zu, gegen gute Bezahlung versteht sich, die Flüchtlinge wurden auf ein seetüchtiges Schiff gebracht – und ab ging es nach Deutschland. Vorzugsweise nach Bremen, dann über die Weser nach Minden. Niemand rechnete mit diesem ungewöhnlichen Weg mitten hinein in die Provinz. In Ostwestfalen bekamen die Flüchtlinge dann ihre „völlig legalen Papiere" ausgestellt, nämlich durch einen freundlichen Beamten des Bundesamts für Migration und Flüchtlinge in Bielefeld. Die Methode hatte sich als bombensicher erwiesen.

Bis jetzt.

Denn nun war alles in Frage gestellt. Der vielleicht wertvollste Baustein dieses Systems war ermordet worden. Bassajew seufzte und wählte die bekannte Handynummer. Wie immer nahm niemand das Gespräch entgegen, doch nach wenigen Sekunden rief der Admiral zurück. Bassajew berichtete von dem, was er über Königs Tod erfahren hatte, und vom dadurch entstandenen Problem beim Umgang mit dem aktuellen Flüchtlingstransport, der immer noch in Minden festsaß. Der Admiral blieb erstaunlich ruhig.

„Ich weiß über alles Bescheid", sagte er mit sanfter Stimme. „Mir gefällt das auch nicht. Es wird schwierig, einen guten Ersatz für den Deutschenmacher zu finden."

„Schwierig? Schwierig ist gar kein Ausdruck. Es ist eine Katastrophe! Nicht nur, dass jetzt keine Papiere mehr kommen, ich frage mich auch, wer den Deutschenmacher ermordet hat. Und warum? Wer steckt dahinter? Wissen Sie irgendwas darüber?"

Der Mann am anderen Ende der Leitung blieb bei seinem sanften Tonfall. „Wer sagt uns denn, dass etwas Geheimnisvolles dahintersteckt? Theoretisch könnte es auch ein simpler Raubmord gewesen sein. König hatte immer zu viel Geld und hat damit auch noch geprahlt. Ich habe ihn hundertmal gewarnt. Er war nun mal ein Angeber und konnte es nicht lassen, einen auf dicke Hose zu machen."

Bassajew fühlte sich nicht ernstgenommen. „Reden Sie keinen Schwachsinn! Sie wissen so gut wie ich, dass dieser Mord kein Zufall war. Irgendjemand wollte unseren Deutschenmacher ausschalten, um uns lahmzulegen. Keine Frage. Aber ich habe keine Ahnung, wer das sein könnte. Und ich würde mich nicht wundern, wenn ein Mann mit Ihren Verbindungen mehr darüber wüsste. Oder wollen Sie mir nichts sagen?"

Der Tonfall des Admirals wurde nun doch etwas aggressiver. „Was soll denn diese Unterstellung? Wir sitzen im selben Boot und haben dieselben Interessen. Auch ich will wissen, was hier vorgeht. Aber ich weiß tatsächlich nicht mehr als Sie auch. Ich verbitte mir jeden Zweifel daran."

Bassajew versuchte, wenigstens einen Teil seiner Wut herunterzuschlucken. Sich mit dem Admiral zu verkrachen, würde kein einziges Problem lösen, sondern nur neue schaffen. Aber eine Frage musste er noch loswerden: „Gab es an unserer Arbeit irgendetwas auszusetzen? Haben wir Fehler gemacht? Wollen Sie überhaupt mit uns weiterarbeiten?"

„Was reden Sie denn da?" Die Stimme des Admirals wurde lauter. „Was wollen Sie eigentlich von mir? Reden Sie Klartext, Mann!"

„Gut", brummte Bassajew. „Also, alles spricht dafür, dass ein Konkurrent versucht, mich aus dem Rennen zu werfen. Ich habe auch schon eine Ahnung, aus welcher Richtung die Attacken kommen und wer dahinterstecken könnte. Von Ihnen will ich, in Anbetracht unserer langen und sehr erfolgreichen Geschäftsbeziehung, eine ehrliche Antwort auf die Frage, ob sich diese Leute bereits an Sie gewandt haben, um Ihnen ein Angebot zu machen, meinen Job zu übernehmen."

Einige Sekunden war es still in der Leitung. Dann explodierte der Mann am anderen Ende: „Das reicht! Anstatt mir komische Sachen zu unterstellen, sollten Sie besser versuchen, Ihren eigenen Laden in Ordnung zu bringen. Sie wissen, dass ich meine Augen und Ohren überall habe. Ich weiß, dass Ihr saublöder Sohn diesen Transport absolut nicht im Griff hat. Sehen Sie zu, dass dieses Problem gelöst wird. Und zwar schnell. Sonst brauchen Sie nicht auf Konkurrenten zu warten, dann suche ich mir selber neue Partner. Ich zahle gut, wie Sie wissen, aber ich erwarte auch saubere Arbeit. Nicht solche Schlampereien."

Bassajew blieb die Luft weg. Mit diesem Gegenangriff hatte er nicht gerechnet.

Aber der Admiral machte weiter: „Was den Deutschenmacher angeht, werde ich alles tun, um die Angelegenheit zu regulieren. In meinem eigenen Interesse. Aber ich warne

Sie: Ich bin der Dreh- und Angelpunkt in diesem Geschäft. Nichts läuft ohne mich. Sie sind nur eine Art Spediteur. Vergessen Sie das nicht!"

45

Gestern Nacht hatte es noch geregnet, doch heute schien die Sonne, als wäre das ihr alltägliches Geschäft in Lippe. Um die Mittagszeit hatte sie schon richtig Kraft. Nicht nur die Wärme, sondern auch die sich langsam, aber stetig entwickelnde neue Handlungsperspektive ließen Schultes Lebensgeister erstarken. Als sie durch Heidenoldendorf fuhren, fiel Schulte ein, dass es hier eine wunderbare Pizzeria geben sollte. Wie hieß sie noch gleich? *Emanuele Fiorini* oder so ähnlich.

„Meier, hast du Hunger?"

„Woher wissen Sie das, Herr Polizeirat?"

„Lebenserfahrung, Meier, Lebenserfahrung. Wenn man so viele Jahre auf dem Buckel hat wie ich, hat man ein Gespür dafür, wann Menschen etwas essen müssen. Wenn du mich fragst, ist gerade jetzt dieser Zeitpunkt gekommen."

Wie schnell sich alles ändert, dachte Pauline Meier zu Klüt. Heute Morgen hatte ich noch den Eindruck, alles Leid der Welt lastet auf den Schultern meines Chefs, und nun denkt er schon wieder ans Essen und wahrscheinlich auch an weitere Nettigkeiten des Lebens. Woher nur dieser Sinneswandel?

Schulte lenkte seinen Wagen in die Heidenoldendorfer Straße und hielt vor einem unscheinbaren Haus, in dem sich eine kleine Pizzeria befand.

„Meine Töchter behaupten, hier gibt es die besten Pizzen Detmolds. Ich finde, wir sollten das mal testen. Meier, ich gebe einen aus."

Sie betraten ein unscheinbares Lokal, in dem es kuschelig warm war. Das lodernde Holzfeuer im Steinofen gab nicht nur die nötige Wärme ab, um die Pizzen in den gewünschten Garzustand zu versetzen, darüber hinaus sorgte es auch für eine angenehme Raumtemperatur.

Die Pizzen waren vorzüglich, und als die beiden Polizisten satt und zufrieden vor ihrem Espresso saßen, begann Schulte mit der Planung des Nachmittags.

„Ich habe mir etwas überlegt, Meier. Vorausgesetzt, dieser Wolf taucht heute Nachmittag hier in Detmold auf, dann halte ich es für sinnvoll, dich bei der Befragung nicht in Erscheinung treten zu lassen. Wenn er dich wirklich nicht erkannt hat, würde ich ihn gerne im Unklaren darüber lassen, dass wir Informationen über ihn haben."

„Einverstanden, gute Idee."

„Schön, dann hole ich Lindemann dazu, und du gehst hinter die Scheibe."

Schulte bezahlte und saß wenig später wieder in der Kreispolizeibehörde. Kaum hatte der es sich hinter seinem Schreibtisch bequem gemacht, da stürmte auch schon Erpentrup ins Zimmer.

„Sagen Sie, Schulte, sind sie eigentlich wahnsinnig? Ich habe ihnen vor zwei Tagen ausdrücklich gesagt, Sie sollen bei Ermittlungen hinsichtlich des Bundesamtes den Ball flach halten, und was machen Sie? Sie marschieren durch den Laden wie der Elefant durch den Porzellanladen. Das wird Konsequenzen haben, das schwöre ich Ihnen."

Innerhalb der nächsten Millisekunde schnellte Schultes Blutdruck in die Höhe. Alles in ihm verlangte danach, zurückzuschreien, doch er atmete tief durch und beruhigte sich wieder.

„Herr Erpentrup", sagte er leise, machte eine längere Pause und fuhr dann fort: „Natürlich wird es Konsequenzen haben, wenn ich völlig zu Unrecht den Laden auf den Kopf stelle. Da gebe ich Ihnen völlig recht. Doch es gibt ziemlich starke Hinweise darauf, dass Königs Tod etwas mit seiner beruflichen Tätigkeit zu tun hat. Und wenn die Typen in Bielefeld nicht so dermaßen mauern würden, wäre mein Auftritt heute Morgen sehr leise und unspektakulär über die Bühne gegangen."

„Sie rufen sofort bei der Behörde an, und ziehen die Ladungen zur Kreispolizeibehörde zurück!", befahl Erpentrup. „Und zwar sofort!"

„Genau das werde ich nicht tun. Es sei denn, Sie geben mir die Anweisung schriftlich und begründen mir, warum ich, obwohl ein dringender Tatverdacht gegen Beschäftigte der Behörde besteht, diesem nicht nachgehen soll", bluffte Schulte.

„Diese Informationen sind mir völlig neu! Ich sehe keine Hinweise, die uns nach Bielefeld führen. Sie ziehen die Ladungen zurück."

„Wenden Sie sich an Maren Köster, Herr Erpentrup, wenden Sie sich an Maren Köster, die hat den Bericht zum Tatverdacht Bielefeld geschrieben und Ihnen zukommen lassen."

Erpentrup hatte mittlerweile einen hochroten Kopf bekommen und brüllte: „Die ist krank!"

„Kann sein", sagte Schulte lapidar. „Dann müssen Sie eben warten, bis die Kollegin wieder gesund ist. Ich kann mich nicht um alles kümmern."

„Hören Sie auf, Schulte!" Jetzt überschlug sich die Stimme des Polizeidirektors. "Sie sind doch mit der Köster befreundet! Das ist alles ein abgekartetes Spiel!"

„Ich habe Ihnen die Bedingungen genannt, Herr Erpentrup", entgegnete Schulte mit einer unglaublichen Frostigkeit in der Stimme. „Sobald ich die Anweisung schriftlich vorliegen habe, liegt die Verantwortung nicht mehr bei mir. Bis dahin bin ich der Herr des Verfahrens und handele entsprechend."

Erpentrup öffnete den Mund, um einen neuen Versuch zu starten, Schultes Vorgehen zu stoppen. Dann schloss er ihn wieder, drehte sich um und knallte die Tür hinter sich zu.

46

Je näher die drei Bassajews der Lagerhalle im Mindener Hafen kamen, desto stiller und blasser wirkte Alu. Der Alte traute seinem Sohn zu, am Vorabend zu viel Alkohol getrunken zu haben, obwohl ihm seine Religion dies eigentlich verbot. Aber bei seinem Ältesten hatten offenbar alle Erziehungsansätze versagt. Bassajew führte es darauf zurück, dass der Junge gerade zu der Zeit, als er einer harten Vaterhand bedurft hätte, ohne ihn auskommen musste, da er damals entweder gerade untergetaucht war oder im Gefängnis gesessen hatte. Und wenn ein Junge nur von Frauen erzogen wurde, konnte das kaum gutgehen, fand der Alte. Das war auch der Grund, warum er immer noch so geduldig und nachsichtig mit Alu war.

Dschochar parkte das Auto hinter der Lagerhalle, wo es von der schmalen Straße aus, die am Hafenbecken entlangführte, nicht gesehen werden konnte. Als sie zur Hintertür kamen, trat ihnen ein stämmiger Mann entgegen, um ihnen den Weg durch die Tür zu versperren. Schnell erkannte er seine Auftraggeber, grinste und gab den Weg frei.

„Alles in Ordnung?", fragte der alte Bassajew den Wächter auf Tschetschenisch. Der Mann nickte und ließ die drei eintreten. Zuerst gingen sie in den Raum, den Alu und Dschochar als ihr Büro nutzten. Während Dschochar munter plauderte, blieb Alu ungewohnt still. Seine Bewegungen wirkten fahrig, er räusperte sich häufig.

Dann wollte der Senior endlich die Flüchtlinge besichtigen. Aber so, dass er selbst nicht gesehen werden konnte. Wozu irgendein Risiko eingehen? Wenn dieser Russe tatsächlich ein Agent der GRU war, dann musste er sich ihm nicht auch noch offen präsentieren. Es war immer von Vorteil, mehr über seinen Gegner zu wissen als dieser über einen selbst, fand Bassajew. Wissen ist Macht.

Also blieb er im Büroraum stehen, der vom Flur durch eine Glaswand getrennt war, und versteckte sich hinter einer dünnen Gardine. Alu bekam den Auftrag, die Flüchtlinge in den Flur zu schicken, wo sie sich nebeneinander aufstellen sollten. Sein Ältester übernahm den Auftrag mit einer servilen Bereitschaft, die allein schon ausgereicht hätte, den Alten misstrauisch werden zu lassen. Es dauerte einige Minuten, bis die „Kunden", zwei Frauen und rund zwanzig Männer, sich Schulter an Schulter in dem schmalen Flur aufgestellt hatten. Einige mit stoischer Ruhe, andere mürrisch, die meisten jedoch ängstlich.

Alu trug nicht dazu bei, die Stimmung unter den Flüchtlingen zu verbessern. Er war ruppiger als je zuvor, schrie einige Leute an, schubste andere rabiat an die Stelle, wo sie seiner Meinung nach stehen sollten. Der Alte musste an die Worte seines Geschäftspartners denken, wonach Alu seiner Aufgabe nicht gewachsen sei, und fand sie bestätigt.

Ein buntes Häufchen, dachte Bassajew, während er hinter seiner Gardine stand und die Menschen im Flur betrachtete. In der Tat war hier das ganze ethnische Spektrum Nordafrikas aufgereiht. Sein kritischer Blick scannte einen nach dem anderen ab. Keines dieser Gesichter hatte er vorher schon einmal gesehen, keines fiel irgendwie aus der Reihe. Ein bisschen länger ruhte sein Blick auf einer jungen Frau, die offenbar eine Bewohnerin der Mittelmeerküste war, da sie, nach afrikanischem Maß, recht hellhäutig war. Sie war eine echte Augenweide.

Der junge Mann neben ihr gehörte offenbar zu denen, die innerlich gegen diese Zurschaustellung rebellierten. Bassajew sah, dass es in diesem Jungen kochte. „Den müsst ihr von den anderen isolieren", wies er Dschochar an, der neben ihm stand. „Der macht garantiert Ärger." Dschochar nickte und machte sich eine Notiz.

Dann hatte er alle Gesichter durch. Alle? Nein, das wichtigste fehlte. Wo war dieser verdammte Russe? Hatte Alu versäumt, ihn hinauszuschicken? Aber warum?

„Sag deinem verkommenen Bruder, dass ich ihn sofort hier sehen will!", befahl er Dschochar. Der gehorchte aufs Wort und kam kurz darauf mit seinem nun noch blasser wirkenden Bruder wieder herein. Alus Blick hatte etwas Panisches, was den Alten nichts Gutes ahnen ließ.

„Wo steckt dieser Russe?", donnerte der Patriarch seinen Sohn an. „Warum steht er nicht hier in der Reihe?"

„Er ist …", stammelte Alu. „Er ist …"

„Was ist er? Rede endlich, du Schwachkopf!"

Alu sah auf. Sein Blick nahm einen trotzigen Zug an und kippte dann in blanke Wut. „Der ist abgehauen, wenn du es genau wissen willst!", schrie er urplötzlich und fuchtelte mit den Armen wie eine Windmühle. „Weg! Verschwunden! Keine Ahnung, wohin."

Während Vater und Bruder mit offenem Mund dastanden, brüllte Alu weiter: „Klar, euch beiden Schlaubergern wäre das natürlich nicht passiert. Bei euch wäre jetzt alles in bester Ordnung, wie immer, stimmt's? Aber mir, dem dicken, faulen Alu, ist der Kerl abgehauen. Was ist mit euch? Ihr seid ja so still. Los, schreit mich an! Macht mich zur Sau! Worauf wartet ihr noch?"

Endlich schien sein Vater sich gefasst zu haben. Er ging auf Alu zu, baute sich vor ihm auf und starrte ihm direkt in die Augen. Die beiden waren gleich groß. Der Alte hager und sehnig, in tausenden von Zweikämpfen geschult. Der Sohn breitschultrig, untersetzt und vor Kraft strotzend. Dschochar wollte sich zwischen die beiden werfen, aber sein Vater schob ihn zur Seite.

„Halt dich raus!", zischte er Dschochar an. „Das geht nur deinen Bruder und mich etwas an."

Der Alte kämpfte mit sich, versuchte, seine Wut niederzuringen, spürte aber, wie sie immer wieder hochquoll, wie ein Würgereiz.

Endlich sprach er mit heiserer Stimme: „Du bist die Schande meines Alters! Jetzt reißen wir uns alle zusammen und suchen den Russen. Und bitte Gott, dass wir ihn finden, sonst werde ich als alter Mann noch eine schwere Sünde begehen und meinen eigenen Sohn töten."

47

Wieso war Erpentrup so erpicht darauf, Schulte und seine Leute aus dem Bundesamt für Migration und Flüchtlinge herauszuhalten? Das war doch nicht normal. Bei dem Laden handelte es sich doch um eine ganz normale Behörde. Nichts mit geheimdienstlicher Tätigkeit und so. Oder war Schulte da etwas entgangen? Und was machte dieser Wolf in Bielefeld? Innenministerium, BKA oder LKA – egal, irgendetwas war da am Laufen, von dem Schulte nichts mitbekommen sollte oder durfte.

Er überlegte und begann sich über sich selbst zu ärgern. Verdammt noch mal! Wieso hatte er bei der Auseinandersetzung mit Erpentrup nur wieder auf sein altes Verhaltensmuster zurückgegriffen? Er hätte seinen Chef doch nur fragen müssen, warum das BAMF eine Tabuzone für die Mordermittlungen sei. Und diese Frage hätte er im Beisein aller Kollegen stellen müssen. Erpentrup wäre gezwungen gewesen, ihm eine Antwort zu geben, und hätte es wahrscheinlich auch getan.

Aber nein, er, Schulte, musste natürlich wieder seinen ganz persönlichen Hahnenkampf mit dem Chef ausfechten. Und was hatte er damit erreicht? Zukünftig würde die Zusammenarbeit mit Erpentrup noch schwieriger werden, und wenn Schulte den geringsten Fehler machte, würde sein Chef es sich nicht nehmen lassen, ihn ganz persönlich zu filetieren. Schöne Aussichten!

Schulte benötigte einen Ansatzpunkt, der legitimierte, dass er und seine Leute weiter in Richtung Bundesbehörde ermittelten. Schließlich stand sein Plan, und er beschloss, seine

Leute zusammenzutrommeln, um den aktuellen Stand der Dinge zu erfahren. Lindemann durchleuchtete König und seine Mitarbeiter schon seit mehr als zwei Tagen. Bei den Recherchen musste doch etwas herumgekommen sein. Und Hartel? Was machte der eigentlich? Schulte griff zum Telefon. Keine fünf Minuten später saßen seine Leute in seinem Büro.

Lindemann und Hartel hatten Königs Biografie und auch seine Vermögensverhältnisse von rechts auf links gedreht und so gut wie nichts gefunden. König hatte seine Besoldung, die jeden Monat auf sein Konto ging. Was auffiel, war, dass der Beamte so gut wie keine Lebenshaltungskosten hatte. Lediglich beim Kauf seines Autos hatte er anscheinend keine Kosten und Mühen gescheut. Der 7er BMW im Wert von über hunderttausend Euro war sogar bar bezahlt worden. Wo die hochwertigen Möbel in seinem Haus herkamen, konnte nicht nachgewiesen werden. Sicher war, dass es noch irgendwo eine Geldquelle geben musste, doch die war nicht zu verorten. Da bewegte man sich auf sehr dünnem Eis.

Schulte fluchte. „Das sind alles vage Geschichten, damit kommen wir nicht weiter. Die Fakten zu dem Toten, die wir zum jetzigen Zeitpunkt zusammengetragen haben, helfen uns in keiner Weise, den Mordfall aufzuklären, und rechtfertigen schon gar nicht, dass wir das BAMF auf den Kopf stellen."

Pauline Meier zu Klüt meldete sich: „Herr Polizeirat, wieso wollen Sie denn unbedingt den größten Teil unserer Ermittlungsbemühungen auf Bielefeld fokussieren? Wir haben meiner Meinung nach das private Umfeld von König noch gar nicht hinreichend gecheckt."

Schulte bekam feuchte Hände. Wollte ihm jetzt auch noch seine Kollegin in den Rücken fallen? Würde sie versuchen, ihn von dieser intuitiven Spur abzubringen?

Ungehalten entgegnete er: „Mit dem persönlichen Umfeld hast du sicherlich recht, Meier, das haben wir bisher zu sehr außer Acht gelassen. Aber ich kann mir die Leute nicht aus den Rippen schneiden. In jedem Fall müssen wir da noch einmal genauer hinsehen. Was Bielefeld betrifft, habe ich da so ein Bauchgefühl. Ihr könnt mich ja alle für verrückt erklären, aber irgendetwas stinkt da ganz gewaltig. Wieso mauert die Behörde? Wieso will Erpentrup, dass wir die Finger von dem Laden lassen? Und welche Rolle spielt dieser Wolf? Nee, Leute, da liegt mindestens noch eine Leiche im Keller."

Jetzt meldete sich Lindemann noch einmal zu Wort. „Das glaube ich im Übrigen auch, Herr Polizeirat."

Im nächsten Moment war es so still, dass man eine Stecknadel hätte fallen hören können. Schulte war der erste, der seine Sprache wiederfand. „Wie? Das glaubst du auch, Lindemann? Wie das?"

„Es gibt da einen Beamten, Kasper Schmickler, der beim BAMF arbeitet. Der Kerl hat vierhundertfünfzigtausend Euro auf der hohen Kante. Das Geld hat er seit Januar 2007 immer wieder bar und höchstpersönlich auf sein Konto eingezahlt, und zwar in ziemlich regelmäßigen Abständen."

Schulte ballte seine Hand zur Siegerfaust. „So, Leute, und jetzt führen wir die Besprechung noch einmal durch, und zwar gemeinsam mit Erpentrup."

48

„Höchste Zeit, von hier zu verschwinden", flüsterte Noura ihrem Reisegefährten zu. Der schaute sie verwundert an.

„Warum gerade jetzt?"

Noura kramte in ihrer Reisetasche, zog den Reißverschluss wieder zu und winkte Nadir noch näher heran.

„Weil jetzt die beste Gelegenheit ist. Hast du nicht gesehen, dass bei unseren Bewachern die Hölle überkocht? Ich weiß ja nicht, was bei denen sonst noch alles schiefgelaufen ist, aber dass dieser Russe verschwunden ist, das wird ihnen gar nicht passen. Ich habe vorhin mitbekommen, wie unser Chefaufseher Alu Bassajew von diesem alten Mann, der wahrscheinlich wiederum sein Chef ist, zusammengestaucht wurde wie ein Schuljunge. Das kann nur mit unserem Russen zusammenhängen. Und ich schwöre dir, Nadir, die werden jetzt alles dransetzen, ihn zu finden."

„Aber warum?", fragte Nadir etwas genervt, weil er keinen Zusammenhang erkennen konnte. „Was ist so schlimm daran, dass dieser Dreckskerl weg ist? Ich weine ihm keine Träne nach."

Noura suchte nach den richtigen Worten. „Nadir, illegale Flüchtlinge in ein Land einzuschleusen, gilt als kriminelle Tätigkeit. Wenn die Polizei dieses Landes uns erwischt, dann werden wir ausgewiesen, was im Einzelfall tödliche Gefahr bedeuten kann, wie bei mir. Aber auch die Schleuser werden hart bestraft. Daher arbeiten diese Leute so geräuschlos wie möglich und versuchen, keine Spuren zu hinterlassen. Dieser Russe ist eine große Gefahr für sie. Nicht nur, dass die Polizei ihn erwischen und über ihn zu dieser Lagerhalle kommen könnte. Dieser Kerl ist kein einfacher Flüchtling. Du hast gesehen, wie er gekämpft hat. So kämpft nur ein Profi. Wahrscheinlich wissen unsere Aufpasser viel mehr über ihn als wir. Sie werden nicht riskieren wollen, dass der Mann frei herumläuft. Sie werden ihn suchen. Und das ist unsere Chance."

Nadir schaute sie weiterhin verständnislos an. Sie seufzte leise und erklärte weiter: „Dazu müssen sie so viele Leute wie nur möglich einsetzen. Vielleicht werden sogar bis auf einen Wächter alle von hier abgezogen, mal sehen. Auf jeden Fall haben die jetzt was anderes im Kopf, als auf uns aufzupassen."

Nun hatte Nadir verstanden. Er nickte ihr zu. „Und wann willst du los?"

Noura überlegte einen Augenblick. „Mal sehen, wie sich das alles entwickelt. Am liebsten gleich nachdem es draußen dunkel geworden ist."

49

Das konnte doch nicht wahr sein: Schulte entschuldigte sich. Erpentrup konnte es nicht fassen.

„Ich habe Sie da mit dem BAMF anscheinend völlig falsch verstanden", meinte Schulte. „Wissen Sie, es besteht da nämlich so ein Verdacht! Kommissar Lindemann, berichten Sie doch mal."

Irgendetwas hatte dieser Schulte vor, da war sich Erpentrup sicher.

In den nächsten zehn Minuten eröffnete Lindemann Erpentrup das, was er Schulte und den anderen schon vor einer halben Stunde mitgeteilt hatte. Anschließend übernahm Schulte wieder das Wort.

„Sehen Sie, Herr Erpentrup", hörte der Polizeichef ihn säuseln. „Ich hatte nämlich schon gestern Kenntnis von der Tatsache, dass ein Anfangsverdacht gegen diesen Mitarbeiter vorliegt, und ich dachte natürlich, Sie hätten den Bericht, den Lindemann eben vorgestellt hat, gestern schon von Frau Köster erhalten. Sie sehen – ein einziges großes Missverständnis."

Als Lindemann den Versuch unternahm, darauf hinzuweisen, dass er erst heute Vormittag Kenntnis von Schmicklers Geldtransaktionen bekommen hatte, traf ihn unter dem Tisch ein Tritt ans Schienbein, und er konnte sich gerade noch ein „Autsch" verkneifen.

Erpentrup konnte nichts von dem nachvollziehen, was Schulte ihm da zu erklären versuchte.

„Und im Rahmen einer guten Zusammenarbeit", sagte Schulte gerade, „könnten Sie uns doch einmal verraten, warum das BAMF so ein vermintes Gelände ist. Ich meine, welchen Grund gibt es, dort nicht mit den gleichen Ansprüchen an die Lösung eines Mordfalls heranzugehen wie in anderen gesellschaftlichen Bereichen? Oder gibt es da Geheimnisse, die der Öffentlichkeit nicht bekannt sind oder die ein Durchschnittspolizist, wie ich es bin, nicht wissen darf?"

Bei Erpentrup klingelten augenblicklich alle Alarmglocken. Das war die Tretmine, die Schulte ausgelegt hatte: Erpentrup sollte sich für seine Anweisungen rechtfertigen, und zwar vor allen Anwesenden. Schulte war gerade wieder einmal dabei, ihn vor allen Leuten vorzuführen. Dieser Saukerl!

„Na, Sie wissen doch, Herr Polizeirat Schulte, so von Behörde zu Behörde, da gibt es oftmals gewisse Befindlichkeiten. Und Sie haben es doch eben selbst gesagt: Manchmal sind Sie einfach der Elefant im Porzellanladen. Und da wollte ich einfach von vornherein sichergehen, dass Sie in Bielefeld nicht in jedes Fettnäpfchen treten, das man Ihnen hinstellt. Und dann hat mich in der Tat auch noch ein guter Kollege vom LKA angerufen und mich gebeten, so unter Freunden, dass wir uns da im Moment etwas zurückhalten. Und das habe ich ihm natürlich zugesagt. Sie wissen ja, wenn man sich lange kennt, dann muss auch mal Vertrauen ausreichen. Dann muss man einfach nicht immer alles wissen und alles hinterfragen."

Erpentrup merkte, dass er ins Schwafeln kam. Das musste erst mal reichen. Damit musste sich Schulte zufriedengeben.

„Völlig klar, Herr Polizeidirektor. Völlig klar. Ich verspreche Ihnen, wir heben nicht einen Teppich mehr hoch als nötig. Wir werden bei den Befragungen die Sensibilität in Person sein. Aber diese halbe Million auf dem Konto von Schmickler, da müssen wir einfach das Umfeld mit einbeziehen."

Erpentrup merkte, wie er wieder wütend wurde. Schulte hatte ihn ausgetrickst. Wenn er seinen Leuten jetzt ein weiteres Vorgehen gegen die Beschäftigten des BAMF untersagte, würde er als der Nestbeschmutzer dastehen, der dem allgemein unbeliebten LKA diente, anstatt seine Kollegen zu unterstützen. Und wenn dieser Schmickler tatsächlich etwas mit dem Mord an König zu tun hätte, dann würde man ihm, Erpentrup, den schwarzen Peter zuschieben. Jetzt kam er nicht mehr aus dieser Nummer heraus. Er konnte Schulte das Ermitteln im Moment nicht untersagen. Aber er würde mit seinem Kollegen beim LKA telefonieren.

50

Mowsar Alchanow kaute schon an seinem dritten Zahnstocher. Seit zwei Wochen rauchte er nun nicht mehr und war das reinste Nervenbündel. Die Zahnstocher waren nur ein schwacher oraler Ersatz, und Alchanow litt unter dem Entzug. Dazu kam, dass er bereits seit einer Woche diese elenden Flüchtlinge bewachen musste. Erst in Bremen, dann auf dem Binnenschiff, und jetzt hier in der Mindener Lagerhalle. Eine stupide Arbeit, die einem Mann jede Lebensfreude nehmen konnte, fand er. Seit Tagen war er nur noch mit Männern zusammen. Unter den Flüchtlingen waren zwei Frauen, aber die waren tabu, hatte Alu, der Chef gesagt. Der hatte gut reden, fand Alchanow. Schließlich hatte der fast jeden Abend Damenbesuch, während Alchanow sich zum erotischen Prekariat zählen musste.

Heute Nacht war er es wieder gewesen, der zum Wachdienst eingeteilt worden war. Alle anderen waren mit den drei Chefs losgezogen, um den Russen zu suchen. Alchanow hatte keine Ahnung, wo sie ihn finden sollten. Der Kerl konnte doch überall und nirgends sein. Allerdings hatte Alu Bassajew eine Andeutung gemacht, er könne sich vorstellen, wo sich der Russe aufhielt. Vielleicht war was dran, vielleicht auch nicht. Dass Alu ein hirnloses Großmaul war, wusste Alchanow seit ihrer gemeinsamen Kindheit in Tschetschenien, und so hatte er mehr Respekt vor dessen breiten Schultern als vor dessen Verstand.

Viel zu tun gab es nicht in diesen ersten Stunden des neuen Tages. Alle Türen der Halle waren fest verschlossen. Die Flüchtlinge hielten sich im großen Regallager auf und durften nur kurz herauskommen, wenn sie zur Toilette mussten. Es gab vier Ausgänge: Die beiden großen Schiebetüren für Lkw an Vorder- und der Rückseite des Gebäudes und der Hintereingang waren fest verschlossen, und dann gab es noch den Haupteingang, aber um dorthin zu gelangen, musste man erst einmal an ihm vorbeikommen. Da würde er schon aufpassen. Die Toilette hatte kein Fenster – es war also unmöglich, aus diesem Lagerhaus zu entkommen.

Mowsar Alchanow gähnte und wollte sich gerade den vierten Zahnstocher zwischen die Zähne schieben, als sich die Tür des großen Raums öffnete, in dem die Flüchtlinge lagerten und vor dem er auf seinem Barhocker saß.

Schau an, dachte er erfreut, als er sah, wer durch die Tür kam. Die kleine Araberschlampe muss aufs Klo. Und er nahm sich vor, sich mit ihr ein wenig den sonst so trostlosen Wachdienst zu versüßen. Einfach vorbeigehen lassen wollte er sie nicht. Schließlich war er der einzige bewaffnete Mann hier. Macht haben nützt nichts, wenn man nicht Kerl genug ist, sie auch anzuwenden, fand Mowsar Alchanow und grinste voller Vorfreude.

Er stellte sich so in den schmalen Flur, dass sie nicht an ihm vorbeikonnte. Sie wirkte verwirrt und verängstigt, wie sie hilflos vor ihm stand. Lüstern betrachtete er sie. Sein gieriger Blick blieb an ihrer vor Aufregung heftig wogenden Brust haften. Alchanow musste vor Erregung wiederholt schlucken. Diese Situation war ein Geschenk. Die wollte, nein, die durfte er sich nicht entgehen lassen. Als er sah, dass Noura einen Schritt zurückwich, stachelte dies ihn nur noch stärker an.

Er folgte ihr, blieb dann aber verblüfft stehen. Ganz selbstverständlich war er davon ausgegangen, dass die Kleine mit schreckensweiten Augen seinen Annäherungsversuch erwarten würde, doch zu seinem Erstaunen lächelte sie plötzlich. Nicht verlegen, sondern auffordernd. Sie wies ihn nicht ab, sie fachte sein Feuer erst richtig an. Nichts hätte ihn nun noch halten können. Wieder ging sie einen Schritt zurück, wieder folgte er ihr. Die Tür war nun in seinem Rücken, die interessierte ihn aber auch nicht mehr.

Dann stand er direkt vor Noura, spürte ihren schnellen Atem, sah kleine Schweißperlen auf ihrem Gesicht. Der Körper dieser jungen, aufregenden Frau strahlte eine so sinnliche

Wärme aus, duftete so stark nach purem Weib, dass Alchanow gar nicht anders konnte, als noch näher an sie heranzukommen, seinen massiven Körper dicht an sie zu pressen, mit beiden Händen in ihre schwarzen Locken zu greifen und ihren Kopf ganz nah an sich heranzuziehen. So nah, dass ihre Lippen sich berührten. Nun brachen bei ihm alle Dämme.

Doch bevor sich seine gierig grapschenden Hände weiter an der Oberbekleidung der jungen Frau zu schaffen machen konnten, sah Mowsar Alchanow einen grellen Blitz, verbunden mit einem donnerartigen Krachen im Kopf. Den Schmerz spürte er schon nicht mehr, als er auf den Betonfußboden sank und dort still liegenblieb.

51

Viertel nach drei!

Schulte hatte mit allem gerechnet. Mit einem Markus Wolf, der in seinem Büro saß und sich die Fingernägel polierte, aber keinen Ton von sich gab. Er hatte damit gerechnet, dass der Bursche ihm alles über Gott und die Welt erzählen würde, aber nichts über seine Aufgaben beim BAMF in Bielefeld.

Doch jetzt kam der Mann einfach gar nicht. Was für eine Dreistigkeit! Aus der Verwunderung über sein Verhalten wurde Wut. Schulte merkte, wie sie von Sekunde zu Sekunde mehr Besitz von ihm ergriff. Dem reiße ich den Arsch auf, dachte er schließlich und stemmte sich aus seinem Schreibtischstuhl hoch. „Na, dann wollen wir mal zum Staatsanwalt gehen", knurrte er.

Wenn Wolf glaubte, er könne die Detmolder Polizei verarschen, dann hatte er sich aber gewaltig geschnitten. Schulte würde ihn polizeilich vorführen lassen! Wie einen Verbrecher würde er ihn aus dem Amt zerren. Gleich morgen früh würde er die Kollegen von der Trachtengruppe nach Bielefeld schicken und den Kerl direkt an seinem Schreibtisch verhaften lassen.

Noch immer wütend stapfte Schulte über den Flur. Gerade als er Erpentrups Bürotür passieren wollte, öffnete sich diese. Vor ihm stand Markus Wolf. Er sah verlegen aus. Aus dem Zimmer hörte Schulte die Stimme seines Chefs: „Und wie gesagt, Herr Wolf, wenn Ihnen unser Schulte dumm kommen sollte, sehen Sie darüber hinweg. Der Kerl hat das Benehmen eines Gartenschlauchs. Nehmen Sie es locker. Ich richte das schon."

Wolf schloss die Tür und grinste Schulte frech ins Gesicht. „Tut mir leid, Herr Polizeirat, ich hatte noch etwas mit Ihrem Chef zu besprechen, aber jetzt bin ich ganz bei Ihnen."

„Ich weiß das zu schätzen, Herr Wolf", erwiderte Schulte verbindlich. „Doch der Fall hat vor einer Minute eine so dramatische Wendung genommen, dass ich jetzt gar keine Zeit für Sie habe, Herr Wolf. Sie müssten also noch mal wiederkommen. Ich erwarte Sie morgen früh um neun!"

Wolf schien noch etwas sagen zu wollen, doch Schulte hatte sich schon an ihm vorbeigedrückt und rief ihm über die Schulter zu: „Keine Zeit! Wir reden morgen!"

52

Noura stand immer noch starr da und wagte kaum zu atmen. Dann erst sah sie Nadir, der schwer atmend hinter dem zusammengebrochenen Wächter an der Wand lehnte und noch immer den Barhocker, mit dem er zugeschlagen hatte, in der rechten Faust hielt. Die beiden sahen sich kurz in die Augen, dann bückte sich Noura zu Alchanow herunter.

„Ist er tot?", fragte Nadir vorsichtig.

Noura schüttelte den Kopf. „Nein, aber fast. Du hast härter zugeschlagen, als nötig war."

Nadir zuckte mit den Achseln. „Das Schwein hat es verdient! Ich ..." Er suchte verlegen nach Worten.

Noura richtete sich wieder auf. „Lass uns schnell verschwinden, bevor die anderen was davon mitbekommen. Ich will nicht die ganze Bande am Hals haben. Hast du meine Tasche mitgebracht?"

Nadir nickte und hob Nouras Reisetasche über den leblosen Körper von Alchanow. Sie nahm die Tasche in Empfang und wandte sich zur verschlossenen Haupteingangstür.

„Schau mal nach, ob er die Schlüssel bei sich trägt!", sagte sie. Nadir ging in die Hocke und tastete Alchanow ab. Noura hörte ein leises Klirren, dann warf Nadir ihr ein kleines Schlüsselbund zu. Sofort machte sie sich daran, die Tür zu öffnen.

Als sie, nach all den langen Tagen und Nächten, endlich draußen stand, in den dunklen Nachthimmel blicken und die frische, wenn auch kalte Luft atmen konnte, hätte sie gern vor Glück geschrien. Aber sie riss sich zusammen und schaute sich nach Nadir um. Der stand bereits mit seinem Rucksack auf dem Rücken hinter ihr und grinste sie triumphierend an. In der Hand hielt er Alchanows Pistole.

„Leider habe ich keine Ersatzmunition bei ihm gefunden. Aber das Magazin ist immerhin halbvoll. Jetzt sollen die Schweine nur kommen, ich bin gerüstet."

Noura warf ihm einen prüfenden Blick zu. „Ich hoffe, dass wir dieses Ding nicht brauchen werden. Aber es war klug von dir, es mitzunehmen. Für alle Fälle."

Da direkt vor der Eingangstür das Licht einer Straßenlampe auf die beiden jungen Leute fiel, beeilten sie sich, aus dem Lichtkegel herauszukommen. Hinter der Lagerhalle war ein dunkler Parkplatz, den weder eine Lampe noch das Mondlicht erhellte. Dort blieben sie stehen.

„Was nun?", fragte Nadir. „Wohin gehen wir?"

„Keine Ahnung. Was meinst du?"

Einig waren sie sich nur darin, dass sie schnell verschwinden mussten. Da rechts von ihnen das Wasser des Hafenbeckens im Mondlicht schimmerte, kam nur die andere Richtung infrage. Sie zogen den Kopf ein und huschten über den dunklen Parkplatz, dann eine steile Böschung hinauf, die sich als Bahndamm entpuppte. Wieder versuchten sie, sich neu zu orientieren, und entschieden sich, das Bahngleis zu überqueren.

Dass sich in diesem Moment eine schwarze Silhouette auf dem Flachdach des Lagerhauses in Bewegung setzte, an einem Dachrinnenfallrohr hinunterglitt und denselben Weg wie Noura und Nadir einschlug, bekamen die beiden nicht mit.

53

Der stramme Spaziergang über den Vietberg hatte gutgetan. Auch wenn es Schulte gelungen war, gegenüber Markus Wolf den Coolen zu mimen, hatte die Wut doch heftig an seinem Nervenkostüm gezerrt. Nach dieser Begegnung musste er nach draußen und sich richtig bewegen. Dieses Bedürfnis hatte er schon lange nicht mehr gehabt. Er war durch die Obstplantagen hinter der Kreispolizeibehörde gegangen und den Berg hinaufgestapft. Anschließend ging er über eine große Wiese, hielt sich rechts und kam zu einem Feldweg, der nach Heidenoldendorf führte. Mit jedem Schritt entspannte er sich mehr. Und als er wieder an der Kreispolizeibehörde ankam, war sein Kopf wunderbar frei. Die körperliche Anstrengung hatte ihn wieder ins Gleichgewicht gebracht. Einen Moment dachte er darüber nach, ob er vielleicht anfangen sollte zu joggen. Doch dann erinnerte er sich an seine letzten kläglichen Versuche, Sport zu treiben, und verwarf den Gedanken.

Bevor er sich an die Arbeit machte, wusch er sich das verschwitzte Gesicht. Als er wieder hinter seinem Schreibtisch saß, bemühte er sich, Klarheit über das weitere Vorgehen zu bekommen. Doch es gelang ihm nicht, einen einzigen brauchbaren Gedanken zu entwickeln. Er hatte das Gefühl, dass der Mordfall einem riesengroßen Wattebausch glich. Egal wo Schulte ansetzte, er fand lediglich eine weiche diffuse Masse vor.

Nicht nur die Tatsache, dass der Mord an König ein Buch mit sieben Siegeln zu sein schien, machte das Nachdenken schwierig. Das viel größere Problem, das Schulte an einem lösungsorientierten Vorgehen hinderte, war, dass er immer wieder an Maren Köster denken musste. Wie sollte er ihr zukünftig begegnen? Wie würde er sich verhalten, wenn sie morgen wieder zum Dienst käme? Tausend Gedanken, die alle nichts mit dem Mord zu tun hatten, schossen ihm gleichzeitig durch den Kopf.

In diesem Moment klopfte es an der Tür. Meier zu Klüt stand im Zimmer. „Herr Polizeirat, ich sollte doch hinter der Scheibe dabei sein, wenn Sie mit unserem Wölfchen parlieren. Ist er etwa nicht gekommen?"

„Doch, doch, er war da", entgegnete Schulte und war erleichtert, dass seine Kollegin ihn von dieser unerquicklichen Grübelei erlöste, „aber ich habe ihn wieder nach Haus geschickt."

Meier zu Klüt blickte ihren Chef so verständnislos an, dass Schulte sich veranlasst sah, ihr die Begegnung mit Wolf zu schildern.

„Cool!", lautete der Kommentar seiner Kollegin. „Na, der wird toben. Ich hätte da übrigens auch noch einen Vorschlag zu machen. Dieser Schmickler, Sie erinnern sich, ich finde, dem sollten wir eine Sonderbehandlung zukommen lassen. Denn wenn wir nichts unternehmen, wird der Kerl morgen wie alle anderen Beschäftigten des BAMF Bielefeld hier auf der Matte stehen und sich einer Befragung unterziehen. Wenn er kommt."

Schulte stand aber offenbar auf der Leitung. „Tut mir leid, Meier, ich versteh nicht, worauf du hinauswillst."

Seine Kollegin verdrehte die Augen und unternahm einen neuen Anlauf. „Wenn Schmickler Dreck am Stecken hat, dann wird er jetzt schon ziemlich nervös sein. Entweder flüchtet er so schnell wie möglich, oder er hofft, dass wir nicht herausbekommen, dass er jahrelang Geld aus nicht bekannten Quellen auf sein Konto eingezahlt hat. Ich finde, wir sollten uns um den Jungen kümmern. Und zwar so schnell wie möglich – am besten heute Abend noch."

54

Martin Mosebach stand neben dem kleinen Lkw, den er an der Straße beim Hafenbecken geparkt hatte, und zündete sich eine Zigarette an. Er hatte einen langen und anstrengenden Tag hinter sich. Am frühen Morgen hatte er sich den Transporter, einen Mercedes Sprinter Pritsche, von einem Autoverleiher geholt, um seinem Sohn beim Umzug von Bückeburg nach Minden zu helfen. Jetzt waren alle Möbel ausgeladen und wieder zusammengebaut, sie hatten noch zusammen gegessen und bis Mitternacht ein langes Vater-Sohn-Gespräch geführt. Endlich konnte Mosebach nach Hause fahren. Nun noch eine Zigarette, um die Gedanken etwas zu ordnen, dann konnte es weitergehen. Genüsslich blies er den Rauch in die kühle, klare Nachtluft.

Als er die abgebrannte Kippe auf den Asphalt warf und eben mit der Schuhspitze ausdrücken wollte, hörte er hinter sich schnelle Schritte. Noch bevor er sich umdrehen konnte, spürte er, wie sich ihm ein kräftiger Arm um den Hals legte und etwas Kaltes, Metallisches an seine linke Schläfe drückte. Zu Tode erschrocken verdrehte er die Augen, um erkennen zu können, wer hinter ihm stand. Das Licht im Innenraum des Transporters gab genug Helligkeit ab, um einen jungen, dunkelhäutigen Mann mit einem struppigen Bartansatz erkennen zu können. Der Angreifer passte exakt in Mosebachs Angstschema: arabische Terroristen! Selbstmordattentäter!

Dann stand auch noch eine Frau neben ihm, ebenfalls jung und dunkelhäutig, wenn auch deutlich heller als der Mann. Sie rief ihm einige unverständliche Worte zu. Offenbar war der jungen Frau selbst schnell klar, dass sie sich anders verständlich machen musste, denn sie sagte leise: „Enter the truck! Come on!"

Abgesehen davon, dass Mosebachs Vorstellung vom Begriff Truck absolut nicht mit seinem kleinen Mercedes Sprinter in Einklang zu bringen war, war sein Schulenglisch nur rudimentär und völlig untrainiert. So schnell konnte er nicht umschalten. Er starrte die Frau nur verständnislos an. Dann wurde ihm die Entscheidung abgenommen, denn der Mann mit der Pistole schob ihn zur Fahrertür. Die Frau war schon eingestiegen und durchgerutscht. Ihr Kompagnon schubste den völlig verwirrten Mosebach, bis der auf dem Fahrersitz saß. Dann warf er ihr die Pistole zu, huschte einmal um den Transporter herum und stieg ebenfalls ins Führerhaus. Er kletterte über die Frau, ließ sich zwischen sie und Mosebach in den Sitz fallen, übernahm wieder die Pistole und richtete sie auf den zitternden Fahrer.

Was nun?, dachte Mosebach, aber die Frau wies ihn mit einem Wort an, das selbst er nicht falsch verstehen konnte.

„Go!"

Er startete den Motor und wartete auf eine Anweisung, in welche Richtung er fahren solle. Da keine Ansage kam, sondern nur das „Go!" wiederholt wurde, legte er den Gang ein und fuhr los. Offenbar war es den Kidnappern gleichgültig, wohin er fuhr. Also würde er, solange keine anderen Anweisungen kamen, genau die Strecke fahren, die er sowieso hatte fahren wollen. Nach Hause.

Dass Sekunden vor dem Start ein weiterer Mann die hintere Plane des Transporters gelöst und sich auf der Ladefläche niedergelassen hatte, war weder Mosebach noch den beiden Kidnappern aufgefallen.

55

Jetzt waren sie schon wieder an derselben Straßenkreuzung angelangt. Wie Schulte diese Neubaugebiete hasste. Seelenlose Viertel waren das. Die Straßen sahen alle gleich aus. Vor den neuen Häusern hatte man Rollrasen verlegt, und die Grundstücksgrenzen säumten niedrige Hecken. Auch die Häuser unterschieden sich nur unwesentlich voneinander. Und nach Schildern, die Auskunft über die Straßennamen gaben, brauchten sie erst gar nicht Ausschau zu halten. Es gab diese ach, so nützlichen Dinger einfach nicht.

Schulte musste etwas tun, wozu er sich nur äußerst selten hinreißen ließ: Er musste nach dem Weg fragen. Nach einer Weile entdeckte er eine Frau, die vor ihm die Straße querte. Er fuhr neben sie und ließ die Fensterscheibe hinunter, um sie anzusprechen. Doch die Frau reagierte nicht auf ihn. Sie tat so, als führe kein Auto neben ihr. Schulte fluchte, gab kurz Gas, überholte die Passantin und stellte seinen Volvo quer auf den schmalen Gehweg.

Die Frau drehte hastig um und wollte in die andere Richtung gehen, doch da stand Pauline Meier zu Klüt schon mit gezückter Polizeimarke vor ihr. Sie setzte ihre freundlichste Miene auf, um die Passantin nicht noch mehr zu verunsichern, und fragte nach dem Lindenweg. Dies sei der Akazienweg, lautete die Antwort, und wie die anderen Straßen hießen, wisse sie nicht, sie sei nämlich erst vor einigen Wochen hierhergezogen. Damit war das Gespräch beendet.

Das erste Mal in seinem Leben dachte Schulte darüber nach, dass so ein Navi vielleicht doch keine so schlechte Anschaffung sei. Nach weiteren Fahrten durch die schmalen Straßen und wiederholtem Nachfragen hatten die beiden Polizisten es geschafft. Sie standen vor dem Haus von Kasper Schmickler.

Gerade als Pauline Meier zu Klüt die Hausklingel betätigen wollte, öffnete sich die Tür. Ein rotblonder, sommersprossiger Mann von etwa fünfzig Jahren stand vor ihnen. Sein Gesicht wies eine unnatürliche Bräune auf. Wahrscheinlich nahm er Karotinpräparate ein oder benutzte ein Bräunungsmittel. An seinem linken Handgelenk trug er eine protzige Rolex, und in seiner Rechten hielt er den Griff eines großen Koffers.

„Wollen Sie verreisen?", fragte Pauline Meier zu Klüt in einem neutralen Tonfall.

Der Rothaarige schien verwirrt. Nach kurzem Zögern erwiderte er grimmig: „Ich wüsste nicht, was Sie das anginge, meine Dame."

Schulte grinste ihn freundlich an und legte ihm versöhnlich den Arm auf die Schulter. „Das geht uns sehr viel an. Wir sind nämlich von der Polizei. Und wir haben Sie doch, wie Sie sicher wissen, morgen früh auf die Kreispolizeibehörde Detmold bestellt."

„Nein, davon weiß ich nichts!", fiel der Mann ihm ins Wort. „Woher auch? Mir hat niemand etwas davon gesagt, und mit der Post habe ich auch keine Ladung bekommen."

„Sie wollen also behaupten", schaltete sich Pauline Meier zu Klüt ein, „dass man Sie heute auf Ihrer Dienststelle nicht davon in Kenntnis gesetzt hat, dass Sie sich morgen früh in Detmold in der Kreispolizeibehörde melden sollten?"

„Nein, hat man nicht!", entgegnete Schmickler. Sein Gesicht hatte einen verschlagenen Gesichtsausdruck angenommen. „Ich habe schon seit einer Woche Urlaub. War also seitdem nicht mehr im Amt. Und morgen früh werde ich mit Sicherheit nicht bei Ihnen auflaufen. Ich fahre nämlich nach Thailand."

Schulte wiegte den Kopf. „Na, dann sollten Sie uns aber ganz schnell hereinbitten und uns ein paar Fragen beantworten, Herr Schmickler, sonst ist Ihr Urlaub ernsthaft in Gefahr."

„Gar nichts werde ich machen. Ich habe keinen Grund, mich mit Ihnen zu unterhalten. So, und jetzt lassen Sie mich bitte vorbei, damit ich meinen Koffer ins Auto laden kann."

Er wollte sich an Schulte vorbeidrücken, doch der rührte sich keinen Millimeter von der Stelle.

„Entweder Sie bitten uns jetzt in Ihr Haus, damit wir in Ruhe unsere Fragen stellen können, oder wir nehmen Sie vorläufig fest", erklärte Pauline Meier zu Klüt ruhig.

Diese Ansage zeigte Wirkung. Schmickler schleppte seinen Koffer zurück ins Haus und bedeutete den beiden Polizisten mit einer Kopfbewegung, ihm zu folgen.

Das Haus war vollgestellt mit neuen Möbeln. Auch wenn die Wohnungseinrichtung auf Schulte und Meier zu Klüt seelenlos wirkte, so sah das Inventar dennoch nicht aus, als wäre es in einem Schnäppchenmarkt gekauft worden. In dieser Einrichtung steckte Geld, das war auf den ersten Blick zu erkennen.

„Schöne Möbel", meinte Schulte. „Die haben sicher eine Menge Geld gekostet!"

Schmickler antwortete nicht.

„Und ein neues Haus haben Sie auch!", setzte Meier zu Klüt nach.

„Gehört der Bank!", lautete die patzige Erwiderung.

„Dennoch, Herr Schmickler, für einen kleinen Beamten nicht schlecht. Glauben Sie mir, ich kann das beurteilen", meinte Schulte.

„Was wollen Sie?", konterte der Hausbesitzer. „Ist es verboten, sich eine Immobilie zu kaufen?"

„Keinesfalls", entgegnete Meier zu Klüt. „Wenn man das nötige Geld dazu hat."

„Habe ich!" Der Mann wurde immer ärgerlicher.

„Sehen Sie, und da sind wir auch schon beim Kern unseres Interesses", griff Schulte den Ball auf. „Das haben wir nämlich auch festgestellt. Und wir fragen uns, woher Ihr Reichtum stammt."

„Reichtum?" Schmickler verlieh dem Wort einen verächtlichen Beiklang. „Ich bin nicht reich. Gut, ich besitze ein bisschen Geld, aber mit Reichtum hat das nun wirklich nichts zu tun."

„Hören Sie", unterbrach ihn Schulte barsch, „wir haben keine Lust, mit Ihnen solch philosophische Fragen zu erörtern. Sagen Sie uns einfach, woher Sie ihr Geld haben."

„Gespart", kam die lapidare Antwort.

Die beiden Polizisten sahen sich an. Atemberaubende Stille erfüllte den Raum.

Dann zerfetzte Schultes Stimme die unerträgliche Ruhe: „Herr Schmickler, Sie sind verhaftet!"

56

Irgendwo zwischen Minden und Bückeburg stellte sich Martin Mosebach die Frage, wie es weitergehen sollte. Er fuhr zwar immer noch in die richtige Richtung, aber ebenso gleichbleibend hielt dieser verfluchte Kerl eine Pistole in der Hand und ließ keinen Zweifel daran aufkommen, dass er diese bei Bedarf auch benutzen werde. Wo die beiden wohl hinwollen?, fragte sich Mosebach.

Mittlerweile hatte seine Angst sich ein wenig gelegt. Die beiden waren offenbar in Schwierigkeiten, aber für Verbrecher hielt er sie nicht. Gefährlich konnten sie dennoch werden. Gerade Leute, die keine eiskalten Profis sind, neigen zu Panikhandlungen, wusste er. Vor allem der junge Mann schien sehr nervös zu sein. Die Frau wirkte fast souverän. Überhaupt, stellte Mosebach fest, war sie ein verdammt hübsches Ding. Die könnte ihm wohl gefallen. Ob es das Exotische an ihr war, das ihn ansprach? Er hatte aber keine Zeit, darüber nachzudenken, denn es galt nun, Pläne zu machen.

Es war nicht mehr weit bis Bückeburg, und Mosebach hatte kein Interesse daran, die beiden mit zu sich nach Hause zu nehmen. Wer konnte schon wissen, was die beiden vorhatten? Vielleicht suchten sie einen Unterschlupf, und sein Reihenhaus käme ihnen gerade recht? Auf keinen Fall würde er das zulassen. Aber wie sollte er aus dieser Nummer wieder herauskommen?

Er dachte ernsthaft darüber nach, den Transporter einfach vor die nächste Hausecke zu setzen. Als einziger von ihnen war er angeschnallt – es könnte gutgehen. Wenn die Afrikaner für einige Zeit ausgeschaltet wären, könnte er den Wagen verlassen und die Polizei verständigen. Jetzt musste nur ein geeigneter Platz gefunden werden und dann …

Plötzlich kam ihm eine viel bessere Idee. Weit vor ihnen, in etwa zweihundert Meter Entfernung, sah er Blaulicht. Wahrscheinlich eine Polizeikontrolle – genau das, was er brauchte. Die würden ihn schon von seinen Fahrgästen befreien. Mosebach schmunzelte.

Als hätte die junge Frau seine Gedanken erraten, schrie sie ihn so plötzlich an, dass selbst ihr Gefährte erschrak:

„Stop!"

Als Mosebach nicht sofort reagierte, riss sie dem jungen Mann die Pistole aus der Hand und richtete sie auf den Fahrer. Mosebach spürte, wie literweise Eiswasser in seinen Magen gespült wurde. Aber er gehorchte und trat so heftig auf die Bremse, dass er den Motor abwürgte und seine nicht angeschnallten Mitfahrer beinahe mit dem Kopf an die Frontscheibe geknallt wären. Als der Transporter schwankend zum Stehen kam, brauchte die Frau eine Sekunde, um sich zu sortieren, stieß dann aber die Beifahrertür auf, sprang hinaus, lief um den Transporter herum, riss die Fahrertür auf und hielt dem völlig verwirrten Mosebach wieder die Pistole vor das Gesicht.

„Come on!", schrie sie ihn an.

Mosebach schnallte sich hastig ab, kletterte aus der Fahrerkabine auf die Straße und wartete ergeben, was nun mit ihm passieren würde. Sein Hirn war blutleer, er war zu keinem klaren Gedanken mehr fähig. Jetzt spürte er nur noch dumpfe, lähmende Angst.

Aber die Frau schoss nicht, sie schubste ihn mit der freien Hand von sich weg und rief ihrem Gefährten etwas in dieser schrecklich klingenden Sprache zu, von der Mosebach kein Wort verstand. Der junge Kerl rutschte hinters Lenkrad und schlug die Fahrertür wieder zu. Die Frau machte eine Handbewegung, die Mosebach so interpretierte, dass er verschwinden sollte. Zwei Sekunden später saß sie auf der Beifahrerseite. Mosebach hörte, wie der Bengel versuchte, den Transporter zu starten. Er brauchte einige Anläufe, dann sprang der Motor an, und der Mercedes Sprinter hoppelte einige Meter wie eine bockende Ziege, dann hatte der Fahrer den Wagen unter Kontrolle und brauste davon.

Mosebach starrte ihm mit ausdruckslosem Gesicht hinterher. Erst als von dem Gefährt nichts mehr zu sehen war, kam ihm der Gedanke, die zweihundert Meter bis zum Blaulicht zu Fuß zu gehen und dort Meldung zu erstatten.

57

Langsam ließ die Konzentration nach. Schulte wischte sich genervt mit der Hand durchs Gesicht. Es war gleich Mitternacht, und er fühlte sich, als hätte er drei Tage durchgearbeitet. Seine Augen brannten, und unter seiner Schädeldecke verspürte er ein unangenehmes Jucken. Er kannte dieses Gefühl. Es stellte sich immer dann ein, wenn er am Rande seiner gedanklichen Leistungsfähigkeit angekommen war.

Schulte riss sich zusammen und ging auf Schmickler zu. Er beugte sich zu ihm hinab und sah ihm in die Augen. Die Nase des Mannes und seine eigene waren höchstens fünfzehn Zentimeter voneinander entfernt. Er fixierte sein Gegenüber, das dem Blickkontakt auszuweichen versuchte.

Schulte starrte Schmickler ins Gesicht. Jetzt hatte er ihn erreicht. Die Lider des Mannes flackerten. Der Junge ist gar, schoss es Schulte durch den Kopf. Den knacken wir gleich. Er spürte die plötzliche Überlegenheit geradezu körperlich.

In ihm wurde ein Energieschub ausgelöst, der dafür sorgte, dass er augenblicklich alle seine Sinne beisammen hatte.

„Ich bringe Sie für den Rest Ihres Lebens in den Knast! Sie haben über Jahre Geld von König bekommen, das können wir beweisen", log Schulte. „Sie haben König erpresst, und als er nicht mehr zahlen wollte und beabsichtigte, Sie anzuzeigen, haben Sie ihn umgebracht! Geben Sie mir noch zwei Tage, dann habe ich alle Indizien zusammen. Spätestens dann ist es egal, ob Sie aussagen oder nicht. Alle Tatsachen sprechen gegen Sie, Herr Schmickler. Es hat schon Indizienprozesse gegeben, da war die Faktenlage weitaus dünner, als sie bei Ihnen ist, und die Täter sind schnurstracks in den Knast gewandert. Bei Ihnen wird das auch der Fall sein, da können Sie Gift drauf nehmen!" Schulte holte tief Luft.

„Nein, warten Sie", meinte Schmickler in wimmerndem Tonfall. „Das, was Sie erzählen, ist doch Quatsch. Sie haben gar keine Ahnung. König und ich waren Kollegen, wir waren Freunde. Ich bin Vorsitzender des Handballvereins hier bei uns im Städtchen. Vor vielen Jahren hatten wir einen Spieler, einen Migranten. Mit dem waren wir in die Landesliga aufgestiegen. Das war für unseren kleinen Verein damals der Durchbruch. Wenn der Mann heute nach Deutschland käme, würde sich der TBV Lemgo die Finger nach dem lecken."

Schmickler schnäuzte sich. Er war den Tränen nahe, als er seinen Bericht fortsetzte: „Na, jedenfalls sollte der Spieler damals abgeschoben werden. Da habe ich was gedreht. Ich habe ihn gegen alle Regeln eingebürgert. Mein Chef, König, ist dahintergekommen. Er hätte mich sofort rausschmeißen müssen. Hat er aber nicht. Er hat damals gesagt: ‚Eine Hand wäscht die andere.' Und irgendwann kam er auf mich zu. Er gab mir eine Liste mit zehn Namen und meinte: ‚Die Leute brauchen Papiere.' Na ja, ich fühlte mich bei König in der Pflicht und habe das erledigt. Ich dachte, damit wäre die Angelegenheit aus der Welt. War sie aber nicht. Kurz nachdem ich Königs Aufforderung nachgekommen war, kam der eines Morgens in mein Büro und legte mir zweitausend Euro auf den Schreibtisch und wieder eine Liste mit Namen von Leuten, denen ich illegal zur Einbürgerung verhelfen sollte. Es war einfach und absolut lukrativ. Da König mich deckte, konnte niemand herausfinden, was ich tat. Da habe ich mitgemacht. Ich habe über Jahre Hunderten von Menschen, die sich illegal in Deutschland aufhielten, die nötigen Dokumente besorgt, die sie zu legal in unserem Land lebenden Migranten machten, mit Staatsbürgerschaft und allem. König und ich saßen in einem Boot. Warum hätte ich ihn umbringen sollen? Nein, ich war es nicht! Ich schwöre es."

Schmickler war psychisch am Ende. Er heulte Rotz und Wasser und wiederholte immer wieder: „Ich habe König nicht umgebracht! Ich schwöre es!"

58

Der alte Bassajew konnte kaum glauben, was er eben gehört hatte. Nahm diese schreckliche Pechsträhne denn überhaupt kein Ende?

Die Suche nach dem verschwundenen Russen war bislang ergebnislos verlaufen. Der angeblich so heiße Tipp seines Sohnes Alu hatte sich als Niete entpuppt. Wie so vieles, was dieser Sohn in der letzten Zeit angefasst hatte. Achmat Bassajew würde ernsthaft darüber nachdenken müssen, diesen Versager irgendwo hinzuschicken, wo er keinen Schaden mehr anrichten konnte. Aber dafür war jetzt keine Zeit.

Anschließend hatten sich alle Bassajews ihre Handys gegriffen und viele Telefonate geführt. Im Laufe der Jahre waren einige sehr nützliche Verbindungen entstanden, die nun angezapft wurden. Aber auch hier wurden sie nur auf Spuren gesetzt, die schließlich im Sande verliefen. Dies alles hatte nicht nur viel Kraft, sondern auch viel Zeit verbraucht. Wertvolle Zeit, die nun verloren war.

Nun, um ein Uhr nachts, saßen sie tatenlos in ihrer Bielefelder Wohnung herum. Der Blutdruck des alten Schleuserchefs war schon seit Stunden im besorgniserregenden Bereich, jetzt hatte er einen zusätzlichen Push bekommen. Es war ein Anruf seines Angestellten Mowsar Alchanow gekommen, der als Aufpasser in der Lagerhalle eingeteilt worden war. Alchanow druckste herum, suchte nach den richtigen Worten, fand sie nicht und musste letztendlich kleinlaut berichten, dass zwei junge Leute verschwunden seien.

„Sie wissen schon, die schöne Schlampe und der Kerl, der schon so viele Schwierigkeiten gemacht hat. Ich saß gerade …"

Der alte Bassajew unterbrach den erbärmlichen Versuch des Mannes, sich zu rechtfertigen, durch einen Schwall von Beschimpfungen und Fragen. Dann erst konnte sein Angestellter weiterreden.

„Sie waren immerhin in der Überzahl", heulte er fast. „Der Kerl hat mich von hinten niedergeschlagen, was hätte ich machen sollen?"

Davon, dass diese Situation nur durch seine animalische Gier entstanden war, sagte er kein Wort. Bassajew war auch gar nicht an solchen Details interessiert. Das würde er später klären. Jetzt wollte er nur Informationen haben, die ihn weiterbrachten.

Alchanow fuhr stammelnd fort: „Als ich wieder zur Besinnung kam, waren die beiden weg, und die Tür stand offen. Ich bin sofort aufgesprungen und hinausgelaufen, um sie zu suchen. Aber ich konnte nur noch sehen, wie die beiden mit einem kleinen LKW losfuhren. Das war so einer mit Plane hinten. Wahrscheinlich hatten sie einen Fluchthelfer."

„Hast du das Nummernschild erkannt?"

„Nein, dafür war das Auto zu weit weg. Aber ich habe noch etwas anderes gesehen. Ich weiß nicht, ob das wichtig ist, aber direkt vor der Abfahrt hat sich ein Mann, den ich bei dem schlechten Licht nicht erkennen konnte, hinten an der Plane zu schaffen gemacht und ist auf die Ladefläche geklettert. Fast im selben Augenblick ist der Transporter auch schon losgefahren. Ich wollte noch hinterherschießen, aber da habe ich festgestellt, dass meine Pistole weg war. Wahrscheinlich hat dieser dreckige Araber die geklaut."

Bassajew brauchte einige tiefe Atemzüge, um all das zu verdauen und in den richtigen Zusammenhang zu bringen. Die junge Frau und ihr Kumpel also. Und dieser Mann, der unter die Plane geklettert und mitgefahren war? War das vielleicht ihr Russe? Hatte der sich womöglich die ganze Zeit in unmittelbarer Nähe der Lagerhalle aufgehalten und sie beobachtet? Es sprach eine Menge dafür, stellte Bassajew entgeistert fest.

Nachdem Achmat Bassajew seinen Söhnen die Nachricht weitergegeben hatte, sank er in seinem Sessel zusammen und sprach kein Wort mehr. Seine Jungen kannten dieses Phänomen und wussten, dass sie ihn nun besser in Ruhe ließen. Während es Alu ganz recht war, eine Zeitlang von den Vorwürfen seines Vaters verschont zu sein, bebte Dschochar vor Energie. Er spürte, dass es nun an ihm lag, die Zügel in die Hand zu nehmen. Ihm war klar, dass hier nur einer helfen konnte. Nur der Admiral verfügte über die nötigen Beziehungen, um die verfahrene Situation wieder in den Griff zu bekommen. Der Admiral würde wissen, was zu tun war. Da sein Vater und sein Bruder nichts von seinem Gespräch mitbekommen sollten, ging Dschochar aus dem Haus und rief den Admiral mit dem Handy an. Der hatte offenbar im tiefsten Schlummer gelegen und war entsprechend schlecht gelaunt.

„Ihr Totalversager!", dröhnte es Dschochar Bassajew ins Ohr, als er den Admiral erreicht und ihm in knappen Worten von den aktuellen Ereignissen berichtet hatte. „Wofür bezahle ich euch eigentlich?"

Es dauerte eine Weile, bis der Admiral sich wieder beruhigt hatte und ihn in etwas sachlicherem Ton fragte, wo er und der Rest seiner Familie sich zurzeit gerade aufhielten.

„Im Wohnzimmer?", wiederholte der Admiral boshaft lachend. „Noch ein spätes Nachtessen oder schon das erste Frühstück? Schön, wenn ihr es gemütlich habt. Geht es der Frau Mutter denn auch gut?" Dann wurde er wieder ernst. „So, ich werde jetzt meine Beziehungen spielen lassen, um diesen Transporter zu finden. Trotz der unmöglichen Uhrzeit. Ich hoffe für Euch, dass dann noch alle drei Gesuchten an Bord sind. Das wird nicht lange dauern. Ihr haltet Euch bereit. Wenn ich anrufe, will ich, dass Ihr sofort einsatzbereit seid. Ihr habt ordentlich was gutzumachen, verstanden?"

59

Es war fast Mitternacht, als Schulte zu Hause ankam. Eben war er noch hundemüde gewesen und ausgepowert bis zum Gehtnichtmehr, doch jetzt war er hellwach. Ein kleiner Spaziergang und anschließend eine Flasche Bier, danach stand ihm jetzt der Sinn.

In der Küche stand der Korb seines alten Hundes Monster. Der könnte sicher auch noch etwas Bewegung gebrauchen, dachte Schulte. Doch das Tier war anderer Meinung. Es sah seinen Herrn mit trüben Augen an und machte einen Gesichtsausdruck, als wollte es sagen: Kannst du nicht alleine gehen? Ich liege hier gerade so gut.

Doch Schulte war unerbittlich. Er klatschte in die Hände und motivierte seinen Hund aufzustehen. Mit missbilligendem Gesichtsausdruck quälte sich das Tier aus dem Korb, streckte und reckte sich und humpelte dann mit einer vorwurfsvollen Miene zur Küchentür. Nach einigen Metern hatten sich alle Knochen des Hundes sortiert. Jetzt ging das Laufen besser, interessiert schnupperte er hier und schnüffelte dort.

Da plötzlich, Schulte hatte gerade den Weg Richtung Dorfmitte eingeschlagen, kam ihm eine Gestalt entgegen. Die Person torkelte, als wäre sie verletzt. Schulte beschleunigte seinen Gang. Der Hund hob die Nase in den Wind und wedelte dann erfreut mit dem Schwanz. Es war Fritzmeier, der ihnen entgegenkam. Der alte Bauer war stockbesoffen. Als er seinen Freund Schulte bemerkte, kicherte er affektiert.

„Mensch, Anton, was ist denn mit dir los? Wo kommst du denn her?"

„Wo ich wechkomme?" Fritzmeier kicherte wieder. „Ich war bei Kaltenbechers und hab mich mit denen über Nacktschneckenzucht ausgetauscht. Bei dieser Chelegenheit hab ich bei den beiden noch chut chechessen und chetrunken." Fritzmeier kicherte. „Und dat Klärchen, diese dusselige Kuh, hat auch noch versucht, mich schöne Augen zu machen. Hätte nur noch chefehlt, dat diese alte Tante auch noch einen Knopf für mich aufmacht."

Schulte verstand nur Bahnhof.

„Komm, Jupp, wir trinken bei mich inne Küche noch ne Flasche Bier, und ich erzähle dich allet."

Fünf Minuten später stand vor Schulte ein *Detmolder Herb*, und Fritzmeier plauderte munter drauflos: „Weiße noch neulich, ich hatte chrade bei mich im Charten die Nacktschnecken abchesucht, und der Eimer stand noch bei uns im Hofladen? Da kam doch der alte Kaltenbecher und hat sich darüber mokiert, dat die Nacktschnecken da rumstanden. Na, und da hab ich ihn erzählt, dat ich die für viel Cheld als Potenzmittel nach China verkaufe."

Schulte konnte sich vage an den Vorfall erinnern, und Fritzmeier erzählte, wie sich diese Geschichte dann weiter entwickelt hatte. Immer wieder amüsierte er sich über die Angelegenheit und steckte auch Schulte mit seinem Gelächter an. Dem standen irgendwann die Lachtränen in den Augen.

Nach ein paar weiteren Lachsalven stellte der alte Bauer zwei frische Flaschen Bier auf den Tisch.

„Verdammte Sauferei", sagte er. „Morgen bereue ich et, dann bin ich mit Sicherheit wieda krank, aber jetz is et auch echal." Fritzmeier musste wieder lachen. „Na jedenfalls, dat

Ende vom Lied is, dat Kaltenbechers Max ab morgen chanz offiziell bei mir in meinen Charten Schnecken sammeln darf, um bei sich auch eine Schneckenzucht aufzubauen, die für die Erzeugung von Potenzmitteln cheeichnet ist. Ich schicke dann ab und zu mal Proben an meinen chinesischen Cheschäftsfreund Mao Tse Tung. Und wenn dann Kaltenbechers Schnecken als Potenzmittel taugen, dann stelle ich zu meinem chinesischen Kumpel den persönlichen Kontakt her."

Wieder lachten die beiden Männer aus vollem Halse. Als Schulte klare Worte fassen konnte, fragte er nach: „Das verstehe ich nicht ganz, Anton. Wieso bringst du die beiden Männer nicht schon jetzt zusammen, um das Geschäft vorzubereiten?"

Wieder kicherte Fritzmeier und zwinkerte Schulte verschwörerisch zu. „Dat hat mich Kaltenbecher auch chefracht. Aber ich hab ihn dat chenau erklärt. Dat hängt nämlich mit die chinesische Kultur zusammen. Wenn man nämlich zwei Cheschäftspartner zusammenbringt und der eine will ein Produkt verkaufen, dat noch nix taucht, dann is dat eine Beleidigung für den anderen. Und der, der die beiden Cheschäftsleute zusammenchebracht hätte, der hätte dann auch sein Chesicht verloren, und dat will ich nich."

60

Auch wenn bis jetzt alles erstaunlich gut gegangen war – Noura fühlte sich überhaupt nicht gut. Sie war sich ihrer Situation durchaus bewusst. Gleich als erste Tat in diesem Land einen Transporter mitsamt dem Fahrer zu kidnappen, war ihrem geplanten Asylgesuch vermutlich nicht eben förderlich. Aber was hätten sie denn machen sollen? In der kalten Lagerhalle langsam verrotten? Abwarten, bis dieser Russe eine Gelegenheit fand, die unfähigen Wächter zu bestechen, ihr in einer finsteren Ecke des Gebäudes, dann mit dem Segen der Bewacher, ein Messer durch die Kehle zu ziehen und ihr den kleinen, aber für gewisse Leute verdammt gefährlichen Schatz zu rauben? Zu Alu Bassajew und seinen Kettenhunden hatte sie kein Vertrauen, die würden sie für ein Butterbrot verkaufen. Nein, es wäre ihnen nichts anderes übriggeblieben, als von dort zu verschwinden. Auch wenn dadurch am Ende der Geschichte vermutlich die Abschiebung stehen würde, mit allen nur erdenklichen Folgen für sie.

Den Fahrer des Transporters hätten sie nicht laufen lassen dürfen, das war ihr schnell klar geworden. Nicht, dass Nadir den Mercedes nicht fahren könnte, nein, nach ein paar Anlaufschwierigkeiten hatte er recht schnell Freundschaft mit diesem ihm bislang unbekannten Fahrzeugtyp geschlossen und saß nun recht zufrieden mit sich hinter dem Lenkrad.

Aber auch Noura hatte das Blaulicht gesehen und es ebenso interpretiert wie der Fahrer. Sie wusste nichts von deutschen Alkohol- oder Tempokontrollen, aber Blaulicht bedeutete Polizei, überall in der Welt. Und Polizei bedeutete für sie Gefahr. Deshalb hatte sie den Fahrer gestoppt.

Erst später war ihr bewusst geworden, dass der nun als allererstes zu dem Polizeiauto laufen und alles berichten würde. Eine Fahndung war danach unausweichlich. Die Polizei würde vermutlich nicht lange brauchen, um sie zu finden. Zu dieser Uhrzeit fuhren wohl auch in diesem dichtbesiedelten Land nicht viele Kleintransporter durch die Gegend. Und sie hatte nicht einmal eine Vorstellung davon, wo sie sich gerade befanden. Ganz zu schweigen von einem Ziel. Wenn Nadir bei jeder Kreuzung fragte, ob rechts oder links, antwortete sie aus dem Bauch heraus. Nur weg, nur möglichst weit weg.

Vergeblich versuchte sie, die Namen auf den Ortschildern zu entziffern. Kurz nachdem sie den Fahrer ausgesetzt hatten, waren sie unter einer enorm breiten Straße hindurchgefahren. Noura konnte nicht wissen, dass es sich um eine Autobahn, sogar um eine der wichtigsten europäischen Autobahnen, die

A2, handelte. Kurz darauf war es etwas bergiger geworden, wie sie an den dunklen Silhouetten der Hügel erkennen konnte. Dann überquerten sie einen breiten Fluss. Zumindest nach den Maßstäben einer Wüstenbewohnerin war es mächtig viel Wasser. Weiter ging es auf einer gut ausgebauten Landstraße.

Wenn Nadir nicht so selbstverliebt hinter dem Steuer gesessen, sondern gelegentlich in den Seitenspiegel geschaut hätte, wäre ihm aufgefallen, dass nun schon fast drei Minuten ein Auto hinter ihnen herfuhr. Mal wurde der Abstand kürzer, mal wieder etwas länger. Aber die Scheinwerfer waren immer da, waren nie ganz verschwunden. Doch Nadir bekam nichts davon mit, und Noura fühlte sich für den Spiegel nicht zuständig.

Als sich vor ihnen eine lange gerade Strecke auftat, schraken beide auf. Urplötzlich hatte das Auto hinter ihnen Blaulicht eingeschaltet, und das mark- und beinerschütternde Heulen des Martinshorns schnitt den beiden wie ein Messer durchs Hirn. Gleichzeitig beschleunigte es stark, überholte den trägen Transporter, setzte sich vor ihn und bremste langsam das Tempo ab. Aus dem Beifahrerfenster winkte eine rot-weiße Kelle. Ähnliche Signalkellen gab es auch in Libyen, und Noura wusste, was sie bedeuteten.

61

Was für ein Scheißjob. Der Mordfall König und das ganze Drumherum begannen Schulte gewaltig auf die Nerven zu gehen. Er hatte die ganze Nacht gegrübelt. Um kurz nach fünf hatte ihn nichts mehr im Bett gehalten. Er war aufgestanden und in die Kreispolizeibehörde gefahren. Hier hatte er sich noch einmal alle bekannten Fakten vorgenommen und war sie akribisch durchgegangen. Als sein Chef Erpentrup dann wie immer als einer der Ersten im Büro erschien, hatte Schulte ihn sofort aufgesucht.

Eine halbe Stunde später knallte er frustriert seine Bürotür ins Schloss. Schon am Vorabend, kurz nach Schmicklers Geständnis, hatte er gewusst, wie der heutige Tag laufen würde. Er hatte zehn Euro auf den Tisch gelegt und zu Pauline Meier zu Klüt gesagt: „Ich sage dir, was morgen hier abgehen wird. Unser aller Chef Erpentrup wird hochzufrieden sein. ‚Das war's', wird er sagen, ‚wir können die Akte zuklappen. Schmickler ist unser Mörder!' Erpentrup wird versuchen, der Öffentlichkeit einen Erfolg zu präsentieren und uns daran hindern, weiter zu ermitteln. Wetten, dass? Wenn ich unrecht habe, kannst du das Geld behalten."

Jetzt ging Schulte zu seinem Schreibtisch und steckte den Schein, den er gestern auf den Tisch gelegt hatte, wieder in die Hosentasche. Genau so, wie er es prophezeit hatte, war es gekommen. Erpentrup hatte mit Engelszungen auf ihn eingeredet und zum guten Schluss gedroht. Doch Schulte hatte lediglich mit den Schultern gezuckt.

„Schmickler hat für die Tatzeit ein Alibi", hatte Schulte lapidar behauptet.

Erpentrup hatte ihm entgegnet: „Herr Polizeirat, ich rate Ihnen, überprüfen Sie das genau! Und wehe, da ist auch nur die kleinste Ungereimtheit. Dann machen wir das Buch zu."

Im BAMF gab es Ungereimtheiten, die zum Himmel stanken, das war klar. Diese Tatsache war offenbar nichts Neues, sonst hätten die Verantwortlichen in dem Laden nicht so gemauert. Und welche Rolle spielte eigentlich dieser Wolf?

Am Ende des unerquicklichen Gespräches hatte Erpentrup verlauten lassen: „Herr Wolf hat sich übrigens vor ein paar Minuten bei mir gemeldet. Dringende dienstliche Angelegenheiten hindern ihn daran, um neun Uhr bei Ihnen zu erscheinen. Er bat mich, zwei Stunden später kommen zu dürfen. Ich habe es ihm natürlich gestattet, Herr Schulte."

Was hatte der Polizeidirektor für ein Verhältnis zu diesem Wolf? War es nur vorauseilender Gehorsam, oder wusste Erpentrup mehr als Schulte?

Viel weiter waren sie durch Schmicklers Geständnis also nicht gekommen. Es hatte sich lediglich eine Möglichkeit herauskristallisiert, die ein denkbares Mordmotiv seien könnte.

Es klopfte. Schulte wunderte sich.

Im nächsten Moment stand Maren Köster in seinem Büro. „Jupp, wir müssen reden."

Schulte zuckte mit den Schultern. „Ich wüsste nicht, worüber."

Beide schwiegen. Nach einer gefühlten Ewigkeit sagte Schulte: „Ja, wir müssen reden, du hast recht. Wir müssen darüber reden, welche Aufgaben du in diesem Fall noch übernehmen kannst. Du hast ein Verhältnis mit einem potenziellen Verdächtigen."

Maren Köster brauste auf. „Schulte, du hast einen Knall. Markus ist doch kein potenzieller Verdächtiger. Nur, weil der bei mir nackt über den Flur gelaufen ist, musst du ihm doch nicht gleich einen Mord anhängen."

Wieder dieses unerträgliche Schweigen.

„Na gut, Maren, wenn ich einen Knall habe, dann sag mir doch bitte, welche Aufgaben dein Markus im BAMF gerade erledigt."

„Mein Markus, mein Markus! Das ist nicht mein Markus!", entgegnete Maren Köster wütend.

„Ehrlich gesagt ist es mir egal, ob das dein Markus ist oder nicht", entgegnete Schulte scheinbar ruhig. „Ich will von dir wissen, welchen Job der Kerl beim BAMF macht."

„Na, der führt die Innenrevision für das Ministerium durch", entgegnete Maren Köster unsicher und erntete dafür nur ein schmieriges Grinsen von Schulte.

„Maren, in deinem eigenen Interesse wäre es besser, du gehst noch mal zum Arzt und holst dir für die nächsten Tage einen gelben Schein. Ansonsten sitzt du nämlich an deinem Schreibtisch und drehst Däumchen. Aufgaben, die unseren Fall betreffen, bekommst du von mir nämlich nicht übertragen. Über deine Affäre mit diesem Wolf halte ich die Klappe, Maren, aber nur, wenn du augenblicklich verschwindest."

Maren Köster sprang wütend auf. „Deine Eifersucht ist doch krankhaft, Schulte", schrie sie ihn an. Tränen standen ihr in den Augen, als sie aus dem Zimmer stürmte.

62

Noura machte sich innerlich bereit. Sie wusste, dass ihre Flucht jetzt beendet war. Sie würde festgenommen und über kurz oder lang nach Libyen abgeschoben werden, wo sie den Leuten, vor denen sie geflüchtet war, schutzlos ausgeliefert wäre. Mit unabsehbaren Folgen. Alles an Energie und Widerstandskraft brach in diesem Augenblick in ihr zusammen. Es war alles umsonst gewesen.

Der zivile Polizeiwagen vor ihr wurde immer langsamer und stoppte dann ganz. Die Beifahrertür sprang auf, und der Mann, der noch die Signalkelle in der Hand hielt, wollte eben aussteigen.

In diesem Moment blendete Nadir jegliche Rationalität aus und schaltete auf Instinkt um. Und sein Instinkt sagte ihm: Weg hier!

Er trat das Gaspedal durch. Der Transporter röhrte, als würde er gleich in tausend kleine Teile zerspringen. Er kam nur langsam in Schwung, aber er kam. Und eine Sekunde später zog Nadir mit wild entschlossenem Gesichtsausdruck an den beiden völlig verdatterten Polizeibeamten vorbei, beschleunigte noch stärker und raste, am Leistungslimit des Motors, die Landstraße hinunter Richtung Süden. Noura blickte besorgt in den Seitenspiegel, konnte aber von hinten noch keine Lichter erkennen. Offenbar brauchten die Polizisten eine Weile, um die neue Lage zu begreifen. Aber es würde nur Sekunden dauern, dann würden sie die Verfolgung aufnehmen. Mit einem deutlich schnelleren Gefährt.

Dann warf sie einen Blick auf Nadir, der kaum wiederzuerkennen war. Einen so verbissenen, zu allem entschlossenen Ausdruck hatte sie bei ihm noch nie gesehen. Zum ersten Mal in ihrer Zusammenarbeit wurde ihr bewusst, dass dies kein kleiner Junge war, für dessen Wohlergehen sie sich verantwortlich fühlen musste. Neben ihr saß ein erwachsener Mann, bereit, sein Schicksal in die eigenen Hände zu nehmen. Er, der ihr bislang ohne Murren die Führung überlassen hatte, war eingesprungen, hatte Verantwortung für sie beide übernommen, als sie einen kurzen Moment handlungsunfähig war.

Plötzlich sah sie ihn mit ganz anderen Augen. Verwirrt spürte sie den Wunsch, ihm ganz nahe zu sein, schüttelte aber diese Gefühle, die so gar nicht in die momentane Situation zu passen schienen, gleich wieder ab. Sie musste sich zusammenreißen. Es ging darum, diese Polizisten abzuschütteln. Nichts anderes zählte.

Einen halben Kilometer schafften sie noch ohne Verfolger, dann tauchten weit entfernt die Scheinwerfer auf. Fieberhaft überlegte Noura, was zu tun sei. Sie konnte mit dem Hinweisschild, das nun vor ihr auftauchte, nicht viel anfangen, aber ihr war schnell klar, dass es sich um eine Abzweigung handelte.

„Mach das Licht aus!", rief sie Nadir zu. Der betätigte diverse Schalter herum, fand aber irgendwann den richtigen, und sie fuhren fast im Dunkeln weiter.

„Bieg hier ab, schnell!"

Nadir reduzierte die Geschwindigkeit, dennoch wäre der Transporter fast aus der Kurve geflogen, als er so abrupt die Richtung wechseln musste. Aber auch hier bewies Nadir ungeahnte Talente. Noura staunte, mit welcher Sicherheit er diesen unsportlichen Mercedes Sprinter, den er ja noch nie gefahren hatte, unter seine Kontrolle bekam. Ein paar Meter weiter galt es erneut, eine Entscheidung zu treffen. Nadir war es, der, ohne ihren Kommentar abzuwarten, nach links auf die gut ausgebaute Landstraße fuhr.

Etwa achtzig Meter weiter kam eine Unterführung: Die Straße, von der sie eben gekommen waren, verlief jetzt über ihnen. Hier stoppte Nadir plötzlich, kurbelte die Seitenscheibe herunter und legte einen Zeigefinger auf seine geschlossenen Lippen. Auch Noura lauschte. Kurz darauf rauschte ein Auto über sie hinweg. Nadir grinste sie zufrieden an. Ihr Verfolger hatte offenbar nicht mitbekommen, dass sie abgebogen waren, sondern war mit hoher Geschwindigkeit einfach geradeaus weitergefahren. Noura drückte ihrem Begleiter glücklich den Arm, als er wieder Tempo aufnahm und, so gut es in der Dunkelheit ging, weiterfuhr. Erst nach weiteren hundert Metern schaltete er das Fernlicht wieder an.

„Was jetzt?", fragte er. Offenbar spürte er, dass Noura ihre Schwächephase überwunden hatte, und sofort bewegten die beiden sich wieder im alten Verhaltensmuster. Er war der schlichte junge Mann aus der Wüste, sie die gebildete Städterin. Für ihn schien es selbstverständlich zu sein, sich der Weltgewandtheit seiner Begleiterin anzuvertrauen. Aber Noura zuckte mit den Achseln.

„Ich weiß es auch nicht. Bis uns was Besseres einfällt, sollten wir dieser Straße folgen. Denn jetzt wird die Polizei uns verstärkt suchen, und da wird es gut sein, wenn wir so weit weg wie möglich sind. Was meinst du?"

Nadir wirkte etwas überrascht, nach seiner Meinung gefragt zu werden. In seinem Leben war es noch nicht oft vorgekommen, dass jemand Wert auf seine Sicht der Dinge legte.

„Sehe ich genauso", sagte er nach reiflicher Überlegung. „Aber irgendwann müssen wir uns wirklich was einfallen lassen. Wir können nicht immer nur weiterfahren. Wenn ich die Anzeige hier am Tacho richtig verstehe, haben wir nicht mehr allzu viel Benzin. Vielleicht kann man hier irgendwo tanken um diese Uhrzeit, aber ich habe kein Geld für dieses Land. Du etwa?"

Nein, dachte sie. Das hatte sie auch nicht. Sie wusste nur, dass in Deutschland der Euro als Währung galt. Gesehen hatte sie einen solchen Geldschein aber noch nie. Also gab es keine Chance zu tanken, sie würden irgendwann ein anderes Auto kidnappen müssen und sich immer weiter in Schwierigkeiten bringen. Vielleicht konnte sie ihre winzig kleine, aber recht gute Digitalkamera gegen Benzin eintauschen, dachte sie kurz. Das wäre für die Tankstelle ein gutes Geschäft, vielleicht klappte das ja. Fast zärtlich tastete sie nach der Kamera, die sie seit ihrer Flucht aus Libyen an einer dünnen Kette um den Hals trug. Die größere Spiegelreflexkamera lag ganz unten in ihrer Reisetasche, die würde sie auf gar keinen Fall verscherbeln – nur wenn es um das blanke Leben ging.

Das gleichmäßige Brummen und Schwanken des Transporters wirkte auf Noura leicht einschläfernd. Immer wieder fielen ihr die Augen zu, sackte ihr das Kinn auf die Brust. Aber jedes Mal schreckte sie wieder auf und starrte mit müden Augen nach vorn auf die dunkle Straße. Zwischendurch wagte sie immer wieder einen Blick in den Spiegel. Aber hinter ihnen waren nach wie vor keine Scheinwerfer zu sehen. Nadir wirkte konzentriert und tatkräftig. Auf ihn konnte sie sich verlassen. Erneut übermannte sie, gegen ihren Willen, ein zärtliches Gefühl für ihren Begleiter. Noch stärker aber war die Müdigkeit. Noura wollte endlich loslassen, die Verantwortung auf Nadir übertragen, die Augen schließen und einfach einschlafen.

Sie schreckte entsetzt hoch, als Nadir plötzlich voll in die Bremsen stieg, der schwere Transporter mit schrillem Quietschen so stark abbremste, dass Noura schmerzhaft in ihren Sicherheitsgurt gedrückt wurde. Alle nicht befestigten Gegenstände wirbelten durcheinander. Auch hinten auf der Ladefläche war ein dumpfes, aber lautes Poltern zu hören.

Vor ihnen war Licht. Sehr viel Licht. Gleißendes Licht, das sie blendete, ihr jede Orientierung raubte. Ein Pkw stand fünfzig Meter vor ihnen quer auf der Straße. Soweit dies im brutalen Gegenlicht zu erkennen war, stand ein Mann neben dem Auto und zielte mit einer Pistole auf ihren Transporter.

63

Schulte sah auf die Uhr. Um diese Zeit war sein früherer Kollege Axel Braunert zu seinen Detmolder Zeiten schon im Büro gewesen. Also war die Wahrscheinlichkeit groß, dass er auch beim LKA zu den Frühaufstehern gehörte.

Axel Braunert war schwul. Gewisse kleinbürgerliche Strukturen hatten dazu geführt, dass Detmold ihm als Wohn- und Arbeitsort zu eng wurde, und so war der Hauptkommissar vor einigen Jahren ins LKA nach Düsseldorf gewechselt.

Schulte schnappte sich den Telefonhörer, rief beim LKA an und ließ sich zu Braunert durchstellen. Er redete nicht lange um den heißen Brei herum, sondern kam schnell zur Sache.

„Mal eine Frage, Axel, sagt dir der Name Markus Wolf etwas?"

„Ist das so ein gutaussehender Kollege um die Fünfzig?" Schulte verdrehte die Augen. „Nicht du auch noch, Axel."

„Wieso?", entgegnete Braunert mit einem leicht verärgerten Tonfall. „Wenn es schon mal einen hübschen Mann gibt, dann kann ich das doch wohlwollend zu Kenntnis nehmen."

„Schon in Ordnung, ich könnte dir hier auch noch ein paar Personen nennen, die das ähnlich wohlwollend bemerkt haben. Mir geht das Getue um den Kerl langsam ziemlich auf den Zeiger. Wie auch immer, was hat der denn bei euch für einen Job?"

„Die Frage würde ich dir gerne beantworten. Leider kenne ich ihn nicht so gut. Früher hat der, glaube ich, V-Männer angeworben. Was er jetzt für Aufgaben hat, weiß ich nicht."

„Dieser Wolf ist aber definitiv noch beim LKA?"

„Auf jeden Fall. Wieso fragst du, Jupp?"

„Mir hat er sich als Mitarbeiter des Innenministeriums vorgestellt", entgegnete Schulte. „Du würdest mir sehr helfen, wenn du dich ein bisschen umhören und etwas über diesen Wolf in Erfahrung bringen würdest. Wenn das herauskommt, hast du natürlich keine Chance mehr bei dem."

„Ach, ist eh ein Hetero, Jupp. Mit Männern hat Wolf leider nichts am Hut."

„Na, dann würde ich mich freuen, wenn du mir den kleinen Gefallen tätest. Axel, wir hören voneinander."

Schulte legte den Hörer auf und ballte die Faust. So, du Weiberheld, jetzt hab ich dich und muss nicht Meier als Informantin benennen, sondern kann mich auf einen ehemaligen BKA-Kollegen berufen, mit dem ich rein zufällig gesprochen habe.

Mit großer Erleichterung bemerkte Schulte, dass Maren Köster nicht zur Morgenbesprechung erschien. Der Rest der Truppe saß pünktlich in seinem Büro und bediente sich an seiner Kaffeemaschine. Schulte hatte nichts dagegen.

Nachdem Pauline Meier zu Klüt kurz von Schmicklers Geständnis berichtet hatte, informierte Schulte das Team über sein Treffen mit Erpentrup.

„Wir müssen so schnell wie möglich weitere Ermittlungsergebnisse erzielen und das Alibi von Schmickler überprüfen", erklärte er. „Wenn der Kerl nachweisen kann, dass er nicht der Täter war, ist der raus – und wir können uns endlich das BAMF vornehmen."

„Für mich deutet vieles darauf hin, dass dieser Schmickler uns schon auf die richtige Spur gebracht hat", meinte Lindemann. „Ich kann mir gut vorstellen, dass der Mord an König etwas mit diesen Einbürgerungspapieren für Migranten zu tun hat." Er machte eine kurze Pause, und als er sicher war, dass er alle Zuhörer auf seiner Seite hatte, fuhr er fort: „Ich habe die Polizeiberichte der Region durchstöbert. In Minden haben ein Mann und eine Frau vergangene Nacht einen gewissen Mosebach mitsamt seinem Auto gekidnappt. Bei den beiden Kidnappern, die im Übrigen bewaffnet sind, handelt es sich offenbar um Migranten. Zwischen Minden und Bückeburg fand zu der Zeit eine Polizeikontrolle statt. Die Beamten haben beobachtet, wie ein paar hundert Meter vor dem Kontrollpunkt ein Wagen stoppte, ein Mann einfach auf die Straße gesetzt wurde und das Fahrzeug anschließend fluchtartig weiterfuhr. Ich weiß nicht, ob es da einen Kausalzusammenhang gibt, könnte ich mir aber vorstellen."

Schulte überlegte. „Ist vielleicht ein bisschen weit hergeholt, aber wenn wir Glück haben, ist Kamerad Zufall bei dieser Geschichte auf unserer Seite. Wo haben die beiden Typen sich den Autobesitzer denn geschnappt?"

„Das war im Mindener Hafen", entgegnete Lindemann. „Dieser Mosebach stand da herum und hat in aller Seelenruhe eine geraucht. Dabei wurde er überwältigt und gekidnappt."

„Wir sollten zu den Kollegen in Minden Kontakt aufnehmen", ordnete Schulte an. „Die sollen mal die Gegend checken. Vielleicht finden die ja was Brauchbares." Er sah auf die Uhr. „Okay, gleich kommen die Leute vom BAMF. Lindemann, du kümmerst dich um Minden und überprüfst das Alibi von Schmickler. Hartel, Meier und ich nehmen die Befragungen vor. Ich schnappe mir diesen Wolf. Bei der Vernehmung geht Meier hinter die Scheibe. Hartel, du beginnst mit den anderen BAMF-Leuten. Wenn wir mit Wolf durch sind, nehmen wir dir natürlich ein paar von den Leuten ab."

64

Geistesgegenwärtig riss Nadir das Lenkrad herum und zwang den Transporter in einen schmalen Weg auf der rechten Seite. Der Wagen drehte sich, vom Schwung der viel zu scharfen Kurve aus der Bahn geworfen, um die eigene Achse, dann blieb er dampfend stehen. Hektisch versuchte Nadir, das Auto wieder zu starten. Einmal, zweimal, dann sprang der Diesel wieder an.

Gerade wollte Nadir anfahren, als auf der Beifahrerseite ein scharfer Knall zu hören war, dem ein heftiges Schaukeln des Transporters folgte. Nur wenige Meter weiter knickte das Fahrzeug vorne rechts ein und ließ sich kaum noch lenken. Offenbar hatte jemand den rechten Vorderreifen plattgeschossen. Wieder ging der Motor aus.

Verzweifelt schauten Noura und Nadir sich an, dann sahen sie durch das noch schwache Licht der beginnenden Morgendämmerung zwei Männer auf sich zukommen. Einer von ihnen hatte eben noch die Pistole auf ihren Transporter gerichtet. Ein Unbekannter. Den anderen Mann jedoch kannten sie nur zu gut.

„Der Lederjackenmann!", rief Noura in einer Mischung aus Überraschung und Entsetzen. Nun erkannte auch Nadir den Mann, der in der Lagerhalle stets das große Wort geführt hatte. Alu Bassajew!

Noch waren die beiden Männer etwa zwanzig Meter von ihnen entfernt. Zeit genug, um aus dem Auto zu springen und zu verschwinden? Sinnlos, da die beiden Kerle ganz offensichtlich bewaffnet waren. Oder sollten sie das Feuer eröffnen? Schließlich besaß Nadir eine Pistole.

Während Noura und Nadir noch fieberhaft eine Lösung suchten, kamen die Männer immer näher. In ihrer Not tastete Noura instinktiv nach der kleinen Kamera, die sie um den Hals trug, richtete sie aus und machte in schneller Folge drei Fotos von den beiden anrückenden Kerlen.

Als diese nur noch zehn Meter entfernt waren, geschah etwas, was sowohl die beiden Libyer als auch ihre Gegner völlig aus der Fassung brachte. Es fiel ein Schuss – abgefeuert von der hinteren Seite des Transporters. Irgendjemand hatte sich hinter dem Fahrzeug postiert, auf die Männer geschossen und sich sofort wieder in Deckung gebracht. Bassajew wurde nach hinten geworfen, schwankte kurz und fiel auf den Rücken. Entsetzt beobachtete Noura, wie er mit den Armen um sich schlug, dann nur noch heftig zitterte und schließlich ganz still wurde. Aus dem Augenwinkel sah sie, wie der andere Mann um sein Leben lief und gerade noch hinter einem mächtigen Baumstamm Deckung fand, bevor ein weiterer Schuss ertönte.

Noura war wie paralysiert. Seit der schrecklichen Szene in der Wüste hatte sie viel Schlimmes gesehen, aber der Anblick des im Todeskampf zuckenden Bassajew war über ihre Kräfte gegangen. Nadir griff nach ihrem Arm und schob sie zur Beifahrertür. Und endlich verstand sie, spürte wieder Leben in sich. Sie drückte die Tür auf und sprang hinaus. Sekunden später stand Nadir neben ihr. Ihnen war nicht klar, ob sie in Sicherheit waren: Schließlich hatten sie keine Ahnung, wer der Schütze gewesen war, noch wussten sie, wo er sich in diesem Moment aufhielt.

Nadir zeigte auf das nahe Wäldchen.

„Warte!", flüsterte Noura und tastete nach seiner Hand. Zwischen ihnen und dem Wäldchen lagen etliche Meter, die sie ungedeckt überwinden mussten. Auch wenn die Morgendämmerung noch schwach war, wären sie eine gute Zielscheibe. Es war sicher besser, noch zu warten, bis sich eine günstige Gelegenheit ergab.

Dann krachte wieder ein Schuss. Unmöglich herauszufinden, wer geschossen hatte und wo das Projektil eingeschlagen war. Als ein weiterer Schuss folgte, ließ Noura Nadirs Hand los und lief in geduckter Haltung etwa zwanzig Meter weiter. Dann verschwand sie in einem dichten Gebüsch. Wenig später stand Nadir schwer atmend neben ihr.

Jetzt konnten sie die Szene einigermaßen überblicken. Von ihrem Versteck aus sahen sie das Heck des Transporters schräg von der Seite und konnten den Rücken des Mannes, der die Schüsse abgab, gut erkennen. Seinen Gegner sahen sie nicht, weil der sich auf der gegenüberliegenden Seite hinter einem Baum verschanzt hatte. Aber sie hörten seine Schüsse und deren Einschläge. Offenbar war sein letzter Schuss in die linke Flanke des Fahrzeugs gekracht. Der Mann hinter dem Mercedes antwortete sofort. Sein Schuss zerfetzte einen Teil der Baumrinde und prallte heulend ins Nichts ab.

Anscheinend musste er nun nachladen, denn er drehte sich um, lehnte sich mit dem Rücken an das Heck des Transporters und zog geschickt das Magazin seiner Pistole heraus. Plötzlich herrschte um sie herum eine gespenstische Stille.

Auch Noura hielt den Atem an. Diesen Mann, dessen Gesicht sie nun im Dämmerlicht deutlich sehen konnte, kannte sie nur zu gut. Wieder griff sie nach Nadirs Hand. Sie wollte sichergehen, dass er keine Dummheiten machte. Denn ihr war klar, dass auch er den Russen, der ihnen in der Lagerhalle so viel Ärger gemacht hatte, erkannt haben musste.

Nadir ließ sich keine Zeit, um diese neue Situation in Ruhe zu überdenken. Wie Noura befürchtet hatte, reagierte er unmittelbar, stieß einen kurzen Wutschrei aus und riss seine Pistole hoch. Mit diesem Mann hatte er noch eine Rechnung offen, hier zählte jetzt nicht mehr die kühle Vernunft, hier zählte nur noch die Verteidigung seiner Ehre.

Der Russe musste ihn gehört haben, denn er schaute aufmerksam in ihre Richtung. Bevor Noura ihn festhalten konnte, sprang Nadir hinter dem dichten Gebüsch hervor, um ein freieres Schussfeld zu haben. Sofort krachte der Schuss des Russen. Noura schrie auf, aber da Nadir offenbar unverletzt war, konzentrierte sie sich wieder auf den Russen, um zu sehen, was der als Nächstes tun würde.

Der sonst so routinierte Kämpfer war für einen kleinen Augenblick irritiert, sah sich zwischen zwei Fronten und beschloss vermutlich, einen kurzen Sprint zu wagen, um sich ebenfalls im Unterholz in Sicherheit zu bringen. Blitzschnell verließ er die Deckung des Autos und rannte los. Fast hatte er den Waldrand erreicht, da krachte wieder ein Schuss. Der Russe wurde im Sprung getroffen, drehte sich noch in der Luft um die eigene Achse, knallte dann auf die staubige Erde und rutschte einen halben Meter weiter, bevor er liegenblieb.

Noura schlug die Hände vors Gesicht. Und als sei das alles noch nicht schrecklich genug, trat nun der Mann, der mit Bassajew zusammen gekommen war, hinter seinem Baum hervor, wartete kurz ab und ging dann auf den Russen zu.

Einen kurzen Moment blieb er stehen. Dann überwand er sich und ging direkt vor dem Russen in die Hocke, um ihn zu untersuchen.

65

Was für ein Umstandskrämer!, dachte Hauptkommissarin Anika Dahlmann nach ihrem Telefongespräch mit Axel Lindemann. Was hatte der Kollege aus Detmold gerade erzählt? Gestern sollte am Alten Weserhafen ein Kleintransporter nebst Fahrer gekidnappt worden sein? Davon hatte die Mindener Polizistin überhaupt nichts mitbekommen.

Ungläubig setzte sie sich an ihren Computer und durchstöberte die Polizeiberichte und Einsätze der letzten Nacht. In Minden selbst war keine Anzeige eingegangen. Erst als sie die Suchmaschine mit den verschiedensten Begriffen fütterte, wurde sie fündig. Der gekidnappte Mann war im Landkreis Schaumburg wieder ausgesetzt worden und hatte seine Anzeige bei den niedersächsischen Kollegen aufgegeben.

Dieser Lindemann hatte irgendwas von Migranten und Flüchtlingen erzählt und sie gebeten, ein paar Kollegen zum Tatort zu schicken, um das Umfeld zu überprüfen. Dennoch war Anika Dahlmann aus den Aussagen des Kollegen nicht wirklich schlau geworden. Wie stellten die Detmolder sich das überhaupt vor? Sollte die Mindener Polizei von Lagerhalle zu Lagerhalle gehen und nachfragen, ob jemand gesehen hatte, wie zwei Personen mit Migrationshintergrund ein Auto gestohlen hatten? Im Übrigen waren die beteiligten Personen doch längst über alle Berge.

Anika Dahlmann hatte schon immer gewisse Vorurteile gegen dieses verrückte Bergvolk aus Lippe gehegt. Und gerade hatte sie mal wieder einen eindeutigen Beweis geliefert bekommen.

Vielleicht schob die Detmolder Polizei ja wirklich eine so ruhige Kugel, dass die Kollegen in Uniform bei der kleinsten Straftat so intensiv ermitteln konnten, dass sie sogar Hausbesuche machten. Aber hier in Minden war man knapp besetzt. Sollte sie ihre Kollegen wirklich auch noch mit den unsinnigen Anforderungen aus dem Lipperland behelligen?

In diesem Moment blinkte auf ihrem Bildschirm das Piktogramm eines amerikanischen Briefkastens auf. Der Detmolder Kommissar Lindemann schickte ihr jetzt auch noch eine E-Mail, in der er die Angelegenheit dringlich machte. Sie druckte sich das Schreiben aus und las es sich noch einmal durch. Okay, Junge, du sollst deinen Willen haben, dachte sie und ging in die Leitstelle.

„Sag mal, Heinrich, könntet ihr bitte einen Streifenwagen zum Alten Weserhafen schicken?" Sie legte ihm den Bericht der Bückeburger Polizei und die E-Mail von Lindemann auf den Schreibtisch.

Als der Kollege sich die Schriftstücke zu Gemüte geführt hatte, griff er mit den Worten „Wir haben ja auch sonst nichts zu tun" nach einem Mikrofon, um einen Streifenwagen zum Hafen zu schicken.

66

Wieder reagierte Noura mit dem Instinkt einer Fotojournalistin. Mechanisch griff sie nach ihrer kleinen Digitalkamera, richtete sie auf die grausame Szene und schoss zwei Fotos. Vom toten Russen und seinem Mörder. Noura hatte nicht bedacht, dass die Morgendämmerung noch nicht weit genug fortgeschritten war, um problemlos fotografieren zu können, und so löste die Kamera automatisch einen Blitz aus.

Der Todesschütze riss alarmiert den Kopf herum und schaute in Nouras Richtung. Sie wagte nicht mehr zu atmen. Aber der Kerl schien sich den Blitz als natürlichen Lichtreflex am frühen Morgen zu erklären, denn er nahm nun seelenruhig dem Russen dessen Pistole ab, stand wieder auf und ging zum regungslos daliegenden Bassajew, wahrscheinlich um diesen ebenfalls in Augenschein zu nehmen. Zwischen ihm und Noura bildete der Transporter einen Sichtschutz.

Jetzt oder nie, dachte Noura. Die Gelegenheit zu verschwinden, war einmalig günstig. Sie drehte sich zu Nadir um, der immer noch zwei Meter entfernt von ihr stand und sich nicht rührte.

„Nun komm endlich!", wollte sie ihm zurufen. Doch die Worte blieben ihr im Hals stecken, als sie das Grauen in Nadirs starrem Blick sah. Seine glasigen Augen schauten sie an, als blickten sie in eine andere, weit entfernte Welt. Sie sprang auf ihn zu, ergriff ihn mit beiden Händen, wollte ihn schütteln, auf sein schneeweißes Gesicht einschlagen, um eine Reaktion hervorzurufen. Dann fühlte sie unter ihren Fingern etwas Warmes, Klebriges und spürte, wie sein Körper unter ihrem Griff jede Spannung verlor, immer weicher wurde und schließlich wie ein Kartenhaus zusammenstürzte.

67

Viel war an diesem Morgen nicht los, als der Streifenwagen der Mindener Polizei von der L 764 in die Straße Am Alten Weserhafen einbog. Die junge Polizistin ließ das Auto gemächlich die Straße entlangrollen.

„Wieder so ein Auftrag, den man sich hätte sparen können", nuschelte ihr Kollege vor sich hin und biss herzhaft in sein Frühstücksbrot.

„Mag sein, aber wenn wir schon mal da sind, können wir auch kurz anhalten und die Lagerhallen an der Mole inspizieren", entgegnete die Polizistin. Sie stoppte das Fahrzeug am rechten Straßenrand und stieg aus, um an verschiedenen Türen von Schuppen und Lagerhallen zu rütteln.

Ihr Kollege hatte sich mittlerweile den letzten Happen seines Brotes einverleibt. Eine halbe Minute blieb er untätig sitzen und hoffte, dass seine Kollegin ihren Kontrollgang bald beenden würde. Doch die schien ihren Auftrag ernst zu nehmen. Um nicht faul zu wirken, entschloss er sich, die Gebäude am westlichen Teil des Hafenbeckens zu inspizieren.

Vor einer größeren Halle stand ein alter roter Mercedes. Der Polizist umrundete das Auto und ging zum Eingangstor des Speichers. Die Türklinke ließ sich herunterdrücken. Er schob eine verrostete Stahltür auf, die knarrende und quietschende Geräusche von sich gab, als sie sich in Bewegung setzte. Vorsichtig trat er ins Halbdunkel des dahinter liegenden Raumes. Stille! Irgendwie beschlich den Polizisten ein ungutes Gefühl. Er ging weiter ins Innere des Gebäudes. Dabei wirbelte er Staub auf. Die einzelnen Partikel tanzten gut sichtbar in der Luft – gespenstisch in Szene gesetzt von den Sonnenstrahlen, die durch einen Türspalt fielen.

Eine Stimmung wie in einem Edgar-Wallace-Film, ging es ihm durch den Kopf. In der nächsten Sekunde verscheuchte ein Geräusch seine Gedanken. Instinktiv drehte der Mann sich in die Richtung, aus der er den Laut vernommen hatte. Er hatte sich der Geräuschkulisse noch nicht gänzlich zugewandt, da schlug ihm jemand einen harten Gegenstand mitten ins Gesicht. Der Polizist sackte zusammen wie ein nasser Sack. Den harten Aufprall auf dem Betonboden nahm er schon nicht mehr wahr.

68

Beherzt griff Noura zu, als sie spürte, wie Nadirs Körper unter ihren Händen zusammensackte. Unter Einsatz aller Kraftreserven schaffte sie es, ihren Gefährten aufrecht zu halten. Prüfend schaute sie ihm ins Gesicht. Anscheinend stand Nadir unter Schock. Er war außerstande zu sprechen oder sich aus eigener Kraft zu bewegen. Noura biss die Zähne zusammen, und es gelang ihr tatsächlich, den kraftlosen Körper etliche Meter weiter in das Gebüsch zu schleifen. Die Angst verlieh ihr ungeahnte Kräfte. Nur weg von diesem Mann, der Menschen erschießen und dann so seelenruhig untersuchen konnte. Jeder Meter zählte.

Irgendwann konnte sie nicht mehr und ließ los. Nadir sackte in den Knien ein und wäre ungeschützt auf den Waldboden geschlagen, wenn sie nicht in einer schnellen Reaktion seinen Sturz etwas abgemildert hätte. Als er lang ausgestreckt vor ihr lag, brach die ganze Macht der fürchterlichen Eindrücke über ihr zusammen.

Plötzlich hörte sie, wie ein Auto gestartet wurde. Zu ihrer großen Erleichterung entfernte sich das Motorengeräusch schnell. Durfte sie hoffen, nicht weiter von diesem Mann verfolgt zu werden? Sie ging vor Nadir in die Knie, legte ihren Kopf auf seine Brust und ließ ihren Tränen freien Lauf.

Jetzt erst spürte sie, wie kühl dieser Morgen war. Sie fror erbärmlich, während sie Nadir zu untersuchen begann. An der linken Schulter war alles blutrot und zerfetzt. Offenbar war der Schuss in diesen Bereich von Nadirs Oberkörper eingedrungen. Sie seufzte erleichtert, als sie keine weiteren Blutflecke fand. Diese Verletzung war in ihrer jetzigen Situation schlimm, aber nicht lebensgefährlich. Zumindest nicht, wenn er in den nächsten Stunden medizinische Betreuung fand und die Wunde sich nicht entzündete.

Nadirs Augenlider flatterten. Anscheinend kam er langsam wieder zu sich. Dann schlug er die Augen auf und blickte sie matt und etwas ratlos an. Auch er zitterte vor Kälte und Schwäche.

„Kannst du mich hören?", fragte sie leise.

Er nickte schlapp.

„Versuch mal, dich zu bewegen. Geht das?"

Nadir verzog schmerzhaft das Gesicht, aber es gelang ihm, sich auf die unverletzte rechte Körperseite zu drehen. Dann lag er eine Weile schwer atmend da.

„Ich glaube, ich schaffe es", hauchte er schwach. „Aber du musst mir aufhelfen."

Mit vereinten Kräften schafften sie es endlich. Nadir lehnte sich mit der rechten Schulter an einen Baum und schnaufte. Sie stand vor ihm, keuchte ebenfalls und passte auf, dass er nicht wieder wegsackte. Eine ganze Zeitlang standen sie so voreinander da. Erleichtert beobachtete sie, wie langsam Leben in seine dunklen Augen kam und wie sich seine Gesichtsfarbe ihrem ursprünglichen Farbton annäherte. Wieder spürte sie eine warme Gefühlswoge, die ihren Körper durchflutete. Ohne nachzudenken, beugte sie sich vor und küsste ihn. Schnell und unsicher. Sofort nahm sie ihren Oberkörper wieder etwas zurück und wartete, etwas schuldbewusst, seine Reaktion ab.

Er war sichtlich überrascht, reagierte dann spontan, zog sie an sich, wollte sie umarmen und unterdrückte mühsam einen Schrei. Seine Libido hatte sich deutlich schneller regeneriert als seine Schulter. Noura lachte leise, sie fühlte sich unendlich erleichtert. Aber jetzt war keine Zeit für Gefühle. Es wurde immer heller, sie mussten hier weg.

„Was meinst du, schaffen wir es ein paar Meter?", fragte sie vorsichtig.

Wieder nickte er.

Sie sah, dass jeder Schritt ihm Schmerzen bereitete. Die beiden Taschen würde sie schleppen müssen. Sie waren schwer, aber es war auszuhalten. Lange würde Nadir die Strapazen nicht durchhalten, so viel war ihr klar. Eine stundenlange Flucht zu Fuß war nicht vorstellbar. Und wohin sollten sie auch gehen? Eigentlich war es völlig gleichgültig, welche Richtung sie einschlugen. In diesem Land kannten sie nichts, sie hatten nicht mal eine Ahnung davon, wo sie sich gerade befanden.

Nach wenigen Metern gelangten sie an ein Bahngleis. Noura beschloss, dem Gleis in nördlicher Richtung zu folgen. Zu irgendwelchen Menschen würde es sie schon führen. Vielleicht gab es dort Hilfe.

Mühsam stolperten sie über die Bahnschwellen. Auf einmal hörten sie vor sich ein leises Quietschen, das immer lauter wurde und sich ihnen zu nähern schien. Plötzlich, nach einer Kurve, sahen sie ein merkwürdiges Gefährt, das auf den Schienen fahrend direkt auf sie zukam. Es war eine Art Plattform, an der rechts und links jeweils ein Fahrrad montiert war. In der Mitte war eine Sitzbank. Auf einem dieser Fahrräder saß ein Mann, dick eingepackt in einer warmen Jacke, auf dem Kopf eine Wollmütze.

Noura konnte nicht wissen, dass dieses ungewöhnliche Gefährt Draisine genannt wurde. Auch der Fahrer stutzte, als er zu dieser Uhrzeit zwei Wanderer sah, und bremste sein Gefährt ab, da die beiden auf den Schienen ihm den Weg versperrten.

Noura zog die Pistole aus Nadirs Hosentasche. Als das Gefährt direkt vor ihr stehenblieb, ging sie zum Fahrer und wedelte mit der Waffe herum. Der Mann schien zu verstehen, worum es ihr ging, denn er stieg vom Fahrrad, schnappte sich erstaunlich gefasst eine kleine Tasche und kletterte ruhig von der Draisine herunter. Als würde ihm das jeden Tag passieren.

Noura verspürte Respekt vor der Nervenstärke dieses Menschen. Sie sah, wie er erst zu ihr, dann auf ihre Pistole und schließlich prüfend auf Nadir schaute. Mit weiteren Gesten machte sie ihm klar, dass er seine warme Jacke ausziehen und Nadir geben sollte. Auch das brachte diesen Ureinwohner nicht aus der Fassung. Es war ihm anzusehen, dass ihm die ganze Entwicklung nicht sonderlich gefiel, aber er regte sich nicht weiter auf, sondern brummte nur: „Mir gehört die Draisine ja nicht. Ich mache nur ehrenamtlich die Streckeninspektion, damit über Ostern die Touristen ohne Probleme fahren können. Ohne Bezahlung! Und jetzt hält man mir eine Pistole vor die Nase, unglaublich."

Er schüttelte den Kopf, zog aber ohne weiteren Widerspruch die Jacke aus. Noura half Nadir, die Jacke überzustreifen. Dann verabschiedete sie sich mit einem Achselzucken, das Bedauern ausdrücken sollte, von dem Draisinenfahrer, der mit einem schiefen Grinsen antwortete und sich eine Zigarette in den Mundwinkel schob.

Dann kletterten die beiden auf jeweils ein Fahrrad. Trotz seiner Verletzung biss Nadir die Zähne zusammen und trat vorsichtig in die Pedalen. Langsam und schwerfällig, mit leichtem Quietschen, setzte sich die Draisine in Bewegung – Richtung Süden. Zurück blieb ein gleichgültig dreinschauender Fahrer, der zum Abschied sogar winkte.

Nadir war vielleicht in der Lage, einen kleinen Beitrag zur gemeinsamen Pedalleistung beizusteuern. Aber die Hauptlast würde bei ihr liegen, das wusste Noura nur zu gut. Dennoch war sie erleichtert. Ihre Situation war deutlich besser als noch vor einer halben Stunde.

69

Hier schien alles in Ordnung zu sein. Es gab keinerlei Hinweis auf irgendwelche Straftaten. Gemütlich schlenderte die junge Polizistin zurück Richtung Auto. Ohne Eile ließ sie ihren Blick über das alte Hafenbecken schweifen. Sie liebte Häfen, denn sie weckten die Reiselust in ihr. Wenn ich demnächst mal einen freien Nachmittag habe, werde ich hier spazieren gehen und mein Fernweh nähren, nahm sich die

Polizistin vor. Sie hielt ihr Gesicht in die Sonne und genoss die Wärme.

Das Knallen einer Tür, wahrscheinlich auf der gegenüberliegenden Seite des Hafenbeckens, riss sie unsanft aus ihren Tagträumen. Ein rennender Mann kam in ihr Sichtfeld, der zu einem roten Mercedes hetzte. Er riss die Tür auf und schwang sich hinter das Steuer. Einen kurzen Augenblick später hörte sie das Jaulen des Anlassers und dann das Quietschen der durchdrehenden Reifen.

Einen Sekundenbruchteil ließ die junge Beamtin die Geräuschkulisse auf sich wirken. Was veranlasste den Mann zu diesem hastigen Aufbruch? Und überhaupt, wo war ihr Kollege? Die Beifahrertür des Streifenwagens war geöffnet. Im Inneren des Autos war niemand zu sehen. Verdammt, wo steckte der Kerl?

Losrennen und nach der Waffe greifen – das waren die beiden Bewegungen, die die junge Frau gleichzeitig ausführte. Gemeinsam mit dem heranrasenden Mercedes erreichte sie die Südseite der Hafenmole. Die Polizistin zielte auf den Fahrer, doch irgendetwas in ihrem Kopf hinderte sie daran, den Auslöser zu drücken.

Der Fahrer des Daimlers verfügte offenbar nicht über diese Blockade. Ohne jede Beißhemmung hielt er direkt auf die Polizistin zu. Die hatte nur eine Chance: Sie hechtete hinter einen der Bäume, die den Straßenrand säumten. Im nächsten Moment touchierte der Kotflügel des Wagens eine Hainbuche und flog in hohem Bogen über die Straße. Wenig später war das demolierte Fahrzeug hinter einem Lagerschuppen Richtung Friedrich-Wilhelm-Straße verschwunden.

70

Nach einer Viertelstunde bemerkte Noura, dass Nadir am Ende seiner Kräfte war. Er hatte offenbar zu viel Blut verloren und müsste eigentlich dringend ärztlich versorgt werden. Sie ließ die Draisine langsam ausrollen und wies ihren Reisegefährten an: „Leg dich auf die Bank. Ich mache das schon!"

Wild entschlossen, alles für ihn zu tun, trat sie anschließend noch fester in die Pedalen.

Bald führten die Schienen unter einer etwas größeren Straße hindurch. Es war jetzt fast taghell, aber immer noch sehr kühl. Leichter Bodennebel begrenzte die Sicht, doch nach weiteren hundert Metern sah sie auf der rechten Seite einige freistehende Häuser. Ihr war klar, dass sie sich nun innerhalb einer Ortschaft befanden. Bei der nächstbesten geeigneten Stelle würde sie anhalten. Der Ort war sicher groß genug, um einen eigenen Arzt zu haben. Und sollte der Arzt herumzicken, dann hatte sie immer noch die Pistole als Argumentationshilfe.

Schließlich hielt Noura vor einem Gebäude, das irgendwann mal ein richtiger Bahnhof gewesen sein musste. Sie half Nadir, von seiner Bank aufzustehen. Dann stiegen sie gemeinsam von der Draisine und betraten einen großen Parkplatz, auf dem einige Lkw herumstanden. So früh morgens war kein Mensch zu sehen. Ihre Reisetasche hängte Noura sich über die Schulter. Nadirs Tasche stellte sie einfach an dem großen Gebäude ab. Die konnte sie nicht auch noch tragen.

Sie gelangten auf einen schmalen Weg, dem sie folgten, um zweihundert Meter weiter auf eine etwas größere Straße abzubiegen. Dann schleppten sie sich weiter in den Ort hinein. Nadir war kaum noch ansprechbar, er schlief fast im Gehen. Die verletzte Schulter bereitete ihm offenbar große Schmerzen, der Arm hing schlaff herunter.

Nach einigen Minuten kamen sie zu einem Platz vor einem großen Gebäude, von dem Noura annahm, dass es sich um eine Kirche handelte. Auf diesem Platz stand eine große Linde, unter der sich zwei Bänke befanden. Nadir sank ächzend auf eine davon und rührte sich nicht mehr. Noura nahm, kaum weniger erschöpft, die andere Bank in Beschlag. Auch hier war kein Mensch zu sehen.

Wie grün hier alles war! Müde betrachtete Noura die kleine Kirche, die aus blankem Sandstein gebaut und in Nouras Augen wunderhübsch war. Aber das half ihnen alles nichts. Es wurde Zeit, einen Arzt zu finden. Aber wie macht man das in einem Land, dessen Sprache man nicht versteht und wo man auch nicht auffallen darf, weil sonst sofort die Polizei zur Stelle ist?

Noura spürte, wie sich Resignation in ihr breit machte. Sie fühlte sich dieser Herausforderung nicht mehr gewachsen. Dennoch raffte sie sich auf, ging zu Nadir und half ihm, von der Bank hochzukommen. Sie legte ihren Arm um seine Hüfte, um ihn zu stützen, aber bereits nach wenigen Metern knickte er vor Erschöpfung ein und fiel zu Boden. Nouras Versuche, ihn zu halten, waren chancenlos.

In diesem Augenblick näherte sich von hinten eine Frau, die, ohne eine Frage zu stellen, mit anpackte. Gemeinsam hievten sie den jungen Mann wieder hoch. Die blonde Frau schaute auf seine Verletzung und fragte mitfühlend: „Brauchen Sie einen Arzt?"

Als Noura sie bat, mit ihr Englisch zu sprechen, wechselte die Frau problemlos die Sprache. Noura erzählte in aller Kürze eine fast komplett frei erfundene Geschichte von einem Raubüberfall, bei dem ihr Freund angeschossenen worden war. Sie sah der Frau an, dass die kein Wort davon glaubte, aber offenbar erkannte sie die Not, in der die jungen Leute steckten. Ohne Kommentar führte sie die beiden um ein paar Häuserecken und schloss die Tür eines kleinen Ladenlokals auf.

Noch immer war der Ort menschenleer.

71

Was war das denn für eine Aktion? Die Polizistin rieb sich ihren schmerzenden Arm. Und was war mit ihrem Kollegen geschehen? Eilig kam sie auf die Beine. Mit gezogener Pistole bewegte sie sich, jede Deckung nutzend, in die Richtung, aus der der Mercedes gekommen war.

Sie bemerkte nichts Verdächtiges. Alles war ruhig. Wäre sie nicht vor fünf Minuten dem Tod von der Schippe gesprungen, sie hätte mit Fug und Recht behaupten können, es handele sich um einen ganz normalen, friedlichen Morgen. Ja, und wenn nicht ihr Kollege spurlos verschwunden wäre.

Die Polizistin überlegte. Wie war die Abfolge der Geräusche gewesen? Genau, zuerst hatte sie ein Zuknallen gehört, wahrscheinlich von einer Metalltür. Die junge Frau sah sich um. Im nächsten Moment fiel ihr Blick auf ein rostiges Schiebetor. Während sie sich in die Richtung des Eingangs bewegte, sicherte sie nach allen Seiten. Schließlich drückte sie sich gegen die Gebäudewand und zog aus ihrer Beintasche eine Taschenlampe, die sie einschaltete.

Dann riss die Polizistin am Türgriff. Mit unglaublichem Getöse öffnete sich das Tor. Es tat sich ein gähnendes, schwarzes Loch auf. Wieder ging sie in Deckung, um dann vorsichtig in das Dunkel der Lagerhalle zu leuchten. Auf dem Betonboden lag regungslos ein Mann in Polizeiuniform.

Sie sprintete zu ihrem Kollegen, legte ihm zwei Finger an die Halsschlagader und suchte aufgeregt nach dem Puls. Nach intensivem Suchen entdeckte sie ihn. Ohne auch nur eine Sekunde zu verlieren, rannte sie zum Streifenwagen und forderte Verstärkung und einen Notarztwagen an.

Dann hastete sie zurück zu ihrem bewusstlosen Kollegen. Gerade als sie sich zu ihm hinunterbeugen wollte, hörte sie Stimmen. Der Schreck fuhr ihr in die Glieder. Hektisch sah sie sich nach einer Fluchtmöglichkeit um und suchte dann hinter einem Kistenstapel Deckung. Von hier aus lauschte sie. Zwar konnte sie nicht verstehen, was gesprochen wurde, aber sie war sich sicher, dass irgendwo geredet wurde.

Vorsichtig schlich sie, die Waffe im Anschlag, zu einem Verschlag, aus dem die Stimmen zukommen schienen. Argwöhnisch öffnete sie die Tür einen Spalt und sah im Halbdunkel etwa zwanzig verängstigte Augenpaare, die allesamt auf ihre gezogene Pistole starrten.

72

Eigentlich hatte Hermann Rodehutskors an diesem Morgen etwas ganz anderes vorgehabt, als sich in die Angelegenheiten anderer Leute einzumischen. Der ehemalige Journalist, der seit seinem Eintritt in den Ruhestand vor vielen Jahren ein eigenes kleines Pressebüro in Detmold unterhielt, hatte seinen Lieblingsweinhändler in der Krummen Straße besuchen wollen. Es war kurz vor Ostern, bald würde der Sommer kommen, und sein Weißweinvorrat war nahezu erschöpft. Höchste Zeit, die Lücken im Weinregal wieder zu füllen.

Aber dann war dieser Anruf gekommen. Eine gute, aber weitaus jüngere Bekannte aus Bösingfeld hatte ihn angerufen und ihn um Unterstützung gebeten. Rodehutskors war aus ihren Worten nicht so recht schlau geworden, aber dennoch hatte er sich, wenn auch murrend, ins Auto gesetzt und auf den beschwerlichen Weg von Berlebeck nach Bösingfeld gemacht. Quer durchs Lipperland.

Dabei machte ihm so etwas wirklich keinen Spaß. Wer Hermann Rodehutskors eine Freude machen wollte, der stellte ihm einen gemütlichen Sessel hin, reichte ihm ein Gläschen Wein, ein paar leckere Häppchen und danach eine Zigarre. Aber ihn schon am frühen Vormittag Kilometer fressen zu lassen, das war eine Zumutung, die sich nur richtig gute Freunde erlauben durften. Die Frau aus Bösingfeld mit dem netten schwäbischen Akzent gehörte dazu.

Laut ihrem Bericht hatte sie ein junges arabisches Pärchen aufgestöbert und mit zu sich in ein Hinterzimmer ihres Ladens genommen. Dort hatte sie einen befreundeten Arzt angerufen, der schon bald eingetroffen war und die Schussverletzung des jungen Mannes behandelt hatte. In der Wartezeit hatte sie sich mit dem weiblichen Teil des Paares unterhalten und einiges zu hören bekommen. Die junge Frau hatte nun offenbar Vertrauen zu ihr gefasst und ihr eine Geschichte erzählt, die in der libyschen Wüste begonnen und nach einigen Umwegen fürs Erste in Bösingfeld geendet hatte. Stoff genug für einen Mann des geschriebenen Wortes wie Hermann Rodehutskors.

Seine Bekannte hatte aber wohl vor allem darauf spekuliert, dass er diesen Flüchtlingen in irgendeiner Weise helfen könnte, und das gefiel ihm nicht besonders. Er war der festen Überzeugung, dass ein guter Journalist beobachten und beschreiben, sich aber nie mit den Handelnden gemein machen sollte. Seine Aufgabe war es, Probleme anschaulich darzustellen, nicht, sie zu lösen. Aber auch in diesem Punkt hatte er seiner Bekannten Hoffnungen gemacht, über die er sich nun ärgerte. Warum war er trotz seiner nun fast siebzig Jahre immer noch nicht in der Lage, auch mal Nein zu sagen?

Als Hermann Rodehutskors in den Laden kam, führte ihn seine Bekannte sofort in das Hinterzimmer.

„Der Junge schläft nebenan", erklärte sie ihm, als er nur eine junge Frau in dem Zimmer sah. „Er ist völlig fertig, und der Arzt meinte, er sollte erst mal viel schlafen. Mit der Frau musst du übrigens Englisch sprechen, sie versteht kein Deutsch."

Auch das noch, fluchte Rodehutskors innerlich und betrachtete die junge Frau. Noura war frisch geduscht und hatte von ihrer ebenfalls eher zierlichen Retterin eine Jeans und einen Pulli bekommen. Auf der Straße wäre sie auch als junge Türkin durchgegangen.

„Hübsches Mädchen", sagte Rodehutskors anerkennend. Davon verstand er etwas, fand er. „Sieht aber völlig erschöpft aus. Die sollte vielleicht auch erst mal eine Mütze voll Schlaf nehmen, was meinst du?"

„Stimmt, aber dafür hat sie keine Zeit. Ihr sitzen mehr Teufel im Nacken, als wir beide jemals zu sehen bekommen haben." Dann wandte sie sich an Noura und forderte sie auf, dem alten Herrn ihre Kamera zu zeigen. Noura stellte das Gerät so ein, dass Rodehutskors im Display die Bilder von der Schießerei vor einigen Stunden betrachten konnte.

Der alte Journalist schob seine Brille auf die Stirnglatze, um besser sehen zu können, hielt die Kamera ganz nahe vor seine Augen, schaute lange und legte sie schließlich auf einen Tisch.

„Und das ist nur ein kleiner Teil ihrer Geschichte", sagte die Ladeninhaberin. „Der eigentliche Grund für ihre Flucht aus Libyen steckt in diesem kleinen Ding. Sollte man nicht glauben." Sie hob einen Umschlag auf und zog eine winzig kleine SD-Karte heraus. „Dieses Ding hat Noura während ihrer ganzen Flucht direkt an ihrem Körper getragen. Wo genau sie es versteckt hatte, möchte ich nicht sagen, dann werden wir beide rot. Diese jungen Frauen schrecken auch vor gar nichts zurück. Aber es hat funktioniert. Ich habe noch nicht gesehen, was drauf ist, ich glaube, ich möchte es auch gar nicht wissen."

Mit diesen Worten steckte sie die SD-Karte wieder in den Umschlag und reichte ihn Noura. Dann legte sie Rodehutskors eine Hand auf den Arm und sagte bittend: „Hermann, ich vertraue diesem Mädchen. Frag mich nicht, warum. Ich möchte ihr helfen. Aber sie ist illegal eingeschleust worden. Wenn wir die Polizei rufen, wird sie über kurz oder lang nach Libyen abgeschoben, und da ist sie in Lebensgefahr. Wenn einer ihr helfen kann, bist du das mit deinen Beziehungen. Ich verlasse mich auf dich!"

73

Pünktlich um elf Uhr klopfte es an Schultes Bürotür. Es war Markus Wolf. Im nächsten Moment stand er im Zimmer und grinste verschmitzt.

„Na, Herr Polizeirat, haben Sie heute Morgen Zeit für mich? Oder hat es wieder Wendungen in Ihrem Mordfall gegeben, die Sie daran hindern, mich zu befragen?"

„Nein, Herr Wolf, heute nehme ich mir die nötige Zeit. Bitte kommen Sie mit."

Schulte ging voraus und führte Wolf in einen Vernehmungsraum, der mit einer von der einen Seite undurchsichtigen Scheibe ausgestattet war.

Dieser Ortswechsel schien den Mann zu verunsichern. „Mein Gott, Herr Polizeirat, Sie fahren aber Geschütze auf", bemerkte er spöttisch. „Haben Sie etwa auch jemanden auf der anderen Seite des Spiegels platziert?"

„Polizeidirektor Erpentrup jedenfalls nicht, dem haben Sie ja gestern schon alles erzählt."

Schulte grinste. Dann wies er Wolf einen Platz zu und schaltete das Aufnahmegerät an.

„So, Herr Wolf, ich weise Sie darauf hin, dass Sie verpflichtet sind, die Wahrheit zu sagen." Nach den üblichen Hinweisen und Formalitäten fragte er: „Herr Wolf, was ist Ihr Beruf?"

Nach einer winzigen Sekunde des Zögerns antwortete der Befragte: „Ich bin Beamter."

„Bei welcher Dienststelle?", setzte Schulte sofort nach.

Wieder glaubte er ein kurzes Zögern zu bemerken. Ganz so abgebrüht, wie ich geglaubt habe, bist du dann doch nicht, dachte er. „Sind Sie Verwaltungsbeamter?"

Wolf nickte.

„Sagen Sie bitte ja oder nein. Das Kopfnicken kann unser Aufnahmegerät nicht aufzeichnen. Wir sind in Detmold noch nicht so gut ausgestattet wie das LKA in Düsseldorf."

Wolf blinzelte.

„Sehen Sie, und da wären wir auch schon bei der ersten Ungereimtheit angekommen, mein Lieber. Ich hatte nämlich bis vor ein paar Jahren einen Kollegen. Der arbeitet jetzt beim LKA. Heute Morgen habe ich mit ihm gesprochen. Und raten Sie mal, über wen?"

Markus Wolf zuckte mit den Schultern. „Keine Ahnung! Woher soll ich das wissen?"

„Nein, Herr Wolf, das können Sie in der Tat nicht wissen, aber vielleicht ahnen Sie es. Wir haben über Sie gesprochen! Sie sind Polizeibeamter beim LKA Nordrhein-Westfalen. So, und nun möchte ich von Ihnen wissen, was Sie in Bielefeld beim BAMF zu suchen haben."

Wolf schwieg.

„Gut, dann will ich Ihnen jetzt einmal sagen, wie ich die Sache sehe", fuhr Schulte fort. „Auch die Halbgötter vom LKA sind nicht berechtigt, Straftaten zu begehen. Sie behindern aber seit Tagen die Ermittlungsarbeit in einem Mordfall. Das ist eine Straftat. Und wenn Sie mir nicht augenblicklich erklären, was Sie in Bielefeld beim BAMF machen, dann sperre ich Sie erst mal ein. Ich habe da noch eine Zelle, die teilen Sie sich in ungefähr zehn Minuten mit ein paar ausgesprochen unangenehmen Leuten. Zwei Junkies zum Beispiel, die gerade auf Entzug sind, und zwei russische Zuhälter von der übelsten Sorte. Erschwerend kommt hinzu, dass sie einen mächtigen Hass auf Polizisten haben. Bei diesen netten Herrschaften werde ich Sie unterbringen, darauf können Sie sich verlassen. Und wissen Sie, was ich den beiden Russen stecken werde?"

Wolf zuckte scheinbar desinteressiert mit den Schultern.

„Denen werde ich sagen, dass Sie bis vor kurzem V-Männer angeworben haben, um die Russenmafia in Ostwestfalen hochgehen zu lassen. Ich hoffe, Sie kennen da ein paar Namen, die Sie ausplaudern können, Kollege Wolf! Sollte das nämlich nicht der Fall sein, dann wird es Ihnen wahrscheinlich ziemlich schlecht ergehen."

Diese Drohung verfehlte ihre Wirkung nicht. Wolf sprang so heftig auf, dass der Stuhl, auf dem er gesessen hatte, umkippte.

„So reden Sie nicht mit mir, Schulte! Ich möchte Ihren Chef sprechen, und zwar sofort!"

„Oh, mein Chef, der ist, glaube ich, gerade nicht da. Aber ich werde ihm die Nachricht gern zukommen lassen."

Schulte ging zur Tür des Vernehmungsraums, öffnete sie und rief: „Volle, abführen! Bring diesen netten Kollegen in die Zelle mit den Junkies und den Russen."

Volle betrat den Raum und zückte die Handschellen. Doch er konnte seine Absicht nicht zu Ende bringen, denn hinter sich hörte er Erpentrups hysterische Stimme: „Schulte, sind Sie wahnsinnig? Sie können den Kollegen Wolf doch nicht in eine Arrestzelle stecken!"

„Wieso nicht?", fragte Schulte ungerührt. „Der Kollege Wolf steht unter Mordverdacht. Und solange dieser Verdacht besteht, will sagen, solange der Kollege Wolf nicht kooperiert, sperre ich ihn ein. Basta!"

Das, was im nächsten Moment geschah, verschlug Schulte vorübergehend die Sprache. So hatte er seinen Chef noch nie erlebt. Anschließend hatte er größte Mühe, sich ein Grinsen zu verkneifen. Erpentrup wandte sich, beinahe flehend, an den Mann vom LKA: „Herr Wolf, bitte! Kooperieren Sie mit Schulte. Wenn Sie sich weiterhin weigern, sperrt der Polizeirat Sie ein. Ich schwöre es Ihnen! Den haben Konsequenzen, die sein Handeln nach sich ziehen, noch nie geschert. Für Schulte ist Diplomatie ein Fremdwort. Wenn der seinen Kopf durchsetzen will, ist dem alles egal."

Wolf sah Erpentrup mit einem befremdeten Gesichtsausdruck an, setzte sich dann aber wieder an den Tisch. Schulte signalisierte Volle, draußen zu warten, und nahm ebenfalls Platz. Auch Erpentrup zog sich einen Stuhl heran und setzte sich demonstrativ dazu. Er würde den Raum erst verlassen, wenn die Angelegenheit geklärt war. Er war die ganze Sache leid, und wenn es etwas zu deeskalieren gab, dann würde er das übernehmen.

„Ich warte!", bemerkte Schulte.

„Gut, ich arbeite beim LKA", begann Wolf. „Aber bevor ich hier in medias res gehe: Respekt Schulte, Respekt! Sie haben wirklich einen guten Job gemacht."

Schulte sah in das dümmlich dreinblickende Gesicht seines Chefs.

„Sie und ihr Team haben hervorragende Arbeit geleistet. Die Verdachtsmomente, die Sie gegen diesen Schmickler zutage gefördert haben, meine Hochachtung! Das haben meine LKA-Kollegen in fünf Monaten nicht geschafft."

Schulte schwieg weiterhin beharrlich.

„Ja, wenn das so ist, Herr Wolf, wieso haben Sie dann nicht versucht, mit unserem Schulte und seinen Leuten zu kooperieren?", fragte Erpentrup ein wenig konsterniert.

„Na ja", setzte Wolf zu einer Erklärung an. „Man weiß ja vorher nie, wie die Kollegen vor Ort so drauf sind. Bei manchen fällt sofort die Klappe, wenn sie die drei Buchstaben LKA hören. Andere sind völlig übermotiviert, wenn sie mit uns zusammenarbeiten müssen. Auch das ist nicht gerade hilfreich. Und vielen Kollegen in ländlich strukturierten Gebieten, sehen Sie mir diese Bemerkung nach, meine Herrn, fehlt einfach die nötige Erfahrung. Da machen wir unseren Job lieber selber."

Erpentrup nickte, Schulte schwieg.

„Ich muss gestehen, all diese Kriterien treffen auf das Detmolder Team anscheinend nicht zu, beziehungsweise: Sie, Herr Schulte, haben ihre Leute dermaßen gut im Griff, dass diese Schwächen nicht zum Tragen kommen."

Erpentrup machte Schultes vermeintliche Ruhe völlig nervös. „Na, sehen Sie, Herr Schulte, Sie haben gute Arbeit geleistet", redete er versöhnlich drauflos. „Das sagt auch Herr Wolf. Nun machen Sie mal aus Ihrem Herzen keine Mördergrube. Schwamm drüber! Ab jetzt wird zusammengearbeitet."

Wolf war nicht so naiv wie der harmoniesüchtige Erpentrup. Er wusste sehr wohl, dass er Schulte längst nicht geknackt hatte. Der würde nicht wegen ein paar netter Worte und etwas Lob seine kritische Position aufgeben.

„Nun ja, Herr Erpentrup, so einfach ist die Angelegenheit auch nicht", gab Wolf zu bedenken. „Wissen Sie, Ihr Herr Schulte und ich haben unterschiedliche Interessen. Das oberste Ziel der Detmolder Kollegen ist es, Königs Mörder zu fassen. Mir hingegen ist es wichtig, mögliche korrupte Strukturen im BAMF aufzudecken. Ich will die Kommunikationswege zu den Schleusern finden und eventuelle Hintermänner in anderen Behörden enttarnen. Es gibt ziemlich gesicherte Hinweise, dass es bei den Schleppern sogar Kontakte zur Europäischen Agentur für die operative Zusammenarbeit an den Außengrenzen gibt, besser bekannt unter dem Namen Frontex. Natürlich müssen wir auch Kenntnis über die Schleuserrouten bekommen. Und sehen Sie, Herr Erpentrup, durch Königs Ermordung hängt unsere gesamte Arbeit des letzten Jahres am seidenen Faden."

Erpenrup nickte verständnisvoll, während Schulte weiterhin schwieg.

Wolf setzte nach: „Wie auch immer, meine Herrn, ich sehe ein, jeder muss seinen Job machen. Sie Ihren und ich meinen! Ich schlage vor, wir setzten ab sofort auf Kommunikation. Unsere oberste Handlungsmaxime sollte der gemeinsame Konsens sein."

74

Anika Dahlmann saß hinter ihrem Schreibtischstuhl und starrte in die Weiten ihres sechzehn Quadratmeter großen Büros. Nicht zu fassen: Aufgrund eines Hinweises von diesem Lindemann und seines hartnäckigen Insistierens hatte die Mindener Polizei eine Gruppe von sechsundzwanzig

Flüchtlingen entdeckt. Die Schlepper hatten die Menschen in einem heruntergekommenen Verschlag untergebracht, in dem es bestialisch nach Fäkalien stank. Die Migranten selbst waren unterernährt, dehydriert und auch sonst in einem gesundheitlich bedenklichen Zustand.

Natürlich hatte sie die Hinweise des Detmolder Kollegen nicht recht ernst genommen und nur eine Streifenwagenbesatzung hingeschickt. Nun hatten sie einen lebensgefährlich verletzten Polizisten und eine Kollegin, die noch unter Schock stand. Sie hatte Glück und gerade noch einem Auto ausweichen können, mit dem jemand sie überfahren wollte.

Ein Schlepperstützpunkt in Minden! Und die Bande schien so brutal zu agieren, dass sie alles aus dem Weg räumte, was störte. Wie lange gab es diese Connection wohl schon? Wie viele Migranten waren über diesen Weg illegal ins Land gekommen? Und wie viele Menschen waren auf dem Weg ins vermeintlich gelobte Land ums Leben gekommen?

Ein Klopfen an der Bürotür unterbrach ihren Gedankengang. Ihr Kollege Kottmann kam herein und legte ihr ein Blatt Papier auf den Schreibtisch.

„So, den Besitzer des Lagerschuppens haben wir. Es handelt sich um Khasan Amirkhanov, einen Tschetschenen. Und jetzt halt dich fest, Anika! Wo, glaubst du, hat dieser Mann seinen Wohnsitz?"

„In Detmold!", entgegnete seine Kollegin ohne Zögern.

Kottmann nickte anerkennend. „Fast! Nicht gerade in Detmold, aber in Helpup."

Auf Anika Dahlmanns Stirn zeichneten sich Falten ab. „Helpup? Nie gehört! Wo liegt das denn?"

„Das ist ein lippisches Dorf und gehört zur Gemeinde Oerlinghausen. Aber das ist noch nicht alles", setzte Kottmann seinen Bericht fort. „Dieser Khasan Amirkhanov ist im November 2003 nach Deutschland immigriert und hat schon im Januar 2004 die deutsche Staatsbürgerschaft bekommen."

„Wenn das mal mit rechten Dingen zugegangen ist." Anika Dahlmann seufzte. „Mann, Mann, Mann, was haben die Lipper da nur für ein Fass aufgemacht? Da kommt was auf uns zu."

75

Erpentrup und Wolf waren gegangen. Schulte saß allein im Vernehmungsraum und wusste nicht, was er glauben sollte. Erst hatte dieser Wolf tagelang Sand ins Getriebe der Detmolder Polizei gestreut, und dann, nachdem Erpentrup eine einzige Minute investiert hatte, war der Kerl auf einmal geschmeidig wie ein Yogalehrer. Was Schulte aber am meisten verunsicherte, war die Tatsache, dass Wolfs Analyse Hand und Fuß zu haben schien.

In diesem Moment betrat Pauline Meier zu Klüt den Raum. Die hatte er glatt vergessen.

„Na, Herr Polizeirat, wie geht es Ihnen jetzt?"

Was war das denn für eine blöde Frage? „Ich verstehe gerade nicht, was du meinst, Meier."

„Na ja, Sie und der Wolf haben sich ja vorhin nichts geschenkt!", entgegnete sie.

Er nickte. „Der Kerl war ein ziemlich harter Brocken, und so richtig im Klaren bin ich mir immer noch nicht, wie die Zusammenhänge genau sind", gestand er seiner Kollegin.

Die schwieg einen Augenblick. Dann sagte sie: „Dass der Junge kein Leichtgewicht ist, war ja wohl klar. Erinnern Sie sich an unser Gespräch gestern? Ich habe Ihnen doch erzählt, dass Wolf früher die Aufgabe hatte, V-Leute anzuwerben. Solche Typen sind mit allen Wassern gewaschen, das können Sie mir glauben. Und der hat bei dem Gespräch eben alle Register gezogen. Erpentrup ist ihm nach zwei Minuten schon auf den Leim gegangen. Aber Sie waren Sieger nach Punkten, Herr Polizeirat. Ihr Schweigen hat ihn verunsichert.

Wolf hatte auf die Strategie Hahnenkampf gesetzt, da hat er aber falsch gelegen. Na, ich wette, der wird noch heute bei Ihnen auf der Matte stehen und versuchen, die Zusammenarbeit mit Ihnen zu forcieren."

Schulte dachte nach. Wenn dieser Wolf so ein abgebrühter Typ war, dann war es vielleicht auch Bestandteil seiner Strategie, dass er vor ein paar Tagen bei Maren Köster nackt über den Flur gehuscht war.

„Hallo, Chef, ist irgendwas?" Pauline Meier zu Klüt holte ihn ins Hier und Jetzt zurück.

„Der Kerl hat in Kommunikations- und Manipulationsfragen wirklich was drauf. Ich muss zugeben, als Wolf eben aus dem Raum gegangen ist, war er mir fast sympathisch."

„Na, das haben Sie aber gut verborgen."

„Lipper eben! Für mich war das vorhin schon fast ein Gefühlsausbruch", konterte er grinsend. „Du meinst also, auch bei unserer nächsten Begegnung ist die Strategie kalte Herzspitze die richtige?"

Die Polizistin nickte. „Genau, je zurückhaltender und wortkarger Sie Wolf gegenüber sind, desto mehr wird er sich um Sie bemühen. Vielleicht gibt er Ihnen ja noch ein paar Geschenke in Form von Vertrauensvorschüssen, um Sie auf seine Seite zu ziehen."

76

Es hatte sich gegenüber den letzten Tagen etwas verändert. Als Schulte als Letzter zur Teambesprechung kam, herrschte eine latent aufgekratzte Stimmung im Besprechungsraum. Es war zu spüren, dass Bewegung in den Fall König kam. Selbst der auf den ersten Blick immer so gelassene wirkende Lindemann rutschte unruhig auf seinem Stuhl hin und her.

„Na, dann legt mal los", forderte Schulte seine Teammitglieder auf. Lindemann erzählte von den Ereignissen in Minden und dass die Kollegen dort sechsundzwanzig Flüchtlinge gefunden hatten. „So, und jetzt kommt das Beste." Er machte eine längere Pause, bis er sich sicher war, dass alle an seinen Lippen hingen. „Der Besitzer des Lagerschuppens in Minden ist ein gewisser Khasan Amirkhanov." Lindemann schwieg bedeutungsvoll.

Die Kollegen sahen ihn an wie eine Kuh, wenn es donnert.

„Khasan Amirkhanov? Khasan Amirkhanov?", überlegte Schulte laut. „Wo habe ich diesen Namen nur schon mal gehört? Komm, Lindemann, mach es nicht so spannend! Wer ist der Kerl?"

„Das ist der Nachbar von unserem ermordeten König."

Schulte konnte es nicht fassen. Auf einmal war alles so einfach. War das der Durchbruch?

„Wie alt ist diese Information?", fragte Schulte, den das Jagdfieber gepackt hatte.

Lindemann zuckte mit den Schultern. „Keine Ahnung, ich weiß es seit höchstens zwanzig Minuten." Dann schenkte er sich erst einmal in aller Seelenruhe Kaffee nach.

War der Kerl wahnsinnig? „Los, Lindemann! Stell deine Tasse weg! Den Kerl müssen wir uns schnappen, bevor er uns durch die Lappen geht!" Schulte machte Anstalten, aus dem Raum zu stürmen. Doch weder Lindemann noch sonst jemand hatte sich vom Stuhl erhoben, um mit ihm auf Verbrecherjagd zu gehen. Schulte sah fragend in die Runde.

Lindemann schaute auf die Uhr. „In zehn Minuten wird dieser Khasan Amirkhanov in unseren Vernehmungsraum geführt. Ich habe sofort einen Streifenwagen zu seiner Adresse geschickt. Der Mann sitzt längst bei den Kollegen im Auto, das haben die mir eben schon bestätigt."

Schulte nickte anerkennend. Da klopfte es, und Volle steckte sein Panzerknackergesicht durch den Türspalt.

„Jetzt nicht!", rief Schulte ungeduldig.

„Ist aber wichtig", bemerkte Volle.

„Na, dann los! Mach es nicht so spannend!", fuhr Schulte ihn an.

„Ja … äh … wie soll ich es sagen. Irgendwo in Bösingfeld, ich glaube Almena oder so ähnlich heißt das Kaff, da hat ein Mann zwei Leichen gefunden. Erschossen."

77

Wütend saß Maren Köster im Wartezimmer ihres Hausarztes. Sie hatte versucht, sich zu beruhigen. Sie hatte Atemübungen gemacht, war noch einmal durch die Fußgängerzone gegangen, um sich abzulenken. Doch das alles hatte nicht geholfen. In Maren Köster brodelte es. Als ihre Emotionen den Siedepunkt erreicht hatten, tippte ihr jemand auf die Schulter. Es war die Sprechstundenhilfe.

„Frau Köster, was ist los mit Ihnen? Ich habe Sie schon mehrfach aufgerufen. Der Herr Doktor lässt bitten."

Die Polizistin sah die Frau im weißen Kittel an, als käme sie von einem anderen Stern. Dann sagte sie: „Danke, geht mir schon wieder besser. Der Arztbesuch hat sich erledigt."

Dann schnappte sie sich ihre Jacke und verließ das Wartezimmer.

Wenig später stand Maren Köster wutschäumend in Schultes Büro. Der schien gerade sein Zimmer verlassen zu wollen und sah sie ziemlich konsterniert an.

„Ich werde dir den Gefallen nicht tun und mich krankschreiben lassen", fauchte Maren Köster ihren Kollegen an. „Wenn du mir nicht augenblicklich eine Aufgabe zuteilst, gehe ich zu Erpentrup!"

Sie hatte erbitterten Widerstand erwartet oder zumindest damit gerechnet, dass er so tun würde, als wäre sie Luft, doch das alles erwies sich als Irrtum. Schulte hängte seine Jacke wieder an den Haken, machte sich eine Tasse Kaffee und setzte sich an seinen Schreibtisch.

Die unerwartete Ruhe ihres Kollegen machte Maren nervös. So kannte sie ihn gar nicht. Nachdem er einen Schluck Kaffee getrunken hatte, sagte Schulte, noch immer völlig gelassen: „Eben sind zwei Leichen gemeldet worden. Vermutlich erschossen. Den Fall kannst du gern übernehmen."

Maren Köster staunte.

„Hartel wartet schon. Sag ihm, du fährst an meiner Stelle mit. Ich hätte noch etwas anderes zu erledigen."

Keine Vorwürfe, keine spätpubertären Anzüglichkeiten. Dies war einfach eine klare Ansage, die Maren Köster mit einem ebenso klaren „Okay, mache ich!" beantwortete.

Schulte fuhr fort: „Das ist übrigens eine ganz komische Geschichte. Kennst du die Draisinenstrecke im Extertal, die von Rinteln nach Alverdissen führt? Der Mann, der den Leichenfund gemeldet hat, musste heute früh eine Art Inspektionsfahrt machen, ob auf der Strecke für den Ostertourismus alles in Ordnung ist. Zwischen Almena und Bösingfeld ist er von einem jungen Pärchen, das sehr südländisch aussah und deren Sprache er noch nie zuvor gehört hatte, überfallen worden. Die beiden haben seine Draisine gekapert, und er musste zu Fuß weiter. Ganz in der Nähe ist er auf die beiden Toten gestoßen. Die liegen fast direkt an der L 435 neben einem Mercedes Sprinter mit Schaumburger Kennzeichen. Unsere Spurensicherung ist unterwegs, aber es wäre toll, wenn du auch gleich hinfahren könntest. Danke!"

„Ich habe mich übrigens nicht krankschreiben lassen, wie du siehst. Mir geht es einfach viel zu gut. Und natürlich übernehme ich die Aufgabe gern, versteht sich."

Schulte starrte sie etwas ratlos an und fragte sich offensichtlich, was sie ihm damit unterjubeln wollte. Dann winkte er ab und verließ das Büro.

Maren Köster schüttelte den Kopf. Da hat sich aber einer gewaltig zusammengerissen, dachte sie. Ganz der kühle, emotionslose Profi. Schulte, die Rolle nehme ich dir nicht ab.

Dann machte sie sich auf den Weg ins Extertal.

78

Hermann Rodehutskors war unzufrieden. Warum hatte er nicht klipp und klar Nein gesagt? Was ging ihn diese ganze Geschichte an? Eine Geschichte, an der man sich auch als alter, erfahrener Journalist ganz gewaltig die Finger verbrennen konnte. Aber seine Bekannte hatte ihn so nett gebeten. Ihr konnte er einfach nichts abschlagen.

Und die junge Frau, diese Araberin? Auch die hatte einen starken Eindruck auf ihn hinterlassen. Die schien genau zu wissen, was sie wollte. Auch wenn sein Englisch miserabel war, auch wenn ihn das Gespräch angestrengt hatte, wollte er doch von ihr die ganze Geschichte ihrer Flucht hören. Vom Anfang bis zum vorläufigen Ende. Ob die beiden Männer an der Landstraße tot oder nur verletzt waren, konnte Noura nicht sagen. Sie hatte erzählt und erzählt und nichts ausgelassen. Zumindest hoffte Rodehutskors das. Im Gegensatz zu seiner Bekannten aber waren ihm nämlich auch die Gefahren aufgefallen, die auf die beiden lauerten.

„Ist Ihnen klar, dass Ihre illegale Einreise nach Deutschland jetzt das kleinere Problem darstellt?", fragte er Noura, die ihn etwas ratlos anschaute. „Wenn die beiden Männer tatsächlich tot sein sollten, dann werden Sie und Ihr Freund die Hauptverdächtigen sein. Die Polizei braucht nicht mal viel Fantasie. Die werden zwei und zwei zusammenzählen. Der illegale Aufenthalt in Deutschland, die Flucht aus der Halle, das gekidnappte Auto, das vermutlich immer noch am Tatort steht, die ebenfalls gekidnappte Draisine ganz in der Nähe. Und ruckzuck hat die Polizei die Verdächtigen. Alles andere wäre ein Wunder. Und Wunder gibt es hier in Ostwestfalen nicht."

An seine Bekannte gewandt, sprach er auf Deutsch weiter:

„Und du musst dir darüber im Klaren sein, dass du dann, rein rechtlich gesehen, zwei von der Polizei gesuchten Leuten Unterschlupf gewährst. Mit allen Konsequenzen."

Die Frau war sichtlich betroffen. Aber nach kurzem Überlegen sagte sie leise: „Das nehme ich in Kauf. Ich glaube dieser Noura. Vielleicht irre ich mich. Das wäre tragisch, aber ich riskiere das. Ich lasse diese beiden armen Schweine nicht einfach fallen. Die haben genug durchgemacht. Eine Nacht können sie hier im Hinterzimmer bleiben. Länger geht das allerdings nicht."

Und dann rief sie: „Woher soll ich überhaupt wissen, dass die beiden gesucht werden? Ich habe hier im Laden zwei junge Leute kennengelernt, sie sympathisch gefunden, und jetzt bleiben sie ein paar Tage zu Besuch. Wo ist das Problem? Ich muss doch in einem solchen Fall nicht vorher bei der Polizei nachfragen, ob irgendwas gegen die beiden vorliegt. Oder?"

Hermann Rodehutskors war sich nicht sicher, ob das so einfach war. Schließlich war der junge Mann mit einer Schusswunde zu ihr gekommen. Normale Touristen haben selten frische Schusswunden. Jedenfalls nicht in Bösingfeld. Aber auch ihn hatte Noura überzeugt. Er hatte das Bedürfnis, ihr zu helfen, obwohl er ganz genau wusste, dass ihm dies nichts als Schwierigkeiten einbringen würde.

„Gut", brummte er, „ich würde gern diese SD-Karte und auch die kleine Digitalkamera mitnehmen und mir zu Hause in aller Ruhe die Fotos anschauen. Dann muss ich mir überlegen, was ich damit anfange. Ist sie damit einverstanden?"

Er hatte wieder deutsch gesprochen, und seine Bekannte übersetzte. Noura dachte lange nach, was Rodehutskors als alter Journalist gut nachvollziehen konnte. Schließlich würde sie dann alles Wertvolle, was sie besaß und erarbeitet hatte, einem ihr unbekannten Mann überabgeben. Aber ihr blieb nichts anderes übrig, als diesem dicken alten Mann, der so gar nicht wie ein Problemlöser aussah, einfach zu vertrauen.

79

Feierabend! Im Frühjahr gab es auf dem Bauernhof und auch im Hofladen viel zu tun. Nach einem langen Winter musste einiges in Schuss gebracht werden, und im Laden herrschte Hochkonjunktur. Endlich gab es die ersten frischen Kräuter, Bärlauch, Löwenzahn und Sauerampfer. Und das Unkraut, wie Fritzmeier diese Köstlichkeiten nannte, wurde mit Begeisterung erstanden, als wäre es morgen schon ausverkauft.

Fritzmeier stand zufrieden in seinem Geschäft, starrte aus dem Fenster und schwieg vor sich hin. Ab und zu nahm er einen Schluck aus seiner Bierflasche, während Ina, die Mitbetreiberin des Hofladens, die letzten verderblichen Waren in das kleine Kühlhaus räumte.

Plötzlich kam Leben in den alten Bauern. Hastig ging er zur Gemüsetheke und griff sich eine Zwiebel, die er mit seinem Taschenmesser in zwei Hälften schnitt. Er rieb mit dem Finger erst über die frische Schnittstelle und dann durch seine Augen. Augenblicklich rannen ihm Tränen die Wange hinunter.

Ina beobachtete Fritzmeier fassungslos. Was ist denn in den gefahren?, dachte sie.

Da wurde auch schon die Ladentür aufgestoßen. Ein wütender Mann trat ein, Max Kaltenbecher. Aufgebracht stürmte er auf Fritzmeier zu, der ihm den Rücken zuwandte und noch schnell die Zwiebelhälften in seiner Hosentasche verschwinden ließ.

„Anton, jetzt aber mal Butter bei die Fische! Du wolltest mir die Adresse von diesem Mao Tse Tung besorgen. Das muss jetzt bald passieren, deine Schnecken fressen mir den ganzen Garten kahl."

Der alte Bauer drehte sich um und sah Kaltenbecher mit aufgequollenem, verheultem Gesicht an. Tränen liefen ihm wie Sturzbäche aus den rot geränderten Augen.

Bestürzt blickte Kaltenbecher ihn an. „Anton, was ist denn mit dir los?", fragte er besorgt. Sein Ärger war verraucht.

Fritzmeier schniefte und brachte schließlich stammelnd hervor: „Mein Freund Mao Tse Tung is chestern chestorben." Wieder schniefte er. „Seine Witwe hat mich eben ancherufen und mich die traurige Nachricht mitcheteilt. Ich bin chanz erschüttert. Neulich hab ich ihn noch in Chriechenland chetroffen, da war er noch dat blühende Leben, und jetz is er tot. Ich sach dir, Max, dat liecht an den ewigen Opiumrauchen, dat cheht an die Knochen. Ich hab dat den Mao immer chesacht. Lass dat sein, hab ich chesacht, trink lieber ab und zu mal einen anständigen Ouzo. Aber nein, dieser Chinese stopfte sich jeden Abend seine Pfeife mit diesen Zeuch. Max, fang dat mit den Opium ja nich an! Dat is Teufelszeuch!"

Der alte Bauer sah sein Gegenüber eindringlich an. Dieser Blick schien auf Kaltenbecher eine ausgesprochen intensive Wirkung zu haben. Wie ein kleiner Junge, dem die Leviten gelesen werden sollen, stellte er sich kerzengerade hin und beteuerte: „Nee, mache ich nicht, Anton!"

Fritzmeier nickte. „Dann is ja chut!" Nun klopfte er ihm väterlich auf die Schulter. „Ja, Max, dann wird dat ja ers mal nix, mit den florierenden Handel von Potenzmittel. Am besten sammelse ers mal alle deine Schnecken ein und schmeißt se inne Mülltonne, damit se nich deinen chanzen Charten kahlfressen. Wenn ich neue Kontakte nach China cheknüpft habe, dann sach ich dir Bescheid. Ich mache dat auch so. Ein paar Schnecken, die tue ich in einen Eimer und züchte die da weiter, damit wir noch welche haben, wenn der Nachfolger von Mao sich bei mich meldet." Wieder dieser eindringliche Blick. „Aber Schnauze halten, Max, keinen erzählen! Dat Cheschäft machen wir beide chanz alleine."

Kaltenbecher nickte devot. „Ach, Anton, dass Mao Tse Tung gestorben ist, das tut mir ja leid. War das ein guter Freund von dir?"

Fritzmeier nickte und wischte sich noch einmal die Tränen aus den Augen. „Einer der Besten, nach Schulte, versteht sich. Aber wie dat so is: Der Herr hat et checheben, der Herr hat et chenommen, der Name det Herrn sei chebenedeit. So, und jetz wollen wir beiden mal dat Fell von den Mao versaufen, damit et ihn in den ewigen Jagdgründen, oder wo die Chinesen nach den Tode eben hinchehen, auch chut chet. Komm Max, ich chebe einen aus."

Fritzmeier ging zur Kühltheke und stellte zwei Flaschen Detmolder Bier auf den Tresen.

80

Das war ein verdammt schweres Stück Überzeugungsarbeit gewesen, das Hermann Rodehutskors bei seiner Ehefrau hatte leisten müssen. Aber am Ende hatte sie, allerdings ohne große Begeisterung, ihr Okay gegeben.

Nachdem Rodehutskors aus Bösingfeld zurückgekehrt war, hatte er sich an seinen PC gesetzt und die Fotos von der SD-Karte heruntergeladen. Da die Bilder mit keinerlei Kommentar versehen waren, blieb ihm vieles unverständlich. Aber einige Fotos waren derart eindeutig in ihrer Aussage, dass er lange regungslos dasaß und entsetzt auf den Bildschirm starrte. Er sah die Exekution der drei Männer in der Wüste. Vor den Schüssen, während der Schüsse, nach den Schüssen. Sah ihre Leichen im Sand liegen, sah die lachenden Mörder. Hermann Rodehutskors, der erfahrene Journalist, der von sich gedacht hatte, ihn könne nichts mehr erschüttern, saß auf seinem Schreibtischstuhl und fühlte sich so elend wie lange nicht mehr.

Er nahm sich die Digitalkamera vor und überspielte auch deren Fotos auf seinen PC. Was er zu sehen bekam, war eine Menge Bilder von einem völlig überfüllten, offenen Boot, von einem großen Kreuzer mit der Aufschrift Frontex, von

Offizieren, die im Boot standen, und noch vieles mehr. Zum Schluss Fotos von zwei Männern, die direkt auf die Kamera zugingen, von einem wahrscheinlich tot daliegenden Mann, dem ein anderer die Taschen filzte.

Rodehutskors kannte keines dieser Gesichter, aber ihm war schnell klar, dass er hier das Drama an der Landstraße im Extertal vor sich hatte. Die Brisanz dieser Fotos stand für ihn außer Frage. Sie waren ein perfektes Beweismittel. Wenn aber bekannt würde, dass er im Besitz dieser Bilder war, wäre sein Leben akut gefährdet. Und das galt nicht nur für ihn. Hier machte sich Rodehutskors keine Illusionen. Die beiden Flüchtlinge durften auf keinen Fall länger bei seiner Bekannten in Bösingfeld bleiben. Die gute Frau, so lieb und nett sie ihr Hilfsangebot gemeint hatte, spielte mit ihrem Leben, ohne es auch nur zu ahnen.

Was konnte Rodehutskors tun? Die Polizei einschalten? Das ging nicht, er hatte den jungen Leuten versprochen, sie nicht auszuliefern. Sie einfach wegjagen und ihrem Schicksal überlassen? So etwas tat ein Hermann Rodehutskors nicht. Eigentlich kannte er die Antwort auf diese Fragen, aber er wollte nicht, versuchte, die Beantwortung so lange wie möglich hinauszuschieben. Vielleicht würde ihm ja noch was Besseres einfallen. Doch wie er es auch drehte und wendete, seine Überlegungen endeten immer damit, dass er die Sache in die Hand nehmen musste. Er versuchte, sich damit zu trösten, dass er sowieso schon bis zu den Ohren in der Geschichte steckte und dass es nun auch nicht mehr darauf ankäme.

Seufzend stand er auf und schenkte sich ein großes Glas Weinbrand ein. Er versuchte sich die positiven Elemente klarzumachen. Die Fotos vom Doppelmord im Extertal wären für die hiesige Polizei äußerst wertvoll, die ließen sich eventuell als Tauschobjekte für eine Aufenthaltserlaubnis von Noura und Nadir verwenden. Zumindest war dies einen Versuch wert. Und die Fotos aus der Wüste würde er bei einem bekannten Nachrichtenmagazin unterbringen. Auch für sein kleines Pressebüro würde dabei etwas abfallen, das ließe sich bestimmt machen.

Dann stand sein Entschluss fest: Er würde Noura und Nadir für ein paar Tage sein Gartenhäuschen hier in Berlebeck zur Verfügung stellen. Das Häuschen lag hinter großen Büschen und war somit keinen neugierigen Blicken von der Straße ausgesetzt. Aber er musste vorher sicherstellen, dass er mit dieser Hilfsaktion nicht seine Ehefrau gefährdete. Und deshalb hatte er über eine Stunde lang alles darangesetzt, sie zu einer Gruppenreise über die Ostertage zu überreden. Sie hatte sowieso schon lange mit dem Gedanken gespielt, diese Reise zu machen, und es war nur noch ein Platz im Bus frei. Sie zierte sich, sie fand tausend Gründe, die gegen ihre Teilnahme sprachen, bis hin zu üblen Unterstellungen, warum er sie denn über Ostern loswerden wollte. Sogar eine heimliche Freundin wollte sie ihm unterjubeln, aber da hatte er massiv protestiert.

Am Ende hatte sie zum Telefon gegriffen und sich angemeldet. Gerade stand sie in ihrem Schlafzimmer und packte den Koffer. Morgen früh würde es losgehen. Rodehutskors atmete erleichtert durch. Erst würde er sie zum Treffpunkt am Detmolder Bahnhof bringen und sich mit einem Kuss von ihr verabschieden. Anschließend würde er nach Bösingfeld fahren und die beiden Libyer holen.

Und dann würde man weitersehen.

82

Immer wenn sich eine Vernehmung zäh gestaltete, griff Schulte auf sein Lieblingsdruckmittel zurück: Er ließ den Probanden eine Nacht im Knast verbringen. Davon erhoffte er sich eine größere Redebereitschaft des Verdächtigen.

Doch Khasan Amirkhanov wirkte am nächsten Morgen relativ unbeeindruckt von den Erfahrungen in der Arrestzelle. Und Schulte hatte nicht gerade den Eindruck, einen eingeschüchterten, verängstigten Mann vor sich zu haben.

Als er Amirkhanov zu Beginn der Vernehmung auf die letzte Nacht hin ansprach, sagte dieser ganz freundlich mit seinem eigentümlichen Akzent: „Wissen Sie, Herr Schulte, ich habe zwei Kriege mitgemacht. Ich habe in russischen Gefängnissen gesessen und in tschetschenischen. Das alles war schrecklich. Was im Vergleich dazu ein deutsches Gefängnis zu bieten hat, ist für mich, wie sagt man, ein Kindergeburtstag. Sehen Sie, Sie haben mich gestern mit diesen russischen Kleinkriminellen in eine Zelle gesperrt und haben geglaubt, mich durch diese beiden Gangster einschüchtern zu können. Es bedurfte einer halben Stunde, da haben die beiden mir die Stiefel geleckt."

Khasan Amirkhanov grinste still vor sich hin, als wäre er allein im Zimmer. Dann wandte er sich wieder an den Polizisten. „Herr Schulte, ich bin ein alter Mann. Ich muss irgendwie überleben. Also habe ich, als ich nach Deutschland kam, meine Ersparnisse zusammengekratzt und mir ein paar Immobilien und ein eigenes Häuschen gekauft. Ich bin bescheiden und lebe gut von den Mieteinnahmen meiner Objekte. Aber mein Namengedächtnis ist nicht mehr das beste. Letzte Nacht hatte ich Zeit nachzudenken. Ich weiß jetzt wieder, wem ich die Halle vermietet habe. Der Mieter heißt Alu Bassajew, ein Landsmann von mir."

Schulte wurde langsam ärgerlich, weil er die Taktik seines Gegners durchschaute und sich nicht zum Narren halten lassen wollte. „Okay, wenn Sie Zeit zum Nachdenken brauchen, bitte schön, die sollen Sie haben. Dann wandern Sie eben zurück in die Zelle. Aber eins rate ich Ihnen, Herr Amirkhanov: Versuchen Sie nicht, mich künftig noch einmal für dumm zu verkaufen. Ihre vorübergehende Amnesie hat diesem Bassajew einen Vorsprung von einem Tag verschafft. Aber das wird ihm nicht reichen. Den kriegen wir, das schwöre ich Ihnen."

Amirkhanov lächelte.

83

Es war eine Schießerei, wie man sie sonst in schlechten Western bestaunen konnte. Das Ergebnis: zwei Tote. Über den Tathergang gab es noch keine Klarheit. Aber Renate Burghausen und ihre Leute von der Spusi arbeiteten auf Hochtouren, davon war Maren Köster überzeugt. Sie selbst war bis lange nach Mitternacht in der Kreispolizeibehörde und hastete jetzt ein bisschen zu spät die Treppe hinauf, um pünktlich zur Morgenbesprechung zu kommen. Hoffentlich musste sie sich nicht irgendwelche dummen Sprüche von Schulte anhören.

Plötzlich, wie aus dem Nichts, stand er vor ihr mit seinen wunderschönen blauen Augen. Dann verzog sich der Mund von Wolf zu diesem hinreißenden Lächeln. Augenblicklich verspürte Maren Köster ein angenehmes Ziehen im Bauch. Auch sie lächelte. Wolf wollte ihr einen Kuss auf die Wange hauchen, doch sie wehrte ab.

„Nicht hier", flüsterte sie verschämt. Und dann wunderte sie sich darüber, wie gut gelaunt ihr Wolf entgegenkam. Hatte Schulte nicht alle Schrecklichkeiten dieser Welt aufgeboten, die ihm zur Verfügung standen, um Wolf in Misskredit zu bringen und sie, Maren Köster, zu verletzen? „Was machst du hier? Und wieso bist du so gut drauf? Ist Schulte unerwartet krank geworden?"

„Alles gut, Süße! Ich erzähle es dir später. Jetzt muss ich schnell weg. Kannst du mir kurz dein Auto leihen? Meine alte Kiste schwächelt mal wieder. Porsche und Oldtimer ist ja gut und schön, aber im Moment hat die Karre ein paar Macken. Ich habe sie heute Morgen in die Werkstatt gebracht. Da kann ich sie in einer Stunde wieder abholen."

Ohne lange zu überlegen, kramte Maren Köster in ihrer Handtasche und überreichte Wolf ihren Autoschlüssel.

Verrückter Kerl, dachte sie, während sie weiter die Treppe hinaufeilte. Kaum war er da, war er auch schon wieder spurlos verschwunden.

Das Team saß schon bei Schulte im Büro und versorgte sich mit Kaffee, als Maren Köster eintrat. Lindemann, mit dem sie in letzter Zeit ständig zusammenarbeitete, begrüßte sie sogar, nachdem sie ihre Handtasche auf einem freien Stuhl abgelegt hatte, per Handschlag und den Worten: „Schön, dass Sie wieder gesund sind, Frau Köster."

In der Hektik des Alltags benutzte Lindemann das Du, das ihm Maren Köster einmal angeboten hatte. Doch sobald er förmlich wurde, ging der junge Kollege automatisch zum Sie über. Maren Köster musste schmunzeln.

„So, jetzt sind ja alle da", ergriff Schulte das Wort. „Maren, am besten berichtest du zuerst, was in Bösingfeld los war."

Sie berichtete kurz von der Schießerei und den beiden Toten. „Einer der Männer ist unbekannt. Bei dem anderen, handelt es sich laut Ausweis um Alu Bassajew."

Bei Schulte ratterte es. Alu Bassajew, Alu Bassajew, genau! Das war doch der Mieter der Lagerhalle in Minden.

84

Bereits um sieben Uhr an diesem Gründonnerstagmorgen, für den bekennenden Morgenmuffel Rodehutskors eine echte Folter, war er mit seiner Frau zum Detmolder Bahnhof gefahren und hatte gewartet, bis der riesige Reisebus gekommen und wenig später mit Passagieren und Gepäck beladen weitergefahren war. Rodehutskors hatte gewinkt, bis der Bus hinter der nächsten Ecke verschwunden war. Dann war er in seinen VW Passat gestiegen und quer durch Detmold nach Lemgo und weiter Richtung Nordosten bis nach Bösingfeld gefahren.

Er hatte den beiden Flüchtlingen und ihrer Gastgeberin seinen Plan für ihre Unterbringung erklärt und zur Bedingung gemacht, dass er im weiteren Verlauf über die Fotos verfügen konnte. Noura hatte zähneknirschend ihr Einverständnis gegeben.

Nadirs Verletzung war auf dem Besserungsweg. Der Arzt war am Vorabend noch einmal gekommen und hatte sich die Schulter angeschaut. Die blonde Frau hatte ihn noch einmal inständig um Diskretion gebeten, was er mit einem ironischen Lächeln zugesagt hatte. Und so stand der Abreise des jungen Pärchens nichts mehr im Weg. Noura hatte sich unter Tränen von ihrer Retterin verabschiedet, dann waren Nadir und sie in den Passat gestiegen, den Rodehutskors vorsichtshalber im Hof hinter dem Ladenlokal geparkt hatte.

Eine Dreiviertelstunde später schnupperte Noura zum ersten Mal in ihrem Leben Berlebecker Luft. Dann tauchten erste Irritationen auf. Das Gartenhäuschen war für zwei Personen zwar geräumig genug, aber es gab nur einen einzigen Raum, den sie nun mit Nadir teilen sollte. In den vergangenen Wochen hatten sie ständig in einem Raum geschlafen, aber immer zusammen mit vielen anderen Leuten. Es hatte eine gewisse Anonymität geherrscht. Im Hinterzimmer des Ladenlokals war Nadir krank gewesen, das zählte nicht. Nun aber wären sie für längere Zeit zu zweit. Als sie Rodehutskors gegenüber ihre Bedenken äußerte, schaute der sie erst überrascht, dann leicht verärgert an und brummte: „Ich dachte, ihr seid ein Paar. Hätte man mir das nicht vorher sagen können?"

Dann hatte er entschieden, keine weiteren Zugeständnisse zu machen. Auf keinen Fall wollte er ihn oder sie im Wohnhaus unterbringen. Das wäre viel zu gefährlich, wusste man doch nicht, wer vielleicht überraschend zu Besuch kommen würde.

„Entweder ihr seid hiermit zufrieden, oder ihr müsst euch was anderes suchen", gab er klar zu verstehen. „Mehr habe ich nicht zu bieten."

Noura hatte sich zufriedengegeben.

Nach einem gemeinsamen Frühstück im Gartenhäuschen war Rodehutskors in sein Büro gegangen und hatte Jupp

Schulte angerufen, den er seit vielen Jahren kannte. Sie hatten sich in ihrem alten Treffpunkt verabredet, der Gaststätte *Braugasse* im Zentrum von Detmold.

85

Wieder einmal wunderte Schulte sich darüber, wie unvorhergesehen sich Ereignisse doch entwickeln konnten. Renate Burghausen hatte sich bei ihm gemeldet und um ein Gespräch gebeten. Auf seine Frage, worum es denn ginge, sagte sie, ganz gegen ihre sonstigen Gewohnheiten: „Viel zu kompliziert, um es am Telefon zu erklären. Ich bin in einer Viertelstunde bei Ihnen. Rufen Sie schon mal Ihre Leute zusammen."

Also trommelte er sein Team zusammen. Bis auf Lindemann waren alle anwesend, als die Chefin der Spurensicherung das Büro betrat.

Noch war zwar alles ziemlich verworren. Aber seine polizeilichen Erfahrungen oder auch sein Fahnderinstinkt ließen Schulte fest daran glauben, dass in den nächsten Stunden ordentlich Dynamik in den Fall kommen würde.

Renate Burghausen machte es spannend.

„Zwei Tote, zwei Waffen", begann sie ihre Ausführungen. Schulte rutschte aufgeregt auf seinem Stuhl herum. Die Chefin der Spurensicherung ließ sich jedoch nicht hetzen. „Da die Kollegin Köster gestern die Untersuchungen so dringlich gemacht hat und ich Ostern nicht im Labor verbringen möchte, habe ich einen guten Kumpel aus alter Zeit angerufen, Herbert Meierkötter, den Chef der ballistischen Abteilung beim LKA. Der hat mich gleich verstanden und sofort Ergebnisse geliefert. Jetzt kommt's! Die Kugel, die Alu Bassajew getötet hat, ist aus der Waffe des noch nicht identifizierten zweiten Toten abgegeben worden. Das hatte ich irgendwie auch schon vermutet."

„Und was ist daran so spektakulär?", fiel Schulte ihr aufgeregt ins Wort.

Renate Burghausen lächelte ihn sibyllinisch an. „Ja, Herr Schulte, und die zweite Kugel, die den Unbekannten getötet hat, stammt nicht aus der Waffe von diesem Alu Bassajew, sondern von einem Dritten, der offenbar flüchtig ist."

Schulte holte tief Luft, um etwas zu sagen.

Doch da redete die Kollegin schon weiter: „Na, und dieser Bassajew, der war natürlich auch nicht unbewaffnet. Mit der Waffe, die der Tschetschene noch in der Hand hielt, als wir zum Tatort kamen, ist Gerhard König erschossen worden. Allem Anschein nach ist Bassajew also sein Mörder."

„Jetzt verstehe ich gar nichts mehr!" Bis vor einer Minute war Schulte felsenfest davon überzeugt gewesen, dass Khasan Amirkhanov Königs Mörder gewesen war. Wenn der also nicht seinen Nachbarn umgebracht hatte, was für eine Rolle spielte der alte Tschetschene dann in dem ganzen Spiel?

In diesem Moment wurde die Bürotür mit Getöse aufgestoßen.

„Das glaubt ihr nicht!", rief der sonst so höfliche und zurückhaltende Lindemann in den Raum.

„Was glauben wir nicht?", herrschte Schulte den jungen Kollegen an. „Ich will nur Fakten! Alles Beiwerk können Sie sich sparen!"

„Also gut, Herr Polizeirat. Der Name des Unbekannten lautet Feliks Edmundowitsch Dzierzynski. Er war ein hohes Tier beim russischen Militärgeheimdienst GUK und hat auch in den beiden tschetschenischen Kriegen eine üble Rolle gespielt. Irgendwann ist er in einen Hinterhalt gelaufen. Zwei Tschetschenen waren damals federführend an seiner Verhaftung beteiligt, ein gewisser Bassajew und …" Jetzt machte Lindemann doch eine rhetorische Pause.

Doch Schulte beendete den Satz: „… und ein gewisser Khasan Amirkhanov, der Nachbar von Gerhard König."

„Genau!"

„Aber dieser Alu Bassajew, der ist doch viel zu jung. Der kann damals doch noch gar nicht dabei gewesen sein", überlegte Schulte weiter.

„Der Vorname des Bassajew, der in Tschetschenien der Gegenspieler dieses Dzierzynski war, lautete auch Ahmat und nicht Alu. Vielleicht war das der Vater oder ein anderer Verwandter", schlug Lindemann vor.

„Und in Lippe treffen sich alle wieder", meinte Pauline Meier zu Klüt.

„Was nur komisch ist", entgegnete Lindemann nachdenklich, „meine Informationsquelle hat behauptet, dass dieser Dzierzynski vor einigen Monaten in Libyen aufgetaucht ist."

„Was hast du denn für Informanten?", fragte Maren Köster.

„Von den Flüchtlingen, die wir in Minden aufgegriffen haben, scheint ein Großteil aus Libyen zu kommen. Das vermuten jedenfalls die Dolmetscher, die bei den Vernehmungen der Asylsuchenden zugegen waren."

Schulte rieb sich mit beiden Händen das Gesicht. „Okay, dann will ich mal zusammenfassen, was ich denke: Mit ziemlicher Sicherheit haben wir einen Schlepperring hochgehen lassen. Womöglich hat ein tobender Bandenkrieg dazu geführt, dass die eine oder mehrere Gruppen Fehler gemacht haben. Und so sind wir ihnen durch Königs Tod auf die Schliche gekommen. König wiederum war der Kontaktmann zwischen der Schleppergruppe und dem BAMF. Im Amt selbst gab es neben König mindestens noch diesen Schmickler. Die beiden haben, das wissen wir, einen florierenden Handel mit Aufenthaltsgenehmigungen und Einbürgerungspapieren getrieben. Ob noch mehr Personen involviert waren, wissen wir noch nicht. Das ist uns auch erst mal egal, das soll meinetwegen das LKA klären. Uns interessiert vor allem, dass mindestens noch ein Mörder frei herumläuft, nämlich die Person, die den Russen getötet hat. Khasan

Amirkhanov ist noch in Haft. Der weiß mit Sicherheit viel mehr, als er sagt. Meier, den nimmst du dir vor! Quetsch ihn aus wie eine Zitrone. Außerdem kommen die beiden Personen, die diese Draisine gekidnappt haben, als mögliche Mörder in Frage. Maren, das ist dein Job! Finde sie!"

Schultes Telefon unterbrach seine Ausführungen.

Es war Rodehutskors.

86

Zwei Stunden später gaben sich Rodehutskors und Schulte am Eingang der urigen Gaststätte die Hand. Nach dem üblichen Begrüßungsgeplänkel kam der alte Journalist zur Sache.

„Herr Schulte, ich bin ganz zufällig in den Besitz einiger Fotos gekommen. Das passiert nun mal, wenn man ein Pressebüro unterhält. Dummerweise sind die Fotos recht brisant. Nicht, was Sie jetzt denken, nein, keine pornografischen Bilder oder so. Auf den Fotos ist eine Straftat dokumentiert. Ich würde gern mit Ihnen besprechen, wie ich mit diesen Fotos umgehen soll."

Schulte schaute ihn prüfend an. „Besprechen? Sie wissen doch so gut wie ich, wie man mit Fotos umzugehen hat, auf denen Straftaten zu sehen sind. Man übergibt sie der Polizei. Was gibt es da zu besprechen?"

Rodehutskors seufzte vernehmlich und bestellte für beide ein Bier. Von Schulte kam kein Protest, obwohl er im Dienst war. Dann fuhr Rodehutskors fort: „Wir kennen uns nun schon seit vielen Jahren. Sie wissen, dass ich immer gut mit der Polizei zusammengearbeitet habe. Ich halte mir sogar zugute, dass ein paar von Ihren persönlichen Fahndungserfolgen zum Teil auch mein Verdienst sind. Oder?"

Brummend stimmte Schulte zu. Rodehutskors hatte ihm tatsächlich mehrfach geholfen, hatte ihn sogar zweimal ins

Ausland zu Undercover-Ermittlungen begleitet. Diesem Mann konnte er nicht mit irgendwelchen Formalitäten kommen.

Rodehutskors hatte keine Bedenken, seinen Trumpf auszuspielen. Er berichtete Schulte in kurzen Worten, dass sich zwei junge Leute an ihn gewandt hätten, die im Besitz von gewissen Fotos gewesen seien. Diese Fotos, die den Ablauf eines Mordes inklusive Täter zeigten, würden Schulte einen schnellen und unproblematischen Fahndungserfolg sichern.

„Allerdings haben die beiden jungen Leute ein kleines Problem. Sie sind illegal im Land und können sich deshalb nicht direkt an die Polizei wenden, obwohl sie großes Interesse daran haben, bei der Aufklärung zu helfen. Sie wissen, dass sie etwas Wertvolles anzubieten haben, und erwarten vom Staat eine kleine Gegenleistung. Sie …"

„Geld? Wollen sie Geld für die Bilder?", rief Schulte, der wie immer schnell erregt war. „Herr Rodehutskors, ich muss mich doch sehr wundern, dass Sie sich zum Unterhändler für diese Leute machen. Nein, das ist ausgeschlossen. Geld im Tausch gegen Beweismittel, wo sind wir denn hier?"

Rodehutskors machte eine beschwichtigende Geste. „Nun bleiben Sie friedlich, Herr Schulte. Abgesehen davon, dass wir uns hier in einem Land befinden, in dem der Staat sich schon mal für viele Millionen die Daten von Steuerhinterziehern besorgt und sich damit zum Hehler macht, wollen diese jungen Leute kein Geld. Keine Sorge."

„Was wollen sie dann?" Schulte nahm einen großen Schluck Bier, wischte sich den Schaum von den Lippen und schaute seinen Gesprächspartner auffordernd an.

Der zögerte und schien nach den richtigen Worten zu suchen. „Sicherheit!", sagte er schließlich. „Sie wollen nichts anderes, als bleiben zu dürfen. Sie haben schreckliche Angst davor, wieder ausgewiesen zu werden."

„Warum? Haben sie zu Hause etwas ausgefressen?"

„Nein, sie waren Zeugen eines Dreifachmordes aus wirtschaftlichen Gründen und wurden vom Killer einer Ölgesellschaft mit dem Tode bedroht. Ich habe das überprüft, glauben Sie mir. Die Geschichte stimmt."

Hier bluffte Rodehutskors ein wenig. Aber wenn's der Sache diente …

Schulte war nachdenklich geworden. „Können Sie mir sagen, um welche Straftat es geht? Ich habe da schon so meine Vermutungen. Ganz konkret gefragt, ist es der Doppelmord im Extertal?"

Rodehutskors versuchte, seine Unsicherheit mit einem großen Schluck Bier zu tarnen. Dann beschloss er, es diesmal aus taktischen Gründen mit der Wahrheit nicht so genau zu nehmen. „Das kann ich Ihnen nicht sagen. Ich habe nur die Bilder gesehen, weiß aber nicht, wo sie aufgenommen worden sind."

Er konnte sehen, dass Schulte ihm kein Wort glaubte. Aber er blieb bei seiner Version. Schulte versuchte erst gar nicht, ihn zu einer Korrektur seiner Aussage zu überreden, sondern wechselte die Fragerichtung: „Wo sind denn die beiden jetzt?"

„In Sicherheit."

„Kann ich direkt mit ihnen sprechen?"

„Nein, sie verlassen sich auf mich. Denken Sie darüber nach, und sprechen Sie mit mir. Wir beide haben doch immer alles auf vernünftige Weise geregelt. Oder?"

Schulte versprach, über die Sache nachzudenken und sich so schnell wie möglich wieder bei Rodehutskors zu melden. „Und ich Trottel hatte gedacht, Sie wollten mich zu einem Mittagessen einladen, um mal wieder gemütlich über alte Zeiten zu plaudern", meinte er seufzend. „So kann man sich täuschen."

87

In der Handtasche von Maren Köster erklang die Melodie von *Love is in the Air*. Sie musste über sich selbst lachen. Wie ein Teenager hatte sie sich gefühlt, als sie am Vorabend Wolfs Handynummer diesen Klingelton zugeordnet hatte. Wenn Schulte den hören würde, dachte sie, während sie nach dem Telefon kramte.

„Hallo, Süße", meldete sich Wolf mit seiner sonoren Stimme. „In einer halben Stunde kannst du dein Auto zurückhaben. Würdest du mich dann bitte noch schnell zur Werkstatt bringen?"

Sicher würde Maren Köster ihm diesen Gefallen tun. Und nicht nur den. Ihr war längst klar geworden, dass sie sich handfest verliebt hatte.

Vorher ging sie zu Schulte. Der hatte sie um ein Gespräch gebeten. Was der nur wieder wollte? Hoffentlich kam er ihr jetzt nicht dumm. Bisher hatte er sich, bis auf wenige Ausnahmen, mit blöden Kommentaren zurückgehalten, aber Maren wusste, dass ihr Kollege in solchen Angelegenheiten keine verlässliche Größe war.

Schulte saß hinter seinem Schreibtisch, als Maren Köster sein Büro betrat. Er stand auf und setzte sich zu ihr an den kleinen Besprechungstisch, um den sich sonst das gesamte Team drängelte.

Kaffee lehnte Maren Köster ab. Sie wollte das Gespräch möglichst bald hinter sich bringen, zumal sie anschließend noch etwas Besseres vorhatte. Erst zur Werkstatt und dann ...

Schulte redete nicht lange um den heißen Brei herum. Er berichtete vom Treffen mit Rodehutskors und von dessen Forderungen.

Maren Köster schüttelte ihren Kopf. „Der hat doch einen Knall!", schnaufte sie verächtlich. „Wird der gute Herrmann jetzt auch schon senil? Der soll die Fotos rausrücken, den Rest übernehmen wir schon."

Schulte wiegte seinen Kopf hin und her. „Habe ich ihm auch schon gesagt, aber du kennst ihn ja: Wenn der nichts sagen will, dann sagt er nichts. Er erwartet Hilfe, und zwar die, die er sich vorstellt. Als ich versucht habe, ihm das auszureden, ist er doch tatsächlich mit dem Argument gekommen, dass er uns ja auch schon so manchen Ermittlungserfolg beschert habe."

„Was ja ehrlich gesagt auch stimmt."

„Jedenfalls appelliert er jetzt an die ausgleichende Gerechtigkeit. Jetzt, so sagt er, seien wir mal dran, für ihn etwas zu erledigen."

„Und was habe ich mit der ganzen Angelegenheit zu tun?", fragte Maren Köster argwöhnisch.

„Na ja", druckste Schulte herum. „Du hast doch einen guten Draht zum bösen Wolf." Er griente verlegen wie ein kleiner Junge. „Ich dachte, du kannst mal mit ihm sprechen, inwieweit er dazu in der Lage wäre, beim BAMF ein gutes Wort für die Leute von Rodehutskors einzulegen. Ich meine, vorausgesetzt, es liegt keine Straftat vor und die beiden Migranten sind wirklich unschuldig."

Maren Köster lächelte diabolisch. „Vor drei Tagen sollte ich noch krankfeiern, weil ich einen *zu* guten Draht zu ihm habe, und jetzt soll ich für dich kleine Brötchen bei ihm backen, damit du bei Hermann Rodehutskors gut dastehst? Hast du nicht den Eindruck, dass du mich gerade so einsetzt, wie es dir gefällt?", fragte sie provokant.

Schulte schien über eine scharfe Entgegnung nachzudenken, beschränkte sich dann aber darauf, dümmlich zu grinsen.

„Gut, Jupp, mache ich. Ich sehe den süßen kleinen Wolf gleich, dann rede ich mit ihm."

Schulte schnappte nach Luft. Er bemühte sich, Ruhe zu bewahren, und wollte Maren Köster wenigstens noch zur Verschwiegenheit verdonnern, aber da hatte sie sein Büro schon verlassen.

88

Was für ein Tag! Der alte Bassajew fühlte, wie sein Herz mit einer Macht gegen die Rippen pochte, als wollte es aus dem Brustkasten springen. Vor zwei Stunden die Horrormeldung, dass die Mindener Polizei die Lagerhalle geräumt hatte. Und nicht nur das, alle seine „Kunden" hockten jetzt auf dem Polizeirevier und wurden verhört. Wer konnte schon abschätzen, was dabei herauskommen würde? Nein, er konnte nicht in dem Bielefelder Wohnzimmer tatenlos abwarten, bis die Polizei auch zu ihm kam. Er musste weg! In Berlin hatte er bessere Verbindungen, konnte sich eine Zeitlang völlig bedeckt halten. Dschochar war schon dabei, seine Sachen zu packen.

Nun war zu allem Überfluss auch noch sein ältester Sohn seit einigen Stunden überfällig. Der alte Bassajew schaute auf die Uhr. Es war fast Mittag, und Alu hatte sich noch immer nicht von seiner Mission zurückgemeldet: Er sollte das flüchtige junge Pärchen wieder einfangen. Der Alte kannte seinen Sohn, wusste um dessen Unberechenbarkeit, dessen Schlampigkeit, dessen Zügellosigkeit. Dennoch ging immer wieder die Wut mit ihm durch, wenn sein Sohn sich solche Nachlässigkeiten herausnahm. Wozu hat der Kerl ein Handy, fragte sich der Alte. Wenigstens anrufen könnte er doch.

Alu war in Begleitung des Admirals gefahren, wenigstens eine kleine Hoffnung. Oder hatten die Bullen ihn auch schon am Haken? Wurde Alu vielleicht in diesem Moment verhört und plauderte in seiner grenzenlosen Dummheit Dinge aus, die nie ans Tageslicht kommen durften?

Da ging das Handy.

In der Leitung war nicht sein Sohn Alu, sondern der Admiral.

89

Gut gelaunt lief Maren Köster zum Parkplatz der Kreispolizeibehörde. Im Gegensatz zu sonst störte es sie auch nicht, dass sie auf jemanden warten musste. Zehn Minuten später als angekündigt kam Wolf mit ihrem Auto auf den Parkplatz gefahren. Eilig schwang sie sich auf den Beifahrersitz und drückte ihm einen schnellen Kuss auf die Wange.

Während das Auto auf die Bielefelder Straße abbog, berichtete Maren Köster von dem Gespräch, das sie mit Schulte geführt hatte. Markus Wolf lauschte aufmerksam.

Selbst zuhören kann er, dachte sie verzückt.

„Wer ist dieser Rodehutskors?", fragte er nach. Dabei brach er sich fast die Zunge, und Maren Köster musste lachen. Da lachte auch er.

„Das ist ein Journalist, ein Kavalier der alten Schule", schwärmte Maren Köster von dem alten Zeitungsmann. „Eigentlich ist er schon im Ruhestand, aber er kann es einfach nicht lassen. Immer wieder tut er spektakuläre Fälle auf und schreibt wunderbare Storys darüber."

Im Moment habe ich wirklich eine rosarote Brille auf, dachte Maren Köster, als sie hörte, wie sie die Geschichten des alten Journalisten lobte. Sie überlegte noch eine Sekunde, dann bestätigte sie sich ihre Gedanken noch einmal. Ja, Hermann Rodehutskors konnte schreiben.

„Na ja, und so ganz nebenbei", parlierte sie weiter, „hat er uns öfter dabei geholfen, das eine oder andere Verbrechen aufzuklären."

„Und das ist ein alter Detmolder?"

„Wenn man Rodehutskors fragen würde, dann würde der natürlich sagen, er sei Berlebecker." Sie lachte. „Emotional hat der alte Herr die Gemeindereform von 1974 noch nicht gänzlich verarbeitet. Ein Berlebecker würde nie Detmolder, es sei denn, es würde ihm etwas nutzen, was aus seiner Sicht sicher nie der Fall sein würde."

„Und die beiden Migranten haben wirklich Fotos, die helfen könnten, euren Mordfall aufzuklären?"

„Keine Ahnung, Schulte jedenfalls behauptet es."

Wolf überlegte. „Wenn das so wäre, könnte ich vielleicht wirklich etwas für euch tun. Ich müsste dem Chef vom BAMF natürlich handfeste Beweise vorlegen. Und natürlich hätte ich auch Interesse, die beiden Migranten kennenzulernen. Vielleicht wissen die etwas über Schlepperrouten?"

„Kann sein." Maren Köster war sehr zufrieden mit dem Gesprächsverlauf. Schulte sollte sich an Wolf mal ein Beispiel nehmen, dachte sie. Der war nicht nachtragend oder beleidigt, sondern stellte seine Arbeit in den Mittelpunkt.

Wenig später blieb Wolf vor einer unscheinbaren Werkstatt in der Arminstraße stehen. Er küsste sie und stieg aus. „Ob es heute Abend mit uns klappt, weiß ich noch nicht. Ich muss einiges erledigen. Wenn ich rechtzeitig fertig werde, melde ich mich bei dir."

Wolf gönnte ihr noch ein hinreißendes Lächeln, dann machte er sich auf den Weg zu seinem Auto. Schade, dachte Maren Köster. Sie war ein bisschen traurig, denn sie hätte es sich so gewünscht, dass er sie heute noch besuchen käme. Am liebsten hätte sie ihm nachgerufen: Egal, wann du kommst, ich bin zu Hause. Doch dazu war sie zu stolz. Sie war zwar verliebt und hatte jetzt schon Sehnsucht, aber sie wollte bei Markus auf keinen Fall gleich als eine Frau dastehen, die schon nach einer Woche klammerte.

In diesem Moment fuhr der offenbar wieder komplett intakte Porsche vom Hof. Maren Köster folgte ihm, vielleicht konnte sie Wolf an der nächsten Kreuzung noch eine Kusshand zuwerfen. Da hörte sie über ihre Freisprechanlage das Rufzeichen eines Telefons. Hatte sich ihr Handy versehentlich eingeschaltet? Sie kramte in ihrer Tasche.

In diesem Moment hörte sie die Stimme, die in den letzten Tagen so ein wunderbares Ziehen in ihrem Bauch ausgelöst hatte, etwas Rätselhaftes sagen: „Es tut mir leid, Ihnen berichten zu müssen, dass Ihr Sohn tot ist. Er ist im Kampf gefallen."

90

Der Admiral redete nicht lange um den heißen Brei herum.

„Es tut mir leid, Ihnen berichten zu müssen, dass Ihr Sohn tot ist. Er ist im Kampf gefallen."

Bassajew erstarrte. Dieser Sohn war ihm nie wirklich ans Herz gewachsen, er war für fast nichts zu gebrauchen gewesen, sie hatten sich eigentlich nur gestritten, aber er war eben doch sein Sohn. Selbst ein hartgesottener Mann wie Ahmat Bassajew, der schon so viel erlebt hatte, der schon so oft ganz unten hart aufgeschlagen und doch wieder hochgekommen war, brauchte etwas Zeit, um diese Nachricht zu schlucken. Dann fragte er mit heiserer Stimme: „Was ist passiert?"

Der Admiral schilderte mit knappen Worten den Hergang. Wie sie durch die guten Beziehungen des Admirals schnell die Spur der beiden Flüchtlinge aufgenommen hatten, wie sie ihnen entgegengefahren waren und die Straßensperre aufgebaut hatten, um den Transporter von der Straße abzudrängen, wie sie auf das Fahrzeug zugegangen waren, wie dann ein aus dem Nichts kommender Schuss dem Leben seines Sohnes ein frühes Ende gesetzt hatte.

„Es war der Russe, der euch abgehauen war", schloss er. Und als er hörte, wie Bassajew noch lauter nach Luft schnappte, fuhr er schnell fort: „Ich habe Alu gerächt. Der Russe ist tot. Ich habe ihn erschossen."

Der Alte nahm es schweigend zur Kenntnis. Offenbar war der Admiral der Meinung, mit dieser knappen Schilderung seinen Geschäftspartner ausreichend informiert zu haben, denn er wechselte ziemlich abrupt das Thema.

„Und jetzt will ich wissen, was in Minden los war!", rief er mit aggressivem Unterton. „Nach dem, was ich gehört habe, ist der ganze Laden aufgeflogen. Wie konnte das passieren, verdammt noch mal? Ich hoffe nur, dass ihr dort nicht auch noch irgendwelche Unterlagen habt herumliegen lassen. Langsam traue ich euch alles zu. Und was ist mit den Flüchtlingen? Wissen die irgendetwas über unsere Strukturen? Wissen die, wer sie hierher geschleust hat?"

„Die wissen von nichts!", fuhr Bassajew ihm scharf dazwischen. Auch wenn dieser Admiral sein wichtigster Geschäftspartner war, so war er noch lange nicht bereit, sich von ihm wie ein Schuljunge zusammenstauchen zu lassen. „Was sollen die denn wissen? Die haben wochenlang nichts gesehen als das Innere eines Schiffes und diese leere Lagerhalle."

„Aber Ihren Sohn haben sie gesehen, mehrfach sogar. Er hat ja selbst dafür gesorgt, dass er den Leuten in Erinnerung bleiben wird. Und irgendwann wird die Polizei die Verbindung zur Firma Bassajew herstellen. Ist Ihnen das klar?"

„Das weiß ich selbst!", schnauzte Bassajew ihn an. „Was glauben Sie, was wir hier gerade machen? Wir sind schon so gut wie weg. Nichts mehr mit Aufträgen. Nichts mehr mit Admiral. Uns gibt es in der nächsten Zeit nicht mehr."

Der Admiral schien von diesem Temperamentsausbruch beeindruckt zu sein, denn er fragte nun deutlich sachlicher:

„Was wissen wir über diesen Russen? Haben Sie was herausgefunden? Was wusste der?"

Bassajew hatte nur wenig Lust, über diesen Russen zu sprechen, aber er musste sich eingestehen, dass der Admiral ein gewisses Recht auf Information hatte.

„Ich habe diesen Mann damals in Tschetschenien gesehen", brummte er unwillig. „Ich war Gefangener der russischen Armee, und er war einer von den Totschlägern des militärischen Geheimdienstes. Ich wurde von Kameraden befreit. Anschließend habe ich ihm eine Falle gestellt, da war er mein Gefangener. Wie das Leben eben so spielt. Das war alles. Nichts Persönliches. Da bin ich mir völlig sicher. Wahrscheinlich konnte der sich an mich nicht mehr erinnern. Es ist nur natürlich, dass sich der Gefolterte eher an seinen Folterer erinnert als umgekehrt."

„Wollen Sie damit etwa sagen, Bassajew, dass Sie dem Russen kein Haar gekrümmt haben?", fragte der Admiral ironisch.

Doch der Alte ging nicht darauf ein, sondern setzte seine Schilderung fort: „Dass er bei diesem Schleusertransport auftauchte, dürfte reiner Zufall gewesen sein. Viele von seiner Sorte sind jetzt da unten und versuchen, ihre speziellen Fähigkeiten einzusetzen. Vielleicht musste auch er schnell verschwinden und hat sich unserem Transport angeschlossen. Das ist alles. Ich glaube eher, dass es was mit dieser jungen Libyerin zu tun hatte. Wir nehmen an, dass er hinter ihr her war. Er hat häufiger versucht, an die Tasche dieser Frau zu gelangen. Und schließlich ist er ihr wohl auch gefolgt, als die aus der Lagerhalle verschwunden ist. Warum sonst hätte er plötzlich auftauchen und auf meinen Sohn schießen sollen? Immer war diese Frau in der Nähe, wenn der Russe Ärger machte."

Bassajew machte eine kleine Pause, um seine Gedanken zu ordnen. „Das er was von uns wusste, glaube ich nicht. Und wenn schon, er hatte keine Gelegenheit, dieses Wissen weiterzugeben. Und jetzt ist er tot und kann nichts mehr ausplaudern. Der stellt keine Gefahr mehr für uns dar."

Der Admiral schien nicht überzeugt zu sein, kommentierte das Gesagte aber nicht weiter. Er schnaufte nur laut und schoss dann seine nächste Frage ab: „Was ist mit den beiden jungen Leuten? Was können die von uns wissen?"

Nur zu gern hätte Bassajew auch in diesem Fall Entwarnung gegeben. Aber er wusste nur zu gut, dass die junge Frau sich mehrfach sehr neugierig gezeigt hatte. Vielleicht wusste sie tatsächlich mehr, als für die Bassajews gut war. Er hätte es gern gesehen, wenn dieses Weib mundtot gemacht worden wäre, gestand er sich ein. Als er dem Admiral seine Einschätzung erklärte, schwieg dieser eine Weile und fasste dann zusammen:

„Also, diese Frau und ihr Lover müssen verschwinden. Und zwar endgültig. Daran führt kein Weg vorbei. Ich werde mich darum kümmern."

91

Pauline Meier zu Klüt biss sich seit Stunden an Khasan Amirkhanov die Zähne aus, der jedoch die Gelassenheit in Person war. Die Bielefelder Kollegen hatten mittlerweile die Wohnung von Alu Bassajew ausfindig gemacht, in der er laut Einwohnermelderegister mit seinem Bruder wohnte, doch natürlich war das Vöglein ausgeflogen. Sie hatten sich einen Durchsuchungsbeschluss besorgt und die Bleibe der Tschetschenen geöffnet und durchsucht. Hier hatten ganz offensichtlich noch weitere Personen gelebt, doch anscheinend hatten alle vor Kurzem fluchtartig das Haus verlassen.

Schulte saß in seinem Büro und wusste gar nicht, wo ihm der Kopf stand. In diesem Moment meldete sich auch noch die Zentrale bei ihm.

„Jupp, hier unten steht ein Kumpel von dir, dieser Zeitungsmensch mit dem unaussprechlichen Namen, der will dich sprechen", informierte ihn ein Kollege.

„Dann schick ihn hoch!"

Nichts gegen Rodehutskors, dachte Jupp. Aber den kann ich jetzt gar nicht gebrauchen. Wahrscheinlich will er wissen, ob ich den Asylantrag für seine Schützlinge schon in der Tasche habe. Da klopfte es auch schon an der Bürotür. Der kleine dicke Mann trat lächelnd ein. In der linken Hand hielt er einen dicken Umschlag.

Schulte bot Rodehutskors einen Stuhl an und setzte sich zu ihm.

„Damit Sie sehen, dass ich es ernst meine, habe ich Ihnen einige Fotos ausdrucken lassen. Ich gebe mit den Bildern, die ich Ihnen jetzt zeige, zwar ein riesiges Pfand aus der Hand, aber ich vertraue Ihnen, Schulte." Umständlich zog der Journalist einen Packen Fotos aus dem Umschlag. „Ich will Ihnen nicht unnötig viel Zeit abringen. Ich weiß, dass Sie unter Druck stehen, Schulte. Daher zeige ich Ihnen die Bilder, die ich für die wichtigsten halte, zuerst."

Rodehutskors legte drei Fotos auf den Tisch, die Schulte eingehend betrachtete. Die ersten waren von schlechter Qualität, aber das dritte Bild war gestochen scharf. Dem Polizisten entglitten die Gesichtszüge. Nach einer Schrecksekunde sprang er wie von der Tarantel gestochen auf und hastete zur Tür.

„Ihre beiden Leute bekommen ihre Aufenthaltsgenehmigung – und wenn ich sie dem Leiter des BAMF höchstpersönlich abpressen muss!", rief er dem Journalisten zu und war schon im nächsten Moment draußen.

92

Als Maren Köster ihm von den Fotos erzählte, war die Schießerei, in die er in Bösingfeld verwickelt gewesen war, wie ein Film vor Wolfs geistigem Auge abgelaufen. Richtig, da war so etwas wie ein Blitz gewesen. Wolf hatte das Phänomen nicht einordnen können, aber jetzt wurde ihm schlagartig klar, dass einer der beiden flüchtenden Libyer ihn fotografiert haben musste. Was für eine Kaltschnäuzigkeit. Jetzt hatte er keine Wahl mehr: Wenn er aus der Sache noch irgendwie mit heiler Haut herauskommen wollte, dann mussten die beiden Libyer sterben. Schließlich waren sie als mögliche Täter in der engeren Wahl. Er, Wolf, würde die Mörder, die sich der Festnahme widersetzen würden, in Notwehr erschießen.

Auch der Journalist würde dran glauben müssen. Vielleicht konnte er es ja so drehen, dass es so aussah, als hätten die Libyer Rodehutskors erst als Geisel genommen und dann, als ihre Situation ausweglos wurde, erschossen. Wenn das nicht klappen würde, war dieser Journalist eben Kollateralschaden. Anschließend würde Wolf Schulte wegen seines eigenmächtigen Handelns für den tragischen Ausgang der Ereignisse verantwortlich machen.

Es hatte ihm keine große Mühe gemacht herauszufinden, wer dieser Hermann Rodehutskors war und wo er wohnte. Das war für einen Mann wie ihn pure Routine. Während sein Navi ihm den Weg nach Berlebeck wies, versuchte Wolf, seine Gedanken zu ordnen. Es widerte ihn an, das zu tun, was er nun zu tun hatte. Er war kein Killer. Jedenfalls keiner, der so etwas zu seinem Vergnügen machte. Leider gibt es manchmal Sachzwänge, die einem keine Wahl lassen, dachte er. Diese Einsicht brachte seinem Gewissen zwar etwas Erleichterung, löste aber nicht den Knoten der Anspannung in seinem Bauch.

Einen kurzen Augenblick fragte er sich, was Maren Köster wohl sagen würde, wenn sie wüsste, was er gerade zu tun im Begriff war. Es wäre besser, sie nie wieder zu sehen. Eigentlich schade um diese schöne Frau, aber da er seinen Schlag bei Frauen kannte, machte er sich keine Sorgen, was weitere erotische Eroberungen anging. Das war im Moment sein geringstes Problem.

In letzter Zeit war einiges schiefgelaufen. Vieles von dem, was er sich mühsam aufgebaut hatte, lag nun in Scherben. Er hatte verdammt gut verdient in den letzten Jahren. So viel, dass es schon Mühe gekostet hatte, den unerklärlichen Wohlstand vor den Augen der Öffentlichkeit zu verbergen. Der Porsche war der einzige Luxus, den er offen zeigte.

Es war alles seine Idee gewesen, von Anfang an. Die Zusammenarbeit mit einigen geeigneten Leuten von Frontex, die er bei einem dienstlichen Einsatz vor fünf Jahren kennengelernt hatte, die ungewöhnliche Schleuserroute über Bremen bis zum Mindener Hafen. Das war genial gewesen und hatte bislang prächtig funktioniert. Selbst die Geschäftsbeziehung zu den Bassajews war, von gelegentlichen Schwächen mal abgesehen, über die Jahre zufriedenstellend gelaufen. Der Alte war ein Prachtkerl, keine Frage. Nur seine Jungs waren nicht besonders gut geraten.

Wie auch immer, Alu war tot, der Alte und Dschochar versuchten gerade abzutauchen und standen vorerst nicht mehr zur Verfügung. Sein gesamtes System war in kleine Bruchstücke zerschlagen worden. Ob seine legale Fassade weiter aufrecht zu erhalten war, würde sich noch zeigen.

Nun musste er handeln. Einen klaren Plan hatte er noch nicht. Schließlich kannte er die Gegebenheiten vor Ort nicht. Er würde improvisieren müssen. Wolf tastete nach seiner Dienstpistole, die er durch das Sakko spürte. Er schaute auf das Display seines Navis und stellte fest, dass er beinahe drei Viertel der Strecke nach Berlebeck geschafft hatte.

93

Tränen rannen ihr über die Wangen. Maren Köster saß wie paralysiert hinter dem Lenkrad ihres Autos und fuhr ohne Ziel durch Detmold. Eine Wand hatte sich zwischen ihr Bewusstsein und die Realität geschoben, doch langsam begann der Putz zu bröckeln. Stückchenweise kehrte sie ins Hier und Jetzt zurück. Mit dem Handrücken wischte sie sich die Tränen aus den Augen. Dann suchte sie nach einem Taschentuch und putzte sich die Nase.

Dieses Arschloch! dachte sie und blieb an einer Bushaltestelle stehen. Was war passiert? Wie konnte es sein, dass sie in ihrem Auto ein Telefongespräch von Wolf hatte mithören können? Viele Fragen, keine Antworten.

Maren Köster überlegte. Sie hatte Wolf ihr Auto geliehen. Und dann? Wahrscheinlich hatte er während der Fahrt telefonieren wollen und sein Handy über Bluetooth mit ihrer Freisprechanlage gekoppelt. So könnte es gewesen sein. Als er vor der Werkstatt aus ihrem Auto gestiegen war, hatte er diese Verbindung nicht unterbrochen. Sie, Maren Köster, war anschließend, als Wolf telefonierte, so dicht hinter ihm hergefahren, dass sein Handy weiterhin Kontakt zu ihrer Freisprechanlage hatte. So konnte sie das Telefonat abhören, ohne dass Wolf es bemerkt hatte.

„Dumm gelaufen, Süßer", murmelte sie.

Dann kam Leben in ihren Kopf. Wolf war ein eiskalter Typ, ein Killer. Mit Sicherheit war er jetzt auf dem Weg nach Berlebeck, um sich sowohl Rodehutskors wie auch die beiden Libyer als Mitwisser vom Hals zu schaffen. Und sie hatte alles ausgeplaudert.

Was sollte sie tun? Sie musste Schulte anrufen. Hastig suchte sie nach ihrem Handy. Doch unter der Nummer ihres Kollegen sprang nur eine Sprachbox an: „Zurzeit ist der Teilnehmer nicht erreichbar. Sie werden jedoch per SMS benachrichtigt, sobald der Teilnehmer wieder erreichbar ist."

Für einen Moment griff wieder die Verzweiflung nach Maren Köster. Dann ging ein Ruck durch ihren Körper.

Okay, Wolf, du Arsch! Mach dich auf was gefasst! Wenn ich dich in die Finger bekomme, dann wirst du dir wünschen, mich niemals kennengelernt zu haben. Dann wirst du dir wünschen, niemals gelebt zu haben."

Sie startete den Motor und wendete ihr Fahrzeug mit quietschenden Reifen.

94

Hundert Meter vor dem Ziel stoppte Wolf seinen Porsche und parkte ihn auf einem öffentlichen Parkplatz mitten im Ortskern von Berlebeck. Dort, unter vielen anderen Autos, würde er am wenigsten Aufmerksamkeit erregen. Auch wenn am heutigen Karfreitag wenig Betrieb war.

Wolf zog sich einen dünnen Mantel über das Sakko. Es war kühl, die Leute liefen mit Mänteln oder dicken Jacken durch das Dorf, und er wollte nicht auffallen. Außerdem sah man so auch die Waffe unter seinem Sakko nicht so sehr.

Dann ging er zu Fuß weiter, steil bergauf. In Berlebeck schienen alle Wege bergauf zu führen. Wolf war bemüht, sich seine starke Anspannung so wenig wie möglich anmerken zu lassen. Er ging betont langsam und lässig, schien einer dieser Ostertouristen zu sein, die gern beim Bummeln in die Vorgärten der Einheimischen schauten.

Endlich stand er vor einem biederen und sehr gepflegten Einfamilienhaus. Von der Straße aus wirkte es eher bescheiden, aber dahinter war ein großes, fast parkähnliches Grundstück zu erahnen. Das musste es sein, die Hausnummer stimmte.

Aus einiger Entfernung versuchte Wolf herauszufinden, ob jemand im Haus war, konnte aber nichts erkennen. Schon im Auto hatte er sich Gedanken gemacht, wie er in das Haus kommen könnte. Der Vorwand, dem Pressebüro Rodehutskors einen Auftrag erteilen zu wollen, müsste eigentlich ausreichen, um eingelassen zu werden. Einmal drin, würde er bestimmt Spuren der beiden Flüchtlinge entdecken. Dann musste er improvisieren.

Wolf klingelte an der Haustür, doch niemand öffnete. Offenbar war niemand zu Hause. Ein Fall für Plan B. Er vergewisserte sich, dass ihn von der Straße aus niemand beobachtete, und ging dann um das Haus herum. Tatsächlich befand sich hinter dem Haus ein weitläufiger, gepflegter Garten, fast ein kleiner Park. Neben dem Wohnhaus stand, etwas nach hinten versetzt, ein Carport, in dem ein VW Passat stand, vermutlich das Auto von Rodehutskors. An der Rückwand des Hauses entdeckte Wolf ein Fenster älterer Bauart. Das zu knacken war eine seiner leichtesten Übungen, zumal er durch die hohen Ligusterhecken vor Blicken von außen geschützt war. Schon wenige Sekunden später ließ sich das Fenster nach innen aufstoßen. Wolf stemmte sich hoch und kroch durch die Fensteröffnung. Er war im Badezimmer gelandet. Aufmerksam schaute er sich um, fand aber nichts, was auf irgendwelche Besucher hingewiesen hätte. Er horchte. Im Haus war alles still, er war allein. Wolf nahm seine Pistole zur Hand und entsicherte sie. Nun durchkämmte er alle Räume des Hauses. Überall war es ordentlich und sauber, nirgendwo lag etwas herum. Was hatte das zu bedeuten? Langsam kamen ihm Zweifel.

In der Küche fand er jedoch einige Briefe, die alle an Hermann Rodehutskors adressiert waren. Also war er im richtigen Haus, keine Frage. Aber warum wirkte hier alles wie in einem Möbelhaus? Wenn hier zwei zusätzliche Menschen hausten, dann musste das doch Spuren hinterlassen. Im oberen Geschoss stieß er auf er eine Dachluke. Er öffnete sie, zog eine Ausziehleiter herunter und kletterte hoch. Selbst bei dem trüben Licht war schnell zu erkennen, dass auch hier niemand war. Blieb nur noch der Keller. Aber auch hier Fehlanzeige. Wolf fand zwar einen außergewöhnlich gut sortierten Weinkeller vor, aber keine Flüchtlinge.

Zurück im Wohnzimmer fluchte er leise. Hatte Maren Köster ihn reingelegt? Oder ihm vielleicht sogar eine Falle gestellt? Ein sofort einsetzender Fluchtreflex wollte ihn aus dem Haus treiben, aber er riss sich zusammen und versuchte, einen klaren Gedanken zu fassen. Warum hätte Maren das tun sollen? Es gab absolut keinen Grund. Nein, wenn die Flüchtlinge nicht im Haus waren, dann hatte dieser Rodehutskors sie wahrscheinlich woanders untergebracht. Es war zum Heulen!

Deprimiert ging Wolf wieder zurück ins Badezimmer, steckte die Pistole wieder ins Schulterhalfter, krabbelte aus dem Fenster und versuchte, so gut es ging, es von außen wieder zu schließen. Musste ja niemand erfahren, dass jemand hier drin gewesen war.

Als er wieder draußen stand, ging er in das Carport und legte eine Hand auf die Motorhaube des Passats. Sie war noch warm, Rodehutskors konnte also erst vor Kurzem nach Hause gekommen sein musste. Wieso war er schon wieder weg? Hatte er die Flüchtlinge irgendwo in der Nähe versteckt und war zu ihnen gegangen? Wolf ließ seinen Blick erneut durch den großen Garten schweifen. In der hinteren Ecke des Grundstücks sah er ein Gartenhäuschen. Wenn er schon hier war, konnte er auch dort einmal nachschauen. Sicherheitshalber nahm er die Pistole in die Hand.

95

Hermann Rodehutskors war nach seinem Gespräch mit Schulte nicht auf geradem Weg nach Hause gefahren, sondern war noch auf ein Glas Wein in den Lippischen Hof gegangen. Danach hatte er in einem Supermarkt in Heiligenkirchen Lebensmittel für seine beiden Gäste eingekauft. Zu Hause angekommen, erschien ihm sein Haus riesig und leer. Zum ersten Mal seit Jahren dachte er fast wehmütig an seine Frau. Komisch, dass solche Gefühle immer nur entstehen, wenn sie weg ist, dachte er. Sonst wussten sie selten etwas miteinander anzufangen. Zu unterschiedlich waren sie in ihren Interessen.

Rodehutskors bereitete ein einfaches Abendessen für sich und die beiden jungen Leute zu. Er aß zwar gern und gut, aber ein großer Koch war er nie gewesen. Als alles fertig war, klemmte er sich eine Flasche Rotwein unter den Arm und ging mit einem Tablett zum Gartenhäuschen. Gläser gab es dort.

Noura und Nadir hatten bereits ungeduldig auf ihn gewartet. Weniger aus Hunger, mehr aus Sorge. Von diesem Mann und seinem Geschick hing alles für sie ab. Noch nie in ihrem Erwachsenenleben hatte sich Noura so sehr in die Hände eines anderen begeben. Rodehutskors ahnte nichts von dem, was in dieser schönen jungen Frau vorging. Er stellte das Abendessen auf den kleinen runden Tisch und entkorkte die Weinflasche.

Zu seiner Enttäuschung winkten die beiden jungen Menschen ab, als er auch ihnen Wein anbot. Dann eben nicht, dachte er und nahm einen kräftigen Schluck.

Noch mit vollem Mund kauend, berichtete er von seinem Gespräch mit dem Polizisten Schulte. Sein schlechtes Englisch und die nuschlige Aussprache zwangen Noura, sehr genau hinzuhören. Nadir verfolgte das Gespräch gar nicht erst – er hatte nie eine Gelegenheit gehabt, Englisch zu lernen.

Niemand von ihnen dachte daran, einen Blick aufs Wohnhaus zu werfen. Sonst hätten sie gesehen, dass das Badezimmerfenster sperrangelweit offen stand und in diesem Moment ein Mann hineinkletterte.

96

Hektisch schaltete Maren Köster einen Gang runter, zog den Wagen auf die linke Spur, gab Vollgas und überholte endlich, endlich diesen Lkw. Keine Sekunde zu früh scherte sie wieder rechts ein, denn der entgegenkommende Mercedesfahrer zeigte ihr bereits durch mehrfaches Hupen an, was er von ihren Fahrkünsten hielt. In Gedanken zeigte sie ihm den Stinkefinger, gab weiter Gas und fluchte, als der nächste Lkw fünfzig Meter vor ihr auftauchte. Als hätte sich heute alles gegen sie verschworen.

Wie hatte sie sich in diesem Mann so sehr täuschen können? Hatte Schulte von Anfang an recht gehabt mit seinem Misstrauen? Quatsch, tröstete sie sich. So etwas war einfach nicht vorhersehbar. Und letztlich waren Schultes Stänkereien nicht das Ergebnis scharfer Analyse gewesen, sondern in platter Eifersucht begründet. Aber dennoch: Sie hatte einen Killer in ihr Bett gelassen, sich ihm hingegeben.

Sie schüttelte sich vor Ekel, während sie auch diesen Lkw hinter sich ließ. Schuldig fühlte sie sich, schuldig und verantwortlich für die Gefahr, der nun Hermann Rodehutskors und seine beiden Gäste ausgesetzt waren, ohne dass sie davon wussten. Wieder und wieder hatte Maren Köster versucht, den alten Journalisten telefonisch zu erreichen, aber vergeblich. Bei Schulte war durchgehend besetzt.

In der Innenstadt war die Straße zum Glück frei, und sie kam schneller durch, als sie erhofft hatte. Doch auf der Neustadt, in der Höhe der Musikhochschule, ging nichts mehr. Offenbar war gerade eine Veranstaltung zu Ende gegangen, weshalb Fußgänger aus dem kleinen Park quollen und zu den Autos am Straßenrand strömten. Die ersten Wagen hatten schon ihre Parklücken verlassen und standen nun kreuz und quer auf der Straße. Wütend schlug Maren Köster auf ihr Lenkrad, während sie mit wachsender Ungeduld abwartete, bis sich die Knoten entwirrt hatten.

Sie wagte gar nicht daran zu denken, was in diesem Augenblick in Berlebeck passieren mochte. Wieder wählte sie Schultes Nummer und kam endlich bei ihm durch. Doch der ließ sie gar nicht erst zu Wort kommen, sondern polterte gleich los: „Maren, du wirst es nicht glauben, aber ich habe etwas Unglaubliches herausgefunden. Dein Wolf …"

„Das ist nicht *mein* Wolf!", fuhr sie ihm genervt dazwischen. „Ich weiß, was du sagen willst, und ich habe es auch schon selbst herausgefunden. Aber wir haben keine Zeit zu streiten. Wolf ist auf dem Weg nach Berlebeck zu Rodehutskors. Wir …"

„Wieso das denn? Was will er da?", fragte Schulte, dem das alles viel zu schnell ging. Schließlich vermutete er Wolf in Bielefeld und war gerade auf dem Weg zu ihm. Plötzlich begriff auch er. „Woher weißt du das denn? Bist du sicher?"

„Jupp, ich habe keine Zeit, dir jetzt alles zu erklären. Glaub mir einfach, und komm nach Berlebeck!"

„Ich komme sofort", rief er. „Bin allerdings noch am Stadtrand von Bielefeld, das dauert etwas. Wo bist du denn gerade?"

Sie erklärte ihm in knappen Worten die frustrierende Situation auf der Allee.

„Okay", brüllte Schulte in die Freisprechanlage seines Volvos, als müsse er die Strecke von Bielefeld nach Detmold ohne Elektronik überwinden. „Ich rufe die Kollegen in Detmold an, damit sie sofort einen Wagen zu Rodehutskors schicken. Vielleicht sind die ja schneller als du. Riskier besser nichts, bevor du Verstärkung hast. Dieser Wolf ist kein Anfänger. Versprich mir das!"

Maren Köster musste schmunzeln, obwohl ihr eigentlich gar nicht danach zumute war. Dieser Schulte – erst konnte er gar nicht gemein genug zu ihr sein, jetzt machte er sich schon wieder Sorgen um sie.

„Alles klar!", sagte sie widerwillig. Dabei stand für sie längst fest, dass sie diesem sauberen Herrn Wolf persönlich das Spiel vermasseln wollte. Sie war zutiefst gekränkt und wollte Rache. Und wenn es sie Kopf und Kragen kosten würde. Außerdem wurde sie von einem entsetzlich schlechten Gewissen getrieben. Sie hatte sich verplappert. Sie, die routinierte Polizistin. Auf gar keinen Fall würde sie auf die Verstärkung warten. Nicht sie, nicht Maren Köster.

Endlich zeigte sich eine Lücke zwischen den ausparkenden Autos, sie gab Gas und drängte sich kurzentschlossenen hinein.

97

Hermann Rodehutskors hatte seine Weinflasche zur Hälfte geleert. Satt war er auch geworden. Die beiden jungen Leute schienen ganz angenehme Zeitgenossen zu sein. Gutmütig betrachtete er sie. Der Junge war ein stiller Typ, verfügte aber über einen intelligenten Blick und den ruhigen Ernst derer, die von einem harten Schicksal gezwungen worden waren, vorzeitig erwachsen zu werden. Einer, auf den man sich im Ernstfall verlassen konnte, so schätzte Rodehutskors ihn ein. Dann ließ er seinen Blick auf der jungen Frau ruhen. Er hatte keine Erfahrung mit Frauen aus so exotischen Regionen wie Nordafrika und war überrascht, wie wenig fremd Noura ihm eigentlich war. Wäre nicht diese Sprachbarriere gewesen, hätte sie fast ein junges, außerordentlich hübsches Mädel von nebenan sein können, wenn auch mit einem dunkleren Teint. Am liebsten hätte Rodehutskors sie adoptiert.

Weil die Stimmung so entspannt war, begann er zu erzählen. Von sich, von seinem Berufsleben als Provinzjournalist, von seinem kleinen Pressebüro. Er war nie ein glänzender Unterhalter gewesen, in einer fremden Sprache erst recht nicht. Während er noch um die richtigen englischen Wörter rang, schaute Noura geistesabwesend aus dem kleinen Fenster des Gartenhäuschens. Rodehutskors fand, dass sie dabei verträumt aussah und wunderschön.

Urplötzlich sprang Noura auf und starrte angestrengt hinaus. Dann winkte sie Rodehutskors aufgeregt zu. Der erhob sich langsam und ächzend aus dem Stuhl und ging gemächlich zu ihr. Wahrscheinlich hatte sie irgendein Tier gesehen, das sie nicht kannte, dachte er. Ein Reh vielleicht, das kam hier am Ortsrand von Berlebeck schon mal vor. Milde lächelnd stellte er sich neben sie und schaute hinaus. Zu seinem Erstaunen sah er einen unbekannten Mann im Mantel, der an seinem Haus stand. Wieso war eigentlich das Badezimmerfenster sperrangelweit geöffnet? Entgeistert sah er zu, wie der Mann das Badezimmerfenster wieder zu schließen versuchte. Ihm blieb der Atem weg. War der Kerl gerade bei ihm eingebrochen?

„Na, dem werde ich aber was erzählen!", rief er wutentbrannt und wollte eben zur Tür des Gartenhäuschens stürzen. Ein Feigling war Hermann Rodehutskors noch nie gewesen. Diesem Kerl würde er den Hals umdrehen, schwor er sich. Aber so schnell er auch war, Noura war noch schneller und warf sich zwischen ihn und die Tür.

„Nein!", rief sie eindringlich. „Nicht gehen!"

Rodehutskors begriff, was sie sagen wollte.

„Und warum nicht? Dieser Drecksack hat bei mir eingebrochen, das kann ich ihm doch nicht durchgehen lassen. Ich …"

Er hatte in seiner Erregung deutsch gesprochen. Noura legte ihm beide Hände auf die Schultern und drückte sie nach unten.

„Nicht rausgehen!", wiederholte sie noch einmal, diesmal fast flehentlich. Dann sprach sie betont langsam, damit er sie auch verstand. „Ich kenne diesen Mann. Das ist kein Einbrecher. Der sucht uns, Nadir und mich. Ich habe ihn gesehen, als er einen Mann getötet hat. Und ich habe ihn dabei fotografiert. Sie erinnern sich?"

Rodehutskors musste das erst einmal verdauen. Aber dann wusste er, was sie meinte. Auf einem der Fotos war ein Mann zu sehen, der sich über eine Leiche beugte und sie durchsuchte. Das Gesicht des Mannes war gut zu erkennen gewesen. Er riss sich von Noura los und starrte erneut durch das Fenster. Wahrhaftig! Das war der Mann vom Foto. Kein Zweifel.

Was zum Teufel hatte das zu bedeuten? Woher kannte der Kerl Nouras und Nadirs Versteck? Wenn der Mann wusste, dass Rodehutskors die Fotos gesehen hatte, dann war er selbst in größter Gefahr. Hilflos musste er zuschauen, wie der Kerl seine Blicke suchend durch den Garten schweifen ließ und plötzlich das Gartenhäuschen hinter den beiden Fliederbüschen entdeckte. Er setzte sich in Bewegung und kam langsam auf das Holzhaus zu. In der rechten Hand hielt er unverkennbar eine Pistole.

„Er kommt!", rief er den beiden Libyern zu. Die verstanden ihn auch ohne Übersetzer. Noura zog die Gardinen vor das Fenster, damit ihr Gegner nicht ins Häuschen schauen konnte. Nadir machte einen Satz zu seiner Reisetasche und zog eine Pistole daraus hervor.

Als Noura Rodehutskors ein Zeichen machte, sich hinter die Tür zu stellen, löste er sich aus seiner Starre. In Ermangelung einer Waffe schnappte er sich das schwere Holzbrett, auf dem er eben das Mittagessen serviert hatte, und stellte sich neben die Tür, mit dem Rücken zur Wand. Jederzeit bereit zuzuschlagen, sobald sich die Tür öffnen und ein Kopf hereinlugen würde.

98

Es war nicht zu fassen! Eben erst hatte Maren Köster das Verkehrsknäuel in der Allee hinter sich gebracht, war im Führerscheinentzugstempo durch Heiligenkirchen gebraust und schließlich nach Berlebeck hineingefahren. Sie hatte nicht vor, ihr Auto auf dem öffentlichen Parkplatz abzustellen, sondern wollte direkt vor das Haus von Rodehutskors fahren. Doch gerade als sie, von der Paderborner Straße kommend, den Pulverweg hinaufrauschen wollte, stand ein riesiger Traktor mit Anhänger auf dem schmalen Weg. Der Anhänger war mit Holz aller Art beladen. Eine ganze Horde Jugendlicher sprang um ihn herum und warf weitere Bretter, Äste und anderes Holz auf den Hänger. Brennholz für das große Osterfeuer.

Was Maren Köster zu jedem anderen Zeitpunkt eher amüsiert hätte, versetzte sie nun in Panik. Ihr lief die Zeit davon.

Jede verlorene Sekunde konnte über Leben und Tod von drei unschuldigen Menschen entscheiden. Sie überlegte kurz, ob sie mit ihrem Dienstausweis in der Hand die jungen Leute auffordern sollte, sie durchzulassen. Aber selbst wenn die Bengel einsichtig wären, würde es ewig dauern, bis sie den Traktor bis zu einer geeigneten Ausweichstelle manövriert hätten.

Maren Köster schenkte sich den Dienstausweis, setzte ihr Auto ein paar Meter zurück und fuhr dann mit den beiden rechten Reifen auf den schmalen Bürgersteig. Dort schaltete sie den Motor ab, schnappte sich ihre Dienstwaffe, kletterte aus dem Auto und rannte an den verblüfften Jugendlichen vorbei bergauf. Nach zehn Metern kam ihr die Frage in den Sinn, ob sie ihr Auto überhaupt abgeschlossen hatte. Egal! Das spielte jetzt keine Rolle.

Immer weiter ging es bergauf. Maren Köster war eine schlanke, durchtrainierte Frau und konnte sich schon etwas zumuten. Aber für einen Berglauf war sie völlig unpassend gekleidet. Das galt vor allem für ihre Schuhe, die sie am frühen Vormittag in erster Linie danach ausgewählt hatte, ob sie gut zu ihrer Hose und ihrem Blazer passten.

Nach hundert Metern war sie völlig außer Atem und hatte das Bedürfnis, langsamer zu laufen. Aber das ging nicht. Sie musste sich zwingen, im selben Tempo weiterzumachen. Es war ihre Schuld, wenn die drei jetzt in Lebensgefahr waren. Eine Ausrede gab es nicht.

99

Vorsichtig näherte Wolf sich dem Gartenhaus. Die großen und üppig mit Blättern und Blüten bewachsenen Fliederbüsche gaben eine gute Deckung ab. Auf gar keinen Fall konnte er einfach auf die Hütte zugehen. Die Gefahr, gesehen zu werden, war zu groß. Durch den Bericht des Extertaler Draisinenfahrers wusste er, dass die beiden jungen Leute im Besitz einer Pistole waren.

Er überprüfte, ob seine Waffe entsichert war. Im Schutz des duftenden Flieders zog er seinen Mantel aus und legte ihn hinter das Gebüsch. Ohne Mantel fühlte er sich deutlich beweglicher. Wieder schaute er sich das Gartenhaus an, um sich über seine Angriffsstrategie klar zu werden. Er sah, dass eine blickdichte Gardine vorgezogen war. Hatte das etwas zu bedeuten? War das für ihn nun ein Vor- oder ein Nachteil? Geduckt huschte er über die Rasenfläche und verschwand hinter einem anderen Busch, der deutlich näher am Häuschen stand, aber von dort nicht überblickt werden konnte, weil an dieser Seite kein Fenster war. Wolf wartete einen Moment. Falls er gesehen worden war, würde jetzt wohl irgendeine Reaktion kommen. Und sei es hektisches Gepolter im Häuschen. Er lauschte. Aber es war nichts zu hören als das Gezwitscher der Vögel und das dumpfe Brummen eines Rasenmähers ganz in der Nähe. Wolf entschloss sich zum Angriff und ging leise auf das Häuschen zu.

Er legte das Ohr an die nach Holzschutzmittel riechende Wand und lauschte angestrengt. Nichts zu hören, kein Geräusch drang aus dem Inneren. Anscheinend war niemand da. Wolf spürte, wie Enttäuschung sich breitmachte und seinen Tatendrang dämpfte. Aber er wollte dennoch sichergehen.

Deshalb ging er um die Ecke des Häuschens herum, vorbei an dem verhängten Fenster, und schaute sich die Eingangstür an. Sie war nicht besonders stabil und schien auch nicht über ein sonderlich solides Schloss zu verfügen. Zwei, drei kräftige Tritte – und er hätte freien Eintritt.

Wolf ging einen Schritt zurück, um ein bisschen Anlauf zu nehmen. Dann holte er tief Luft, bündelte seine Energie und wollte eben losstürmen, als aus dem Nichts heraus der peitschende Knall eines Schusses zu hören war. Erschrocken riss Wolf den Kopf herum und sah eine Gestalt aus dem Schatten des Wohnhauses heraustreten und näher kommen. Er traute seinen Augen nicht, als er Maren Köster erkannte. In der Hand hielt sie eine Waffe, die auf ihn gerichtet war.

100

Fast wäre sie zu spät gekommen.

Maren Köster hatte alles gegeben, alles an Willenskraft eingesetzt, ihren inneren Schweinehund bis zur Erschöpfung geprügelt, um nicht schon vor Erreichen des Zieles aufzugeben. Dann endlich hatte sie atemlos vor dem Haus von Hermann Rodehutskors gestanden. Sie hatte Sturm geläutet, aber es hatte niemand geöffnet. Dann war sie durchs Carport in den Garten gegangen. Sie hatte einige Sekunden gebraucht, um sich zu orientieren, dann aber hatte sie ihn gesehen.

Am Gartenhaus stand Wolf und begutachtete die Tür. In diesem Moment schwappte eine gewaltige Flutwelle an Emotionen über sie hinweg. In einer einzigen fließenden Bewegung nahm sie ihre Dienstwaffe in die Hand und entsicherte sie. Dabei musste sie sich zusammenreißen, um nichts im Affekt zu tun, was sie später bereuen würde.

Als Wolf Anstalten machte, die Tür einzutreten, blieb Maren Köster keine andere Wahl, als einen Warnschuss in die Luft zu feuern. Als Wolf vor Entsetzen seinen Kopf herumriss und sie anstarrte, löste das gleich die nächste Flutwelle bei ihr aus. Selten hatte sie so viel Hass in sich gespürt. In diesem Moment machte Wolf einen gewaltigen Sprung um die Ecke des Gartenhauses und verschwand damit aus ihrem Sichtfeld. Vor Enttäuschung stieß sie einen kurzen Wutschrei aus.

Eine Sekunde später, sie hatte sich noch nicht vom Fleck bewegt, pfiff auch ihr eine Kugel um die Ohren. Wolf war offenbar niemand, der lange fackelte. Hektisch sah sie sich nach einem geeigneten Fluchtpunkt um. Rechts von ihr, in der Nähe des Carports, stand auf einer kleinen gepflasterten Fläche ein Gasgrill. Rodehutskors hatte auf Bauchnabelhöhe eine Natursteinmauer hochgezogen, die offenbar auch als Arbeitsfläche für den Grill diente. Maren Köster duckte sich hinter die Mauer und lugte dann vorsichtig hervor. Wo blieb nur die Verstärkung, die Schulte angefordert hatte? In diesem Augenblick schrillte ihr Handy. Mit fahrigen Bewegungen zerrte sie es aus ihrer Jackentasche und schaute aufs Display. Es war Jupp Schulte.

Im selben Augenblick zerfetzte ein Schuss die Ruhe des Gartens. Diesmal prallte das Projektil von der Mauer ab, hinter der sie hockte.

101

„Warum geht dieses Weib denn nicht an ihr Handy?", fluchte Schulte, als er nun zum zweiten Mal versuchte, Maren Köster telefonisch zu erreichen. Seine Besorgnis wuchs von Minute zu Minute. Und er selbst war noch weit von Berlebeck entfernt. Wieder drückte er auf den Knopf der Freisprechanlage und wählte die Nummer seines Kollegen Hartel.

„Wie sieht es aus?", rief Schulte aufgeregt. „Ist schon ein Wagen unterwegs?"

Hartel musste sich offenbar erst mal schlau machen, denn Schulte konnte hören, wie er im Hintergrund mit anderen Kollegen sprach. Die Stimmen klangen zunehmend aufgeregter. Die Antwort kam vorsichtig, fast wie eine Entschuldigung.

„Da ist was schiefgelaufen. Die Anforderung ist wohl nicht weitergegeben worden. Ich werde mich sofort darum kümmern. Wenn man nicht alles selbst macht …"

Schulte stockte der Atem.

„Seid ihr wahnsinnig?", schrie er ins Mikrofon. „Ich sage euch, wenn da einem der Anwesenden was passiert, dann lernt ihr mich kennen, verdammt noch mal!"

Hartel versuchte, etwas die Wogen zu glätten. „Mensch, ich kann doch auch nichts dafür. Ich war an der Sache gar nicht beteiligt und kriege jetzt die Prügel. Ich kümmere mich drum, versprochen. Und wenn ich selber fahre. Verlass dich auf mich!"

Schulte schlug wütend auf sein Lenkrad. Das würde ein Nachspiel haben, schwor er sich, so was durfte einfach nicht passieren. Er gab noch mehr Gas und nahm die scharfen Kurven im Bereich der Donoper Teiche in einem Tempo, das geeignet war, seinem alten Volvo den Rest zu geben.

102

Verärgert zog Wolf die Mundwinkel nach unten. Sein Schuss vor die Mauer war völlig unsinnig gewesen, schalt er sich selbst. So kam er nicht weiter. Solange sich Maren Köster hinter diesen Bruchsteinen verschanzte, würde er von seiner jetzigen Position aus nichts erreichen können. Es würde eine Belagerung geben, eine Art Stellungskrieg, was nicht in seinem Interesse sein konnte. Die Zeit, da machte er sich keine Illusionen, spielte für die Polizistin. Über kurz oder lang würde Verstärkung kommen, da war er sich sicher. Bis dahin musste er aus dieser Mausefalle entkommen sein.

Aber wieso war sie überhaupt in Berlebeck? Was machte sie hier? Sie konnte doch unmöglich wissen, was er vorhatte. Dann kam ihm ein ungeheuerlicher Gedanke. Hatten diese verfluchten Detmolder Polizisten vielleicht sein Telefon angezapft? Maren Köster war so oft in einer Situation gewesen, in der sie in aller Ruhe sein Handy hätte präparieren können. Ja, das war die einzige vernünftige Erklärung.

Vorsichtig reckte er den Kopf in die Höhe, um das Gelände besser überblicken zu können. Der von ihm aus gesehen linke Rand des großen Gartens wurde von der hohen Ligusterhecke begrenzt. Vor der Hecke standen vereinzelte Büsche, größere und kleinere, aber allesamt geeignet, zumindest kurzfristig Deckung zu geben. Wenn er von einem Busch zum nächsten huschte, konnte er sich immer näher an das Versteck von Maren Köster heranarbeiten.

Er nutzte die kurze Atempause, um seine Waffe nachzuladen. Dann machte er sich auf den Weg. So tief geduckt wie nur möglich überwand er die Distanz zum ersten Busch. Hier wartete er ab. Kein Schuss fiel, es kam auch kein Aufruf an ihn, sich zu ergeben. Einen Augenblick lang stellte er sich vor, dass die Frau, die in den letzten Tagen seine Geliebte gewesen war, nun hinter dieser Mauer hockte und Angst um ihr Leben hatte. Er stellte erleichtert fest, dass er bei diesem Gedanken keinerlei Befriedigung empfand, was er für ein gutes Zeichen hielt. Pervers war er anscheinend nicht, nur eiskalt. Und damit konnte er leben.

Dann sprang er wieder auf und wollte zum nächsten Busch huschen, einem breiten und dichten Rhododendron, der einen perfekten Sichtschutz abgeben würde. Auf halber Strecke krachte ein Schuss, der aber an ihm vorbeipfiff und in der Ligusterhecke verschwand. Und schon war er hinter dem Busch in Sicherheit.

„Du hast keine Chance!", hörte er nun die vertraute Stimme von Maren Köster rufen. „Hier sind gleich mehr Polizisten als Grashalme. Wirf die Knarre weg, und ergib dich!"

Also wollte sie ihn selber stellen, wollte nicht warten, bis ihre Verstärkung eintraf. Tapfer, aber auch dumm. Er hatte eine verdammt gute Chance, wenn er schnell war und es schaffte, sie zu überrumpeln. Dieser Garten war sein Verbündeter. Die Büsche gaben ihm Deckung, der weiche Rasen war wie ein dicker, flauschiger Teppich und würde dafür sorgen, dass sie seine Schritte nicht hören konnte. Alles sprach für ihn, wenn er nur keine Zeit mehr vergeudete.

Wieder wagte er alles, sprang hinter seinem Busch hervor und verschwand gleich hinter dem nächsten. Nun war er ganz nahe an der Natursteinmauer. Hatte sie sein letztes Manöver mitbekommen? Wusste sie, wie nah er ihr schon war? Er schnappte sich einen trockenen Ast, der unter dem Busch lag, und warf ihn etwa fünf Meter weit in die Mitte des Gartens, dorthin, wo die beiden Fliederbüsche standen. Sofort krachte ein Schuss. Das Projektil riss einige Fliederzweige mit sich und bohrte sich dann ins Erdreich.

Wolf lächelte zufrieden. Er hatte herausgefunden, was er wissen wollte. Sie hatte anscheinend keine Ahnung, wo er sich gerade aufhielt. Dann hörte er wieder ihre Stimme, diesmal ganz aus der Nähe.

„Du machst alles nur noch schlimmer. Hier kommst du nicht raus, ich habe den Ausgang des Gartens unter Kontrolle. Noch hast du die Chance, dich zu ergeben, gleich nicht mehr."

Ach, meine süße kleine Maren, dachte er zynisch. Du bist es, die gleich keine Chance mehr hat. Du weißt es bloß noch nicht. Er machte sich bereit für den Angriff, nahm die Pistole in die Hand und konzentrierte sich. Dann, wie von einem Katapult abgeschossen, sprang er auf, machte zwei, drei lange Sätze, hielt sich mit der anderen Hand an der Mauerkrone fest, und zog sich blitzschnell um die Ecke herum, bis er direkt vor Maren stand und in ihre vor Entsetzen geweiteten Augen blickte. Ohne auch nur einen Wimpernschlag zu zögern, trat er der auf dem Boden hockenden Frau die Pistole aus der Hand. Die Waffe flog weit genug weg, um für Maren Köster unerreichbar zu sein.

103

Kurz nachdem der erste Schuss gefallen war, hatte Noura ihre Neugierde nicht mehr bezwingen können und die Gardine vor dem Fenster des Gartenhauses einen kleinen Spalt geöffnet. Sofort drängte sich Hermann Rodehutskors neben sie und lugte ebenfalls durch den schmalen Schlitz, durch den Wolf zu sehen war, der in einiger Entfernung hinter einem Busch hockte.

„Los, schieß ihn ab!", zischte Rodehutskors aufgeregt zu Nadir, der noch immer seine Pistole in der Hand hielt.

Noura winkte ab. „Viel zu weit weg!", sagte sie. „Wir würden ihn nur auf uns aufmerksam machen."

Rodehutskors schnaubte vor Wut. Natürlich hatte sie recht, dass wusste er auch. Und eigentlich war es auch nicht seine Art, Leute von hinten zu erschießen. Aber einfach zulassen, dass dieses Ungeheuer in seinem Garten andere Menschen bedrohte, das fiel ihm verdammt schwer. Doch Noura schaffte es, ihn zurückzuhalten.

„An wen er sich wohl anschleicht?", fragte er nervös. Sie hatten im verdunkelten Gartenhaus zwar mitbekommen, dass ein weiterer Protagonist aufgetreten war und dass es zwischen ihm und Wolf einen Schusswechsel gegeben hatte, doch sie wussten nicht, um wen es sich handelte.

Bis eine Frauenstimme durch den Garten drang und Wolf aufforderte, sich zu ergeben. Diese Stimme kannte Rodehutskors nur zu gut. Maren Köster hockte hinter der kleinen Mauer seines Grillplatzes, und er musste hilflos zusehen, wie Wolf ihr immer näher kam. Wieder fiel ein Schuss.

Noura stöhnte laut auf und riss Nadir die Pistole aus der Hand. Bevor Rodehutskors sie daran hindern konnte, schlug sie mit dem Kolben die Fensterscheibe ein, streckte den Arm hinaus und schoss. Das Projektil jaulte quer durch den Garten und schlug dann einen kleinen Krater in die Hauswand. Mehr als zehn Meter von Wolf entfernt.

„Mädchen, bist du denn verrückt?" Die sonst so tiefe und ruhige Stimme von Rodehutskors schnappte vor Erregung fast über. „Jetzt weiß er doch, wo wir sind!"

Aber Noura blieb erstaunlich ruhig. Sie hatte sich verletzt, als der Rückschlag der Pistole ihren Arm gegen die zerborstene Fensterscheibe geschleudert hatte, und verzog vor Schmerz das Gesicht. Gefährlich war die Verletzung zum Glück aber nicht, befand Rodehutskors, als er sich ihren Arm aus der Nähe betrachtete.

„Ich musste etwas machen", sagte Noura. „Ich konnte nicht einfach zuschauen."

Rodehutskors schwieg. Er konnte sie verstehen. Aber für Maren Köster war Nouras Einsatz wohl zu spät gekommen.

104

Maren Köster hatte mit allem gerechnet, aber nicht damit, dass Wolf in diesem Moment, an dieser Stelle auftauchte. Der Schreck machte sie handlungsunfähig. Es gelang ihr nicht, irgendetwas zu ihrer Abwehr zu unternehmen, als er hoch aufgerichtet über ihr stand. Die Pistole hatte er wieder in die rechte Hand genommen.

Mit weit aufgerissenen Augen starrte sie zu ihm hoch. Ihren Körper spürte sie in diesem Augenblick nicht mehr, ihr Gehirn war zu keinem klaren Gedanken mehr fähig.

„Hallo, Maren, so sieht man sich also wieder. Wie schnell sich die Verhältnisse doch manchmal ändern", höhnte er. „Was ist los mit dir? Heute Morgen noch zärtlich verliebt – und jetzt verfolgst du mich?"

Maren Köster schwieg.

„Warum sagst du denn nichts? Hat es dir die Sprache verschlagen? Du bist doch sonst ein kleines Plappermaul."

Als sie auch diesmal nicht antwortete, wurde er spürbar aggressiver.

„Maren, du hast eben auf mich geschossen. Wolltest du mich umbringen? Wie kannst du auf einen Menschen schießen, dem du vor gerade mal zwei Stunden einen Kuss gegeben hast? Ich habe dir doch nichts getan."

Sie konnte kaum fassen, was sie hier an Unverfrorenheit zu hören bekam. „Du bist ein Monstrum!", zischte sie.

Er lächelte sie von oben an. Es war kein freundliches Lächeln, eher ein lauerndes, ein forderndes Lächeln. „Maren, ich mag dich. Aber ich muss wissen, warum du mich verfolgst. Warum erlebe ich hier die Polizistin und nicht meine kleine süße Maren?"

Nun schlug seine Stimme um, verlor jede Freundlichkeit, wurde laut und aggressiv. „Was weißt du? Hat dieser schmierige Schulte mein Telefon angezapft? Oder du? Gelegenheit dazu hast du ja genug gehabt. Nun rede schon!"

Er beugte seinen Oberkörper zu ihr hinunter, griff blitzschnell mit der freien Hand in ihr Haar und riss ihren Kopf zu sich hoch.

„Bist du allein hier? Oder sind deine Beschützer schon im Anmarsch? Sie werden zu spät kommen, meine Süße. Es ist verdammt schade um dich, aber mir ist schon zu viel in die Quere gekommen. Ich kann mir kein weiteres Risiko erlauben. Und jetzt mach die Augen zu, dann wird es leichter für dich und für mich."

Er lockerte den Griff und drückte dafür ihren Kopf nach unten, um ihr nicht weiter in die Augen schauen zu müssen. Dann richtete er sich wieder zu voller Größe auf und streckte den Arm mit der Pistole in Maren Kösters Richtung aus. Die Mündung war nur wenige Zentimeter von ihrem Kopf entfernt.

In diesem Augenblick ertönte der scharfe Knall eines Schusses, und an der Hauswand prallte laut pfeifend ein Projektil ab, sprengte kleine Brocken Putz ab, die wie Schrotkugeln durch die Gegend zischten. Wolf reagierte sofort, ging in die Knie, bis er vollständig hinter der Natursteinmauer verschwand und für den Schützen unsichtbar wurde. In dieser Hockstellung bewegte er sich langsam zum Ende der Mauer und wartete kurz ab, bevor er vorsichtig um die Ecke lugte. Die Pistole hielt er schussbereit in Richtung Gartenhaus.

Maren Köster schien fürs Erste vergessen zu sein.

Der Schuss hatte bei ihr eine plötzliche Wiederbelebung bewirkt. Sie schreckte auf, sah sich um und stellte fest, dass Wolf für einen Moment abgelenkt war. Plötzlich blitzte eine Idee in ihr auf. Sie machte drei schnelle Sprünge zum Carport, wo sie den kleinen Feuerlöscher von seiner Halterung nahm, die Sicherungslasche herauszog und die Faust auf den Schlagknopf krachen ließ. Dann eilte sie zurück zu der Stelle, an der sie vor wenigen Sekunden noch starr vor Schreck gehockt und auf ihren Tod gewartet hatte.

In diesem Moment war auch Wolf bewusst geworden, dass in seinem Rücken etwas geschehen war. Er riss den Kopf herum und starrte Maren Köster an, die mit dem Feuerlöscher in den Händen zwei Meter vor ihm stand. Wolf wirbelte mit dem Oberkörper herum und wollte gerade abdrücken, als eine gewaltige Wolke Löschpulver ihm erst die Sicht behinderte, dann auf ihn herabstürzte wie eine riesige Welle, ihm in Augen, Nase und Mund drang, ihm den Atem nahm. Er krümmte sich, röchelte, hustete, dann knickte er in den Knien ein und musste sich auf dem Pflaster des Grillplatzes mit den Händen abstützen.

Sofort warf Maren Köster den Feuerlöscher weg, war bei ihm, riss ihn mit einer Kraft, die niemand in dem zierlichen Körper vermutet hätte, hoch und schlug auf ihn ein. Sie drosch ihre Fäuste mit einer Hemmungslosigkeit auf sein gepflegtes, männliches Gesicht, dass seine Haut darunter aufplatzte und das Blut herausspritzte. Sie hätte weitergeprügelt wie im Rausch, wenn nicht plötzlich eine harte Hand sie an der Schulter gefasst und zurückgerissen hätte.

Sie schlug um sich, schrie vor Wut, wollte wieder zu Wolf, der inzwischen wimmernd auf dem Pflaster lag, wollte einfach nur noch zuschlagen. Aber sie wurde jetzt an beiden Armen festgehalten. Nichts ging mehr. Sie kämpfte, sie zog und zerrte.

Langsam nahm ihre Anspannung ab. Ihr Atem ging noch laut und schnell, als sie endlich den Blick von Wolf abwandte. Hinter ihr stand Jupp Schulte, ebenfalls schwer atmend.

„Alles in Ordnung mit dir?", fragte er vorsichtig.

105

Die Schmerzen waren fast unerträglich. Vorsichtig versuchte Schulte sich zu bewegen. Im nächsten Augenblick hatte er das Gefühl, als würde ihm jemand einen Dolch in die Seite rammen. Er schlug die Augen auf und starrte unter die Zimmerdecke. Wieder einmal konnte er nicht leugnen, dass der Zahn der Zeit auch an ihm nagte. Und in Anbetracht seiner Rückenschmerzen, die sich immer dann einstellten, wenn er zu viel Zeit im Bett verbrachte, allein wohlgemerkt, nahm er sich vor, seinen Lebensrhythmus zu ändern und seine Arbeitsweise umzustellen.

Wie spät war es überhaupt? Fünf Uhr nachmittags! Er quälte sich fluchend aus dem Bett und schleppte sich unter die Dusche. Gut schlafen konnte er also noch, auch wenn ihm anschließend alle Knochen schmerzten, dachte er. Dann fiel ihm wieder der Grund dafür ein, warum er bis in den späten Nachmittag hinein geruht hatte.

Erst sechs Uhr morgens hatte er seine Bürotür hinter sich geschlossen. Immerhin hatte er den Fall König vorläufig abschließen können. Während er die Dusche so einstellte, dass ein harter Strahl von heißem Wasser seinen Nacken massierte, dachte er daran zurück, wie alles angefangen hatte, nämlich mit dem Toten in Helpup.

Natürlich hatte die Polizei zuerst im unmittelbaren Umfeld des Opfers gesucht. Hätte Renate Burghausen nicht alle Eventualitäten gecheckt, hätten sie wahrscheinlich nie herausgefunden, dass der Tschetschene Alu Bassajew der Mörder war. Der Tschetschene wiederum war von einem Russen umgebracht worden. Auch hier hatte Schulte kein Geständnis, sondern nur eine Reihe von Indizien. Blieb noch der Russe, der von Wolf erschossen wurde. Hier würde die Detmolder Polizei hoffentlich noch an ein wasserdichtes Geständnis kommen. Das würde Maren Köster schon machen, da war Schulte sich sicher und grinste bei der Vorstellung, wie seine Kollegin den Kerl in die Mangel nehmen würde.

Drei Tote aus drei unterschiedlichen Nationen und dann noch die beiden Libyer, die sie dank der Entschlossenheit Maren Kösters gerade noch retten konnten. In Verbrechensangelegenheiten war das beschauliche Fürstentum Lippe offenbar in der globalisierten Welt angekommen.

Schulte dachte an die beiden Flüchtlinge, die er letzte Nacht bei Rodehutskors kennengelernt hatte, dachte an Libyen, an den Sturz Gaddafis. Noch vor wenigen Tagen hatte er in der Zeitung gelesen, dass es ein Jahr nach dem Sturz des Diktators Jubelparaden gegeben hatte. Im Bericht wurden aber auch die Schattenseiten beschrieben: eine hohe Arbeitslosigkeit, Hinweise auf Folterungen in libyschen Gefängnissen, Fehden zwischen Regionen, Städten, Ethnien und Clans. Und die mächtigen Nationen dieser Welt waren dabei, die Ölvorräte Libyens untereinander neu aufzuteilen.

Die Zustände, die in diesen Ländern herrschten, waren manchmal die Hölle, das wusste Schulte. Es war nur zu verständlich, wenn sich junge Leute entschlossen, ihr Land zu verlassen und dorthin zu gehen, wo es für sie noch Perspektiven zu geben schien.

Auch die Tschetschenen waren ehemalige Flüchtlinge. Obwohl sie eine ähnliche Lebensgeschichte haben mochten, schien es ihnen egal zu sein, dass sie den Flüchtlingen Reisen in die Ausweglosigkeit verkauften. Und auch wenn es bei diesen Aktionen den einen oder anderen Toten gab, war ihnen das mehr als gleichgültig. Vielleicht waren Verrat und Betrug an den Migranten die einzige Chance der Tschetschenen gewesen, ihrer eigenen Perspektivlosigkeit zu entgehen.

Seit Schulte Polizist war, kam er immer wieder an diesen Punkt, an dem er den Eindruck hatte, gegen Windmühlen zu kämpfen. Zwar war es ihm und seinen Leuten gelungen, diese Schlepperroute unbrauchbar zu machen. Wahrscheinlich hatten sie auch die Verbindungen zu den korrupten Beamten zerschlagen. Doch schon morgen würde es neue Routen geben, weitaus besser getarnt. Und schon morgen würden sich wieder Menschen finden, die gegen Bezahlung die Reisen von einer Ausweglosigkeit in die andere möglich machten.

Plötzlich prasselte eiskaltes Wasser auf Schultes Rücken. Panisch sprang er aus dem Duschbecken. Gedankenverloren hatte er unter dem Strahl gestanden, bis das heiße Wasser aufgebraucht war. Er beschloss, sich anzuziehen, einen Kaffee zu trinken und dann nachzusehen, was sein Enkel Linus so trieb. Den hatte er in den letzten Tagen ziemlich vernachlässigt.

Wenig später klingelte es an der Haustür. Schulte hatte keine Lust auf Besuch. Missmutig öffnete er. Auf dem Hof standen mehr als zwanzig Autos. Gerade kam Maren Köster mit Lindemann und Pauline Meier zu Klüt im Schlepptau. Und vor ihm stand sein alter Freund Detlev Dierkes. Hatte er etwas verpasst? Was war hier los?

Da drängte sich sein Enkel Linus nach vorne. „Opa, wo bleibst du denn?", rief der Junge empört. „Wir müssen das Osterfeuer anstecken! Nun komm schon! Wie kann man nur den ganzen Tag schlafen?"

Detlev grinste. „Ich glaube, du hast keine Wahl, die Welt verlangt nach dir."

Plötzlich stand Maren Köster vor ihm. Er war verlegen. Sie war verlegen. Da nahm er sie in den Arm. Tränen rannen ihr die Wangen herunter. Sie schniefte und wischte sich mit der Hand durchs Gesicht. Dann grinste sie etwas schief und meinte: „Gelitten wird morgen! Komm, Jupp, jetzt wird erst mal gefeiert."

Schulte, der seine Rückenschmerzen bald wieder vergessen hatte, ging von einem zum anderen und plauderte. Als er Hermann Rodehutskors gegenüberstand, hatte dieser eine Überraschung parat.

„Sie bekommen zwei neue Nachbarn", erklärte er dem verdutzt dreinschauenden Polizisten. „Im Ernst, Anton Fritzmeier hat sich bereiterklärt, Noura und Nadir für die nächsten Wochen hier auf dem Hof wohnen zu lassen, bis ihr Verfahren abgeschlossen ist. Bei mir konnten sie nicht bleiben, und …" Er senkte verschwörerisch die Stimme. „… erzählen Sie bitte auch meiner Frau nichts von der ganzen Geschichte. Sie kommt übermorgen zurück und würde mir die Hölle heiß machen, wenn sie mitbekäme, dass ich wildfremde Leute bei uns beherbergt habe."

Schulte schaute sich auf dem weiten Hofplatz um. Anton Fritzmeier dozierte gerade laut herum. Anscheinend führte er mit einer Vertreterin der örtlichen Presse eine Debatte über den Anstieg des Meeresspiegels und die Überfischung der Weltmeere. Wie die beiden auf dieses Thema gekommen waren, konnte sich Schulte nicht vorstellen, aber er horchte auf, als Fritzmeier lauthals argumentierte: „Iss doch chut, wenn die chanzen Fische außen Meer raus sind. Dann ist doch wieder mehr Platz fürs Wasser da, und der Meeresspiegel kann wieder sinken. Oder nich?"

Die elegante Dame schaute ihn an, als käme er von einem anderen Stern. Dann wandte sie sich wortlos ab und ging von dannesn.

Fritzmeier zwinkerte Schulte zu und meinte grinsend: „So, die bin ich loschewordn. Die wollte mir erzählen, dass mein Hofladen nich richtig bio is und dass mein Kühlraum das Klima versaut und dadurch der Meeresspiegel ansteigt und so weiter. Na, ja, chetz hält se mich für völlig bescheuert, aber ich bin die Nervensäge los."

Schulte schmunzelte. „Darauf sollten wir einen trinken, Anton."

Als er sah, dass sein Enkel ganz in der Nähe stand, rief er ihn zu sich.

„Linus, mein Junge, hol doch für mich und Anton mal ein Bier. Aber ein kaltes. Bekommst auch 'nen Euro. Geld kannst du ja gebrauchen, wenn es mit dem Torwandschießen nicht klappt."

Linus winkte lässig ab.

„Ach lass mal, Opa. Ich mach das auch für umsonst. Geld brauche ich nicht." Als Schulte ihn verwundert anschaute, ergänzte der Kleine: „Wir ziehen nicht weg. Darum muss ich auch kein Geld mehr verdienen. Und ich hab mir gedacht, dann kann ich Mama auch mal 'ne Freude machen und wieder zur Schule gehen."

Habe ich tatsächlich einen so braven Enkel?, dachte Schulte. Der hat ja nichts von seinem Opa. Aber er wurde sofort eines Besseren belehrt, als Linus nachschob:

„Ich habe nämlich gehört, dass wir demnächst eine Klassenfahrt in einen Freizeitpark machen. Da muss ich einfach mit."

Lippe-Krimi®

Weitere Lippe-Krimis

Jürgen Reitemeier/Wolfram Tewes

Explosiv
280 Seiten, ISBN 978-3-936867-39-8, Detmold, 2011

Letzte Runde
320 Seiten, ISBN 978-3-936867-35-0, Detmold, 2010

Bauernopfer
256 Seiten, ISBN 978-3-936867-31-2, Detmold, 2009

Varusfluch
336 Seiten, ISBN 978-3-936867-28-2, Detmold, 2008

Jugendsünden
288 Seiten, ISBN 978-3-936867-22-0, Detmold, 2007

Strandgut
304 Seiten, ISBN 978-3-936867-18-3, Detmold, 2006

Blechschaden
320 Seiten, ISBN 3-936867-14-3, Detmold, 2005

Purer Neid
304 Seiten, ISBN 3-936867-11-9, Detmold, 2004

Stürmerfoul
368 Seiten, ISBN 3-9807369-8-9, Detmold, 2002

Der Berber
288 Seiten, ISBN 3-9807369-1-1, Detmold, 2001

Fürstliches Alibi
224 Seiten, ISBN 3-9806101-9-5, Detmold, 2000

Joachim H. Peters

Ruhe sanft, Koslowski
288 Seiten, ISBN 978-3-936867-40-4, Detmold, 2012

Koslowski und die lebenden Puppen
272 Seiten, ISBN 978-3-936867-38-1, Detmold, 2011

Kein Raki für Koslowski
280 Seiten, ISBN 978-3-936867-34-7, Detmold, 2010

Koslowski und der Schattenmann
256 Seiten, ISBN 978-3-936867-32-9, Detmold, 2009

Erhältlich im Buchhandel!

topp+möller
Medien optimal genutzt!